akms Verlag

Hinter dem Tor

Martin S. Burkhardt

akms Verlag

akms Verlag, Hochkamp 35, 22113 Oststeinbek, www.akms.info

Cover & Umschlaggestaltung: ArtundCover Johannsen
Lektorat: Katja Ernst

Druck und Distribution:
tredition GmbH, Heinz-Beusen-Stieg 5, 22926 Ahrensburg

ISBN: 978-3-384-37401-1
E-Book: 978-3-384-37402-8

Bibliografische Information der Deutschen Nationalbibliothek:
Die Deutsche Nationalbibliothek verzeichnet diese Publikation in
der Deutschen Nationalbibliografie; detaillierte bibliografische
Daten sind im Internet über http://dnb.dnb.de abrufbar.

1. Das Internat

Sie fuhren seit vier Stunden auf der Autobahn. Die Bäume jagten an Laras Fenster vorbei, während ihr Blick gedankenversunken in die Ferne schweifte. Der heutige Tag stellte ihr ganzes bisheriges Leben auf den Kopf. Wie lange würde es dauern, bis sie endlich da waren? Sie schaute zu ihrem Vater. Sie konnte nur einen Teil seines Gesichtes sehen, da sie hinten rechts auf der Rückbank saß, während er den Wagen fuhr. Trotzdem merkte sie, dass er traurig war. Seine Mundwinkel hingen herab, als hätte er seit Jahren nicht mehr gelacht. Dabei konnte er unglaublich lustig sein. Aber in letzter Zeit war er meistens schweigsam und irgendwie bedrückt. Es war jetzt vier Wochen her, seit ihre Eltern beschlossen hatten, sich für eine Weile zu trennen. Sie erinnerte sich genau an die Szene im Wohnzimmer. Sie war von einer Shoppingtour mit ihren Freundinnen zurückgekommen und hatte ihrer Mutter ihre neuen Shirts präsentieren wollen. Doch schon beim Betreten des Wohnzimmers hatte sie gemerkt, dass etwas anders war. Ihre Eltern hatten zerknirscht auf dem altmodischen Sofa gesessen und ihr müde zugelächelt.

»Wir müssen dringend mit dir sprechen«, hatte ihr Vater leise gesagt.

»Deine Einkäufe schauen wir uns nachher an«, hatte ihre Mutter versprochen und versucht, dabei fröhlich zu klingen. Doch Lara hatte gespürt, dass ihre Mutter ganz und gar nicht fröhlich gewesen war. In knappen Sätzen hatten ihre Eltern erzählt, dass sie sich nicht mehr so lieb wie am Anfang ihrer Ehe hatten und dass sie eine Weile Abstand voneinander bräuchten.

»Ihr werdet euch scheiden lassen?«, hatte sie ungläubig gerufen.

Ihre Mutter hatte beschwichtigend die Hände gehoben. »Nein, Lara. Wir wollen uns nicht scheiden lassen. Jedenfalls noch nicht. Dein Vater und ich wollen uns eine Auszeit nehmen. Papa wird ausziehen und sich eine eigene Wohnung suchen. Trotzdem kannst du ihn natürlich jederzeit besu…«

Lara hatte nicht mehr hingehört, sondern war aufgesprungen, aus dem Zimmer gelaufen und die Treppe hochgerannt. Mit Tränen in den Augen hatte sie ihre Zimmertür aufgerissen, sich auf ihr Bett fallen lassen und in ihr Kopfkissen geweint. Dabei hatte sie ihre Hände zu Fäusten geballt. In ihrem Inneren hatte reines Chaos geherrscht. Sie war traurig gewesen. Aber auch furchtbar wütend. Und ängstlich. Und das alles gleichzeitig.

»Ist alles in Ordnung mit dir?«, fragte ihr Vater nun und nahm eine Hand vom Lenkrad. Er hatte anscheinend bemerkt, dass sie mit ihren Gedanken abgeschweift war. Jetzt versuchte er, sie über den Innenspiegel zu betrachten.

Lara nickte langsam. »Ja, alles okay.«

Das war zwar eine glatte Lüge, doch was wollte er hören? Was sollte in Ordnung sein, wenn die eigenen Eltern beschlossen hatten, künftig getrennte Wege zu gehen?

»Es dauert nicht mehr lange. Jetzt, wo wir Hamburg hinter uns gelassen haben, ist die Autobahn auch wieder leerer. In zwei Stunden werden wir am Ziel sein.«

Am Ziel? Lara presste die Lippen zusammen. Warum sagte er nicht ›am Internat‹? Traute er sich nicht, die Dinge beim Namen zu nennen? In zwei Stunden würden sie das Internat an der Nordsee erreichen, in dem sie zukünftig wohnen sollte. Wieder drängte sich die Unterredung mit ihren Eltern in ihr Bewusstsein. Als Lara sich beruhigt hatte, war sie zurück ins Wohnzimmer gegangen und sie hatten ihre Unterhaltung fortgesetzt.

»Lara, mein Schatz«, hatte ihre Mutter gesagt, »jetzt, wo wir alle nicht genau wissen, wie es weitergehen wird, sollst wenigstens du einen festen Bezugspunkt haben.«

Lara hatte genickt und angenommen, dass ihre Mutter ihr gleich mitteilen würde, bei wem sie zukünftig wohnen würde. Als sie dann aber von dem Internat erzählt hatte, hatte es Lara für einen Augenblick die Sprache verschlagen.

»Ihr wollt mich abschieben?«, hatte sie ungläubig geschrien.

»Nein, nein«, hatte ihr Vater, der sich bislang komplett zurückgehalten hatte, versucht, sie zu beruhigen. »Wir wollen einfach sichergehen, dass sich deine schulischen Leistungen nicht noch weiter verschlechtern.« Er hatte gezögert und nach den richtigen Worten gesucht. »Wenn die Eltern sich trennen«, hatte er schließlich ruhig gesagt, »leiden die Kinder ja auch ein bisschen …«

Ein bisschen? Für diese Bemerkung wäre sie ihrem Vater am liebsten an die Gurgel gesprungen. Sie hatte Höllenqualen gelitten und tat das auch heute noch. Bekam das überhaupt irgendjemand mit?

»… damit also deine Leistungen in der Schule nicht in den Keller gehen und du möglicherweise sitzen bleibst, denken wir, dass ein Internat momentan die beste Lösung für uns alle ist«, hatte ihr Vater den Satz beendet.

Für uns alle? Sie hatte gedacht, sie höre nicht richtig. Ihr schien es eher, als wäre es die bequemste Lösung für ihre Eltern.

Die Stimme ihres Vaters holte sie zurück in die Gegenwart. »Bald endet die Autobahn. Dann müssen wir eine Dreiviertelstunde über die Landstraße fahren. Wollen wir vorher an einem Rastplatz eine Kleinigkeit essen?«

Sie schüttelte den Kopf.

»Okay«, meinte er und zuckte mit den Schultern.

Die Gegend hier war flach. Dort, wo Lara herkam, gab es immerhin Hügel. Wieso fiel ihr das jetzt ein? Sie lächelte und fuhr sich mit den Händen durch ihre blonden Haare. Auf den ersten Schock, als ihre Eltern von dem Internat gesprochen hatten, war eine sachliche Auseinandersetzung damit gefolgt. Ihre Eltern hatten unzähliges Infomaterial angefordert, das sie widerwillig durchgelesen hatte. Doch so sehr es ihr widerstrebt hatte, sie hatte zugeben müssen, dass ihr viele Dinge gefielen, die sie in den Prospekten entdeckt hatte. Zum Beispiel gab es ausschließlich Einzelzimmer. Das war ihr sehr wichtig. Sie konnte es nicht leiden, wenn man in ihren Sachen schnüffelte.

Sie brauchte Privatsphäre! Das Internat war international ausgerichtet, was bedeutete, sie würde in Kontakt mit Schülern aus der ganzen Welt kommen. Neben Deutsch war dort Englisch die Hauptsprache. Davor hatte sie zwar Angst, denn das war nicht gerade ihre Stärke, aber nach einer Weile würde sie sicherlich besser werden. Außerdem hatte das Internat keine festen Klassen. Man besuchte in jedem Fach einen der Leistungsstufe entsprechenden Kurs. Das gefiel Lara sehr. Sie ging zwar bisher aufs Gymnasium, war jedoch wegen ihrer schlechten Mathezensuren ein Wackelkandidat. Sie hatte ein ernstes Gespräch mit dem Schuldirektor geführt, der betont hatte, dass sie bei der nächsten Fünf mit Konsequenzen rechnen müsste. Im Internat war das anders, hier bräuchte sie keine Angst vor dem Sitzenbleiben zu haben. Warum war das nicht an jeder Schule so geregelt?

Es gab zwar eine Aufnahmeprüfung am Internat, die mathematische Fragen enthielt, doch die hatte sie offensichtlich bestanden. Sonst wäre sie jetzt nicht auf dem Weg dorthin.

Eine halbe Stunde später konnte sie zum ersten Mal das Meer sehen. Na ja, eigentlich sah sie Matsch. Es musste gerade Ebbe sein. Fasziniert betrachtete sie das flache Land, das sich bis zum Horizont erstreckte.

»Da vorne ist ein Hinweisschild«, sagte ihr Vater plötzlich. »Gleich sind wir da.«

Ein schmaler Sandweg führte in ein kleines Wäldchen, das unmittelbar vor der Küste liegen musste. Unvermittelt wurde der Weg breiter und schließlich tauchte das Internat vor ihnen auf. Lara kannte das Gebäude von etlichen Fotografien, trotzdem beeindruckte sie sein Anblick. Das Internat sah aus wie ein kleines Schloss. Es bestand aus vier gleichlangen Flügeln, die miteinander verbunden waren und zusammen ein Rechteck ergaben. Sofort kam ihr der Gedanke, dass es dort einen schönen und großzügigen Innenhof geben musste. Das Gebäude hatte lediglich zwei Stockwerke. Auf jeder Etage gab es unzählige gewaltige Fenster, die bestimmt drei Meter hoch und einige Meter breit waren. Das Dach war leicht abfallend und es sah aus, als würde es sich ebenfalls über zwei Stockwerke ziehen. Etliche Giebel mit kleinen Fensterchen zierten es. Die Räume dahinter mussten gemütlich sein. Im Schein der hellen Mittagssonne leuchtete der schmale, schneeweiße Turm, der so gar nicht zum rot geklinkerten Rest des Gebäudes passte. Eine kleine Turmuhr zeigte mit goldglänzenden Zeigern und Zahlen die Uhrzeit an. Ihr Vater fuhr in eine Parklücke und schaltete den Motor aus.

»Ah, geschafft«, stöhnte er zufrieden und streckte sich auf seinem Sitz. Dann drehte er sich zu ihr um und blickte ihr zum ersten Mal seit ihrer Abfahrt direkt in die Augen. »Ich wünsche mir so sehr, dass es dir hier gefallen wird.«

»Wird schon«, antwortete sie knapp und öffnete die Tür.

Auf dem Parkplatz herrschte rege Betriebsamkeit. Autos standen kreuz und quer, die meisten hatten ihre Kofferräume geöffnet und unzählige Gepäckstücke lagen überall verteilt. Während ihr Vater mit dem Ausladen der Koffer beschäftigt war, entdeckte Lara mehrere Jungen und Mädchen, die unschlüssig herumstanden. Sie lächelte. Wenigstens war sie nicht die Einzige, die sich allein und unwohl in ihrer Haut fühlte.

»Komm, Lara, dort hinten scheint der Eingang zu sein.« Ihr Vater zog zwei schwere Koffer hinter sich her und deutete mit dem Kopf auf eine Tasche, die sie tragen sollte. »Den Rest holen wir später«, erklärte er.

Sie gingen auf eine vergleichsweise schlichte, hölzerne Flügeltür zu, vor der sich eine Gruppe Männer und Frauen mit Notizblöcken in den Händen befand. Als Laras Vater die Tür passieren wollte, wurde er von einer stämmigen Frau angesprochen.

»Willkommen im Nordsee-Internat«, flötete sie fröhlich und sah abwechselnd zu Lara und ihrem Vater. »Wie ist dein Name?« Behutsam legte sie Lara die Hand auf die Schulter.

»Lara Steppmann«, antwortete ihr Vater.

Lara ballte die Fäuste. Warum ließ er sie nicht ihren Namen sagen? Böse schaute sie ihn an. Er verstand augenblicklich und lächelte entschuldigend. Die Frau blätterte in ihrer Liste und winkte einen Jungen herbei, der am Rand des Foyers gewartet hatte.

»Das ist Kevin aus unserem Abschlussjahrgang. Er wird euch herumführen und dir dein Zimmer zeigen, Lara.« Sie drückte Kevin ein Blatt Papier in die Hand und sagte: »Hier ist ihre Zimmernummer«, ehe sie sich einem Mann und seinem Sohn zuwandte.

»Guten Tag, Herr Steppmann. Hi, Lara«, sagte Kevin freundlich. »Du siehst gar nicht mal so jung aus. In die fünfte wirst du wohl kaum kommen, oder?«

»Nein, bestimmt nicht. Ich gehe in die achte Klasse«, antwortete Lara fröhlich.

Kevin nickte. »Das ist das Schöne an diesem Internat. Es gibt jedes Jahr in jedem Jahrgang neue Schüler.« Als er ihr fragendes Gesicht bemerkte, lachte er kurz auf. »Ich meine, natürlich fangen wir hier mit der fünften Klasse an, obwohl das bei uns nicht fünfte Klasse, sondern erster Jahrgang heißt. Klassen haben wir nicht. Es sind eher …«

»Leistungskurse, ich weiß«, unterbrach Lara.

»Genau. Ich sehe, du hast dich mit dem System vertraut gemacht. Natürlich fangen die meisten Neuen im ersten Jahrgang an, aber auch in jedem anderen Jahrgang gibt es jedes Jahr neue Schüler. Und jedes Jahr gehen Schüler ab.«

»Man kann seine Kinder auch nur für ein oder zwei Jahre auf dieser Schule anmelden«, erklärte Laras Vater wichtigtuerisch.

»Genau. Daher der relativ hohe Wechsel«, bestätigte Kevin. »Ich schätze, im vierten Jahrgang, in den du kommst, werden mit dir bestimmt zehn oder zwölf neue Schüler anfangen. Du bist also nicht die einzige Neue.«

Lara nickte erleichtert. Nichts war schlimmer, als in eine schon ewig existierende Gemeinschaft zu stoßen. Man hatte es als Neuling immer schwer. Wenn es allerdings üblich war, dass Schüler kamen und gingen, würde man als Neueinsteiger wohl nicht komisch angesehen werden. Sehr beruhigend. Kevin deutete Laras Schweigen als Aufforderung, ihr nun endlich das Internat zu zeigen.

»Ich rede zu viel«, sagte er entschuldigend und hob die Hände. »Kommt, hier entlang.«

Sie gingen einen breiten Flur entlang. Als Lara eine Mutter sah, die ihrem Sohn aufmunternd durch die

Haare strich, versetzte es ihr einen Stich. Zum x-ten Mal fragte sie sich, warum ihre Mutter nicht mitgekommen war. Hielt sie es nicht mehr aus, so lange Zeit neben Laras Vater zu sitzen? Oder interessierte sie sich einfach nicht mehr für Laras Angelegenheiten? Sie schluckte schwer. Zum Glück hatte sie keine Zeit mehr, länger ihren Gedanken nachzuhängen, denn Kevin sagte mit feierlicher Stimme: »Das ist der Trakt, in dem dein Zimmer liegt.«

Er schaute kurz auf das Papier, welches er von der stämmigen Frau erhalten hatte. »Deins ist das letzte Zimmer auf der rechten Seite«, erklärte er. »Das würde mir ebenfalls gefallen. So hast du nicht auf beiden Seiten irgendwelche lauten Nachbarn, sondern nur auf einer Seite.« Er zwinkerte ihr zu.

Sie schaute ihn fragend an. Was meinte er mit lauten Nachbarn? Sie selbst drehte ihre Musik auch gern mal auf.

Kevin drückte die eiserne Klinke herunter und die Tür öffnete sich. »Die Zimmer sind unverschlossen, wenn niemand darin wohnt. Du bekommst natürlich einen Schlüssel.« Mit diesen Worten betrat er den Raum. Neugierig folgte Lara ihm. Das Zimmer gefiel ihr auf Anhieb. Es hatte einen fast quadratischen Grundriss. Rechts stand ein Holzbett, daneben eine Kommode. Die gesamte linke Seite füllte ein geräumiger Holzschrank aus. Gegenüber der Tür befand sich ein breiter Schreibtisch. Die Dachschräge zog sich über die gesamte Decke. Ein schmales, etwa ein Meter hohes Fenster in einem Giebel direkt über dem Schreibtisch sorgte für ausreichend Helligkeit.

»Wo ist der Speisesaal?«, fragte Lara.

»Das zeige ich euch auf dem Rückweg. Kommt mit.«

Kevin stürmte aus dem Zimmer, ihr Vater hinterher. Lara warf noch einen Blick auf ihr zukünftiges Reich und schloss die Tür. Sie trat gerade in den Flur, als sich die Nachbartür einen Spalt öffnete. Vielleicht war sie nicht richtig ins Schloss gefallen. Ein Mädchen saß auf dem Boden und wühlte in einem Pappkarton herum. Als es aufschaute, war Lara von seinen großen, blauen Augen sofort fasziniert. Das Mädchen hatte schwarze, hüftlange Haare und lächelte ihr freundlich zu.

»Hi.«

»Hi«, erwiderte Lara und lächelte zurück. Sie fand das Mädchen auf Anhieb sympathisch.

»Lara, komm«, rief ihr Vater ungeduldig. Er und Kevin waren bereits an der Treppe.

»Bis später«, sagte Lara und setzte sich in Bewegung.

Als sie den Flur des ersten Geschosses erreichten, bogen sie nach links ab. Ein breiter Gang führte durch die Mitte des Gebäudes.

»Hier sind einige der Schulräume«, erzählte Kevin und blieb vor einer großen Tür stehen. Eigentlich war es schon gar keine Tür mehr, sondern ein mehrere Meter hohes, massives Tor. »Dort hinten liegt der Speisesaal. Er wird immer erst kurz vor Einlass geöffnet.«

»Wo geht es da hin?«, fragte Lara und zeigte auf eine Treppe.

»Da geht es zu den Unterkünften der Jungen«, erklärte Kevin. »Bei uns sieht es genauso aus wie bei euch.«

Nachdem Kevin sie zum Eingang des Internats begleitet und sich verabschiedet hatte, meinte ihr Vater gut gelaunt: »Das ist ganz toll hier.«

Lara nickte, während sie Kevin hinterherschaute. Die stämmige Frau hatte ihm direkt wieder einen Neuankömmling zugewiesen. Der Arme musste anscheinend den ganzen Tag hin und her rennen, das Internat vorstellen und die Räumlichkeiten präsentieren. Sie holten das restliche Gepäck aus dem Wagen und gingen die Flure entlang.

Schnaufend öffnete ihr Vater das Zimmer und ließ den Koffer, den er getragen hatte, fallen. »Meine Güte, du hast viel mitgenommen.«

Lara zuckte mit den Schultern.

»So, jetzt heißt es Abschied nehmen«, sagte ihr Vater und breitete die Arme aus. Er strich ihr über den Kopf und sie ließ es sich gefallen. »Wenn du Probleme hast, ruf jederzeit an«, sagte er ernst und umarmte sie.

Sie erwiderte seine Umarmung. Wen sollte sie anrufen? Ihn oder Mama? Sie versuchte nicht die Fassung zu verlieren, doch das war nicht einfach, wenn die eigenen Eltern plötzlich nicht mehr zusammenwohnten. Ihr Vater strich ihr eine Träne aus dem Augenwinkel und drehte sich schnell um. Er hatte es offenbar eilig, von hier wegzukommen. Vielleicht würde auch er jeden Moment in Tränen ausbrechen? Sie blieb eine Weile mitten im Zimmer stehen, bis sie die Schritte ihres Vaters nicht mehr hören konnte. Sie hasste Abschiede.

Gedankenversunken schaute sie aus dem Fenster und beobachtete für einen Moment die Bäume, die sich sanft im Wind bewegten. Im Hintergrund sah sie eine graue Masse. War das das Meer? Es schien noch immer Ebbe zu sein. Schließlich begann sie, ihre Sachen in den Schrank zu sortieren. Sie brauchte eine gute Stunde, um halbwegs Ordnung zu schaffen. Den Inhalt von zwei Koffern und der Tasche hatte sie verstaut, den Rest würde sie am Abend erledigen. Sie öffnete ihre Zimmertür und blickte den Flur entlang. Hier oben herrschte nach wie vor Stille. Möglicherweise waren hinter den anderen Türen auch irgendwelche Mädchen damit beschäftigt, die Koffer auszupacken? Während sie überlegte, wie sie sich die Zeit vertreiben sollte, wurde die Tür des Nachbarzimmers geöffnet. Die Schwarzhaarige stellte einen verknoteten Beutel in den Flur. Sie hatte sich umgezogen und trug nun eine enge, blaue Jeans und ein Top. Lara schaute sie bewundernd an. Sie sah wahnsinnig durchtrainiert aus. Ihre langen Haare waren jetzt zu einem Zopf gebunden. Auf ihrem rechten Oberarm entdeckte Lara eine Tätowierung, die wie eine Rune oder ein verschlungenes Schriftzeichen aussah. Es waren zwei nebeneinanderliegende Dreiecke, deren Spitzen nach innen zeigten und sich leicht berührten. Zwischen ihnen verlief ein senkrechter Strich hinab, der sich kurz unterhalb der Dreiecke aufteilte und auf beiden Seiten mit einer Spirale auslief. Das Mädchen bemerkte Laras Blick und lächelte. Lara errötete, sie hatte ihre Zimmernachbarin nicht anstarren wollen.

»Tut mir leid«, sagte sie kleinlaut.

Das Mädchen lehnte sich gegen den Türrahmen und streckte die Hand aus. »No problem. I am Vivian.«

Lara ergriff sie und stotterte: »Oh, nice … Lara is my name.«

Vivian grinste breit. »Do you speak english?«

»Only a little …«

Vivian atmete laut aus. »Na gut. Dann muss ich wohl mein Deutsch testen«, sagte sie mit starkem Akzent.

»Du spricht deutsch?«, fragte Lara und war insgeheim erleichtert darüber.

»Ich probiere es zumindest«, lachte Vivian. »Ich habe erst vor einem Jahr angefangen, diese Sprache zu lernen.« Sie machte eine einladende Handbewegung in ihr Zimmer. »Komm rein. Möchtest du etwas trinken? Eine Coke?«

»Gerne.« Lara trat ein und schaute sich neugierig um. Das Zimmer war exakt gleich eingerichtet wie ihres. Vivian hatte anscheinend bereits alle ihre Sachen verstaut, denn es lag nichts mehr auf dem Boden oder auf dem Bett herum. Lara ließ sich auf das Bett fallen und beobachtete Vivian dabei, wie sie aus einer Schrankschublade zwei Coladosen hervorholte.

»Wo kommst du her?«, fragte sie neugierig.

Mit einem Zischen öffnete Vivian die Dosen und reichte ihr eine. »Aus einer kleinen Stadt in Maine, USA.«

Staunend riss Lara die Augen auf. »Aus den Staaten? So weit her?«

Vivian zuckte mit den Schultern.

»Und was verschlägt dich ausgerechnet in ein Internat an die deutsche Nordseeküste?«

»Die Schule hat einen ausgezeichneten Ruf«, antwortete Vivian. »Außerdem wollte mein Vater, dass ich in ein europäisches Internat gehe. Und da er außerdem wollte, dass ich eine andere Sprache lerne, schieden die Topadressen in England mal aus.«

Lara hatte das Gefühl, dass noch mehr dahintersteckte. »Gibt es noch einen anderen Grund?«, fragte sie vorsichtig.

Vivian schaute aus dem Fenster. »Ja, aber den kann ich dir nicht sagen.«

Lara nickte und nahm einen Schluck aus der Dose. Hatten sich ihre Eltern ebenfalls getrennt und sie wollte nicht darüber sprechen? War ja auch egal. Sie mochte Vivian, sie würden bestimmt viel Zeit miteinander verbringen. Es war klar, dass man jemandem, den man gerade erst kennengelernt hatte, nicht gleich seine Lebensgeschichte erzählen wollte.

Sie unterhielten sich über das Internat und waren beide gespannt auf ihre anderen Schulkameraden. Lara erfuhr, dass Vivian bereits seit Monaten im Internat lebte.

»Geht denn das?«, fragte sie erstaunt. »Ich dachte, neue Schüler würden erst zu Beginn eines neuen Schuljahres aufgenommen.«

»Ich war eine Ausnahme«, erklärte Vivian. »Aber auch für mich geht es jetzt erst richtig los.« Sie schaute auf den Wecker, den sie auf der Anrichte neben dem Bett stehen hatte. »In einer halben Stunde treffen wir uns alle im Speisesaal.«

Lara nickte. »Wollen wir hinuntergehen? Ich würde gern einen Blick auf die anderen werfen.«

»Gute Idee«, antwortete Vivian. Sie schnappte sich den Pullover, der auf dem Schreibtischstuhl lag, und öffnete die Tür. Lara schaute erneut auf das Tattoo, bevor Vivians Arm in ihrem Pullover verschwand. Sie hätte sie gern gefragt, was das für ein Zeichen war. Aber sie traute sich nicht.

Die großen Türen zum Speisesaal standen bereits offen. Die beiden Mädchen wurden von einem hageren Mann begrüßt, der gelangweilt in den Raum zeigte. »Die neuen Schüler setzen sich bitte in die Mitte. Die anderen können sich irgendwo an die Seite setzen.« Kaum hatten sie ihre Plätze eingenommen, ertönte eine Glocke. Ein kahlköpfiger Mann stand auf und stellte sich an ein kleines Mikrofon, das neben einem Podest aufgebaut worden war. Er war groß und wirkte auf Lara ein wenig Furcht einflößend.

»Wie schön, dass ihr alle den Weg in diesen Raum gefunden habt«, sagte er locker. »Mein Name ist Carrington. William Carrington. Ich bin der Leiter dieser Einrichtung.«

Lara fiel auf, dass er einen kleinen Akzent hatte.

»Ich möchte euch alle an der Nordseeküste willkommen heißen und euch eure Lehrer vorstellen.«

»Der sieht streng aus«, flüsterte Lara in Vivians Ohr.

Vivian schaute sie mit einem Blick an, den Lara nicht recht deuten konnte. »Nein, er ist einer der Guten«, sagte sie geheimnisvoll.

Verwundert kräuselte Lara die Stirn. Woher wollte Vivian denn wissen, ob Carrington gut war? Kannte sie ihn denn schon? Außerdem, was hieß in diesem Zusammenhang gut? Wenn man ein guter Direktor war, konnte man trotzdem streng sein. Das stellte nicht unbedingt einen Widerspruch dar. Lara zuckte mit den Schultern und schaute wieder zum Podest. Inzwischen waren alle Männer und Frauen, die dort auf den Stühlen gesessen hatten, aufgestanden. Nacheinander gingen sie zum Mikrofon und stellten sich vor. Sie erklärten, welche Fächer und Jahrgänge sie betreuten. Schließlich trat ein hagerer Mann mit schulterlangen, braunen Haaren an das Mikrofon. Er hatte ein liebes Gesicht. Lara konnte sich nicht vorstellen, dass er jemals böse werden könnte. Kleine, grüne Augen, die tief in ihren Höhlen lagen, schauten freundlich auf die Schüler herab. Er trug ein blau-weiß gestreiftes Hemd. »Ich bin Curt Heimer. Ich unterrichte so ziemlich jedes Fach und bin Vertrauenslehrer für den vierten Jahrgang.«

»An den müssen wir uns wenden, wenn wir mit irgendetwas nicht klarkommen«, stellte Vivian fest.

Nachdem sich fünf weitere Lehrer vorgestellt hatten, mit denen sie ebenfalls in Kontakt kommen würden, bedankte sich Carrington für die Aufmerksamkeit und wünschte allen Schülern ein wundervolles und erfolgreiches Jahr.

2. Der Einbruch

In der darauffolgenden Woche stellte sich bei Lara langsam der Alltag ein. Der Unterricht gefiel ihr. In jedem Kurs nahmen sich die Lehrer Zeit für Fragen und es herrschte allgemein eine gute Stimmung, sowohl unter den Schülern als auch zwischen Lehrern und Schülern. Lara verbrachte viel Zeit mit Vivian. Zwar lernte sie andere nette Mädchen kennen, in Vivians Gegenwart fühlte sie sich jedoch am wohlsten.

Als sie nun am Ende der ersten Woche beim Abendessen saßen, seufzte Vivian übertrieben laut. »Ende nächster Woche wird die endgültige Aufteilung der Kurse vorgenommen.«

»Sie gehen nach den Noten unserer Aufnahmeprüfungen«, erklärte Lara.

»Ich weiß«, sagte Vivian. »Aber ich lasse mich nicht gerne überraschen. Ich würde am liebsten heute wissen, welche Kurse mir blühen.«

»Dir bleibt nichts anderes übrig, als zu warten.«

»Ich muss wissen, in welche Kurse ich komme. Ich brauche einfach eine gewisse Zeit, mich damit auseinanderzusetzen.«

Lara klopfte ihr aufmunternd auf die Schultern. »Es gibt Schlimmeres«, beruhigte sie ihre Freundin. »Wir alle werden eine gewisse Eingewöhnungszeit brauchen.«

Ein Schatten beugte sich über den Tisch. Tim, ein Schüler, der mit ihnen zusammen eingeschult worden war und ebenfalls die achte Klasse besuchte, musterte Vivian nachdenklich.

»Du willst unbedingt die Note deiner Aufnahmeprüfung wissen?«, fragte er. »Dann lass uns doch einfach einen Blick in deine korrigierte Prüfung werfen.«

Verärgert kniff Vivian die Augen zusammen. Eine tiefe Falte erschien auf ihrer Stirn. »Du bist heute richtig witzig«, sagte sie patzig. »Die Prüfungen liegen wahrscheinlich gut gesichert in einem der Schränke von Carringtons Büro.«

»Sie liegen gut gesichert im Sekretariat«, korrigierte Tim. »Ich war am Ankunftstag mit meinem Vater dort, weil irgendwelche Daten von mir fehlten, die er nachgereicht hat. Dabei kamen wir zufällig auf den Test zu sprechen. Die Frau vom Sekretariat klopfte auf einen abgeschlossenen Metallschrank und sagte, dass dort alle Prüfungen gelagert werden.«

»Und was bringt dir das?«, nuschelte Lara mit vollem Mund. »Oder hast du einen magischen Röntgenblick und kannst durch Türen schauen?«

Tim lachte ausgelassen. »Das wäre mal was. Ich könnte mich dann in den Mädchentrakt schleichen …«

»Tim!«, ermahnten ihn Lara und Vivian gleichzeitig.

»Schon gut, schon gut.« Tim hob abwehrend seine Hände.

»Du bist ein verrückter Kerl«, stellte Vivian lachend fest.

»Ich bin ziemlich gut darin, Schlösser zu knacken«, sagte Tim. Lara glaubte, Stolz in seiner Stimme zu hören. »Ich bekomme so ziemlich jedes Schloss auf, und zwar ohne es dabei zu zerstören.« Er ließ seine Worte einen Augenblick wirken, ehe er weitersprach: »Es wäre ein Leichtes, den Metallschrank zu knacken und einen Blick auf unsere Arbeiten zu werfen. Anschließend legen wir sie zurück und ich schließe das Schloss. Niemand wird etwas merken.«

Lara war sprachlos. »Also, das glaube ich wohl jetzt nicht«, sagte sie kopfschüttelnd. Sie hoffte, von Vivian Unterstützung zu erhalten, doch die hatte ihren grüblerischen Gesichtsausdruck aufgesetzt. Sie kannte Vivian zwar nicht lange, aber sie wusste, wenn sie so schaute, war sie dabei, eine schwierige Entscheidung zu fällen.

»Und du bist dir sicher, dass du das Schloss knacken kannst?«, fragte Vivian nach.

Tim nickte.

»Und du hinterlässt keine Spuren?«

»Niemand wird merken, dass wir am Metallschrank waren«, versicherte er.

Vivian strahlte. »Gut!«, sagte sie leise und ihre Augen funkelten.

Der Gedanke, in das Sekretariat einzubrechen, behagte Lara überhaupt nicht. Sie richtete sich auf. »Das kann nicht euer Ernst sein!«, sagte sie streng. »Wenn wir erwischt werden …«

»Wir werden nicht erwischt«, gab Tim überzeugt zurück.

Plötzlich merkte Lara, dass zwei Augenpaare auf sie gerichtet waren. Für einen Moment kam sie sich vor wie eine Angeklagte, die den Geschworenen gegenübersaß. Vivian nahm sie behutsam in den Arm.

»Nun? Was ist mit dir?«, fragte sie leise. »Bist du dabei?«

Lara schaute sie verunsichert an und Vivian verstand sofort. Ihre Umarmung wurde stärker. »Keine Angst, Lara. Du musst nicht mitmachen. An unserer Freundschaft wird das nichts ändern.«

Langsam nickte Lara. Insgeheim war sie froh, dass Vivian das eben gesagt hatte. Sie fühlte sich tatsächlich nicht wohl bei der Sache. Andererseits wollte sie nicht als Spielverderberin dastehen. Sie hatte kein besonderes Interesse daran, die Note ihrer Aufnahmeprüfung jetzt schon zu kennen. Was sollte das bringen? Es war völlig egal, ob sie wusste, dass sie in den Deutsch Leistungskurs 1 oder 2 kommen würde. Was sollte sie damit anfangen? Aber aus irgendeinem Grunde waren Vivian diese Informationen wichtig.

»Also gut«, sagte sie. »Ich bin dabei.«

Vivian lächelte breit und Tim klopfte zufrieden auf den Tisch. »Prima. Treffen wir uns heute Nacht um halb drei vor dem Sekretariat«, sagte er.

»Warum ausgerechnet um halb drei?«, fragte Lara verwundert.

Tim stand auf. »Warum nicht?«, gab er schulterzuckend zurück. »Oder hast du um diese Uhrzeit schon etwas anderes vor?«

Lara lag in ihrem Bett und starrte an die dunkle Zimmerdecke. Vivian und sie hatten nach dem Abendessen lange zusammengesessen und gequatscht, bis Vivian schließlich gemeint hatte, dass es wohl besser sei, wenn sie zumindest für einen Moment die Augen schließen würden. Lara glaubte nicht, dass sie schlafen könnte. Sie war einfach zu aufgeregt. Ein Geräusch an der Tür ließ sie aufschrecken. War sie doch eingenickt? Verschlafen drückte sie die Klinke herunter. Breit grinsend stand Vivian vor ihr. Sie trug dasselbe Top wie vorhin und eine schlabberige Trainingshose. Dennoch wirkte ihr Körper selbst in diesem Dämmerlicht perfekt durchtrainiert.

»Bist du so weit?«, flüsterte sie.

Am liebsten hätte Lara ›Nein‹ geantwortet, stattdessen nickte sie müde. Sie folgte Vivian, die erstaunlich schnell und leise über den Flur huschte. Als sie das Erdgeschoss erreichten, blieb Vivian kurz stehen und starrte angestrengt in die Dunkelheit. Das Sekretariat befand sich etwa in der Mitte der Klassenräume, auf halben Weg zum Speisesaal. Tim musste also von der anderen Seite kommen.

»Sie sind da und warten auf uns«, sagte Vivian nach kurzem Zögern und ging weiter.

Lara stutzte. »Woher willst du das wissen? Es ist stockdunkel. Und wieso redest du in der Mehrzahl? Wer ist denn noch da?«

»Tim hat seinen Kumpel Terry mitgebracht.«

Tim und Terry hatten sich unter einem Tisch versteckt, der auf dem Flur, nicht weit vom Sekretariatseingang, stand. Vivian winkte ihnen fröhlich zu. »Wieso kauert ihr da unten? Hat euch jemand gesehen?«

»Nein«, sagte Tim und beeilte sich, aus seinem Versteck herauszukommen. »Wie hast du uns so schnell entdeckt?«, fragte er verdutzt.

»Ihr seid einfach nicht zu übersehen«, antworte Vivian.

Sie standen vor dem Sekretariat. Tim drückte die Klinke herunter und die Tür sprang auf. »Nicht abgeschlossen«, stellte er überrascht fest. »Wie leichtsinnig.«

Der Raum lag in vollkommener Dunkelheit. Als Letzte ging Lara hinein und schloss behutsam die Tür.

»Wo ist der Schrank?«, fragte sie ins Dunkel.

»Ich kann nichts erkennen …«, antwortete Tim.

Plötzlich wurde es hell. Vivian hielt ein Feuerzeug in der Hand, dessen Flamme das Zimmer in ein goldgelbes Licht tauchte. Lara schaute ihre Zimmernachbarin aufmerksam an. Warum glaubte sie nur, dass Vivian das Feuerzeug ausschließlich für ihre Freunde mitgebracht hatte? Sie war überzeugt, Vivian hätte sich im Dunkeln zurechtgefunden.

»Da ist er!«, rief Tim und zeigte auf einen etwa zwei Meter breiten und ebenso hohen, silberfarbenen Schrank.

Er schnalzte mit der Zunge und machte sich sofort an die Arbeit. Es stellte sich heraus, dass er eine kleine Taschenlampe dabei hatte. Er leuchtete in den Schließmechanismus und gab dabei ein weiteres schnalzendes Geräusch von sich. »Das ist einfach«, sagte er nach wenigen Sekunden.

Kam es Lara nur so vor oder klang seine Stimme enttäuscht? Hätte er sich ein komplizierteres Schloss gewünscht? Ehe Lara genau verfolgen konnte, was Tim da eigentlich tat, als er mit zwei kleinen Werkzeugen herumhantierte, hörte sie schon ein leises Klicken. Vorsichtig öffnete er die Schranktür.

»Wo hast du das eigentlich gelernt?«, flüsterte Lara.

Fragend hob Tim seine Augenbrauen.

»Na, Schlösser knacken.«

»Ach so.« Er winkte ab. »Das ist eine lange Geschichte. Irgendwann erzähle ich sie euch mal.«

Vivian stand inzwischen direkt neben ihm und schaute hoffnungsvoll ins Schrankinnere.

»Da sind sie«, flüsterte sie freudestrahlend und zeigte auf einen riesigen Stapel Papiere, der fast die gesamte rechte Seite des Schrankes füllte.

Terry fuhr sich durch die Haare. »Oje«, seufzte er. »Das wird dauern, bis wir aus dem Haufen unsere Arbeiten herausgesucht haben.«

Unverzüglich machten sie sich an die Arbeit. Lara, Vivian und Terry setzten sich auf den Boden vor den Schrank und Tim reichte ihnen jeweils einen großen Stapel. Seine Taschenlampe legte er vor sie. Auf diese Weise hatten sie ausreichend Licht, die Namen auf den Deckblättern zu erkennen.

Plötzlich stieß Terry einen leisen Schrei aus. »Hier, Vivian«, sagte er freudestrahlend und reichte ihr eine der Arbeiten.

»Mein Test, super, Terry.« Vivian warf einen Blick auf die letzte Seite und ballte ihre Fäuste. »Eine Zwei«, freute sie sich. »Dann komme ich in sämtliche A-Kurse.«

Inzwischen hatte Terry zwei weitere Prüfung aus seinem Stapel gefischt. »Meine habe ich auch gefunden.«

»Und?«

»Eine Drei. Ich bin zufrieden. Und Tim hat auch eine Zwei bekommen.«

»Fehlt noch deine Prüfung, Lara«, sagte Vivian, während sie einen weiteren Stapel durchforstete.

Lara seufzte. »Wisst ihr, eigentlich bin ich nur wegen euch mit hierher gegangen. Ich muss meine Note überhaupt nicht dringend wissen. Wir sollten lieber zurückgehen, sonst erwischt uns jemand.«

»Kommt nicht infrage«, entschied Vivian. »Jetzt sind wir neugierig. Bestimmt bist du eine Streberin und willst bloß nicht, dass wir es merken.«

»Nein, sicher nicht.«

Plötzlich erkannte Lara ihre Handschrift auf einem der Deckblätter. »Hier ist sie«, stellte sie fest.

»Zeig her.«

Blitzschnell hatte sich Vivian über sie gebeugt und die Prüfung in ihre Hände genommen. »Wollen wir mal sehen, wie schlau unsere kleine Lara ist.«

Sie legte den Test auf den Boden und blätterte die letzte Seite auf. Plötzlich war es mucksmäuschenstill. Lara hörte ihre eigene, flache Atmung. Halluzinierte sie oder spielten ihr ihre Augen wegen der Dunkelheit einen Streich?

»Das gibt es nicht«, hörte sie Terry flüstern.

Sie spürte Vivians Hand auf ihrer Schulter. Nein, sie täuschte sich nicht. Noch einmal las sie die Bemerkung, die am Ende ihrer Aufnahmeprüfung stand: ›Gesamtnote: 4-. Da die Schülerin den mathematischen Teil mit einer 5 abgeschlossen hat, ist die Aufnahmeprüfung nicht bestanden.‹

Die folgenden Tage verbrachte sie wie in Trance. Sie nahm an dem Unterricht zwar körperlich teil, aber richtig anwesend war sie trotzdem nicht. Immer wieder kreisten ihre Gedanken um die Prüfung. Warum saß sie eigentlich hier, in diesen Internatsräumen? Immerhin hatte sie die Prüfung nicht bestanden. War dem Sekretariat ein Fehler unterlaufen?

Hatte man schlicht vergessen, ihr eine Absage zu schreiben? Das Wochenende kam und ihre Unruhe wurde schlimmer. Am Sonntag sollten im Speisesaal die Listen mit der endgültigen Einteilung der Kurse ausgehängt werden. Spätestens dann müsste die Schulleitung ihren Fehler bemerken. In Gedanken stellte sie sich vor, wie sie zum Direktor bestellt wurde und Prof. William Carrington ihr mit ernster Miene erklärte, dass sie am Montag leider die Schule verlassen müsste. Vivian wich an diesem Wochenende kaum von ihrer Seite. Unermüdlich versuchte sie, Lara zu trösten.

»Bestimmt wurde der Test einfach falsch korrigiert. Das gibt es manchmal«, erklärte sie überzeugt. »Irgendein Lehrer hat falsch zusammengezählt und schwups, man hat plötzlich eine Fünf. Später ist ihnen der Fehler aufgefallen, den Test haben sie nicht extra berichtigt. Den sieht sowieso keiner mehr.«

Wenig später saß Lara an ihrem Schreibtisch und versuchte, sich in ein Physikbuch zu vertiefen. Es gelang ihr kaum. Plötzlich klopfte es an der Tür.

»Die Aushänge sind da«, rief Vivian aufgeregt. »Ich habe es eben von einem der älteren Schüler erfahren.«

Gemeinsam rannten sie die Treppen hinunter. Im Speisesaal hatte sich bereits ein kleiner Auflauf gebildet. Über 20 neugierige Schüler standen um mehrere DIN-A4-Zettel herum und tuschelten miteinander. Lara merkte, wie ihr Herz schneller schlug. Sie hielt die Anspannung keine Sekunde länger aus. Vivian drängte sich nach vorn und zog sie einfach mit.

»Da ist dein Name«, sagte sie und zeigte auf den zweiten Zettel. Lara starrte ungläubig auf ihre Kurseinteilung. In Deutsch und Geschichte war sie sogar in A-Kurse eingeteilt. Der Rest waren B-Kurse. Lediglich in Mathe kam sie in einen C-Kurs.

»Das gibt es nicht«, sagte sie glücklich und verwirrt zugleich.

In den folgenden Tagen versuchte sie, die Geschichte mit der Aufnahmeprüfung einfach zu vergessen. Sicherlich war es so, wie Vivian vermutet hatte. Dennoch fand sie keine Ruhe. Als sie drei Tage später im Deutschkurs bei Herrn Heimer saß, fasste sie den Entschluss, ihn nach dem Unterricht aufzusuchen. Sie brauchte einfach Klarheit. Vielleicht würde er sagen: »Ja, Lara, wir haben einen Fehler beim Korrigieren gemacht, lass dich nicht weiter stören.« Dann wäre die Sache wenigstens aus der Welt und sie könnte sich voll auf den Schulalltag konzentrieren. Als ihre Mitschüler den Raum verlassen hatten, stand sie auf und ging zum Lehrerpult. Heimer kramte in seiner Tasche und schien zu suchen. Als er sie bemerkte, blickte er lächelnd auf.

»Na, Lara? Was kann ich für dich tun?«

»Ja …«, sagte sie zögerlich, »… ich verstehe da eine Sache nicht.« Sie erzählte, dass sie den Mathetest der Prüfung vermasselt hatte. Dennoch war sie vom Internat aufgenommen worden.

Heimer setzte sich auf den unbequemen Holzstuhl hinter dem Pult. »Was macht dich so sicher, dass du den Aufnahmetest nicht bestanden hast?«, fragte er. »Offensichtlich warst du in Wirklichkeit besser, als du glaubst.«

Energisch schüttelte sie den Kopf. »Wir sind die Aufgaben vor ein paar Tagen einmal durchgegangen«, log sie, es fiel ihr momentan keine bessere Erklärung ein. Sie konnte schließlich schlecht sagen, dass sie ihre korrigierte Prüfung in den Händen gehalten hatte. »Dabei habe ich festgestellt, dass ich keine einzige der Matheaufgaben richtig gelöst habe. Trotzdem wurde ich aufgenommen.« Unruhig trat sie von einem Fuß auf den anderen. »Da stimmt irgendetwas nicht. Ist es ein Fehler, dass ich hier bin?«

Plötzlich hörte sie ein Geräusch hinter sich. Sie drehte sich um und sah zu ihrem Schrecken Direktor Carrington, der an einem der Schreibtische lehnte und ihr tief in die Augen sah. Wann hatte er das Zimmer betreten? Hatte er alles mit angehört? Carrington stieß sich behäbig ab und ging auf sie zu.

»Liebe Lara«, sagte er mit tiefer Stimme, »du musst dir überhaupt keine Gedanken machen.«

Woher kannte er ihren Namen? Hatte der Professor ein so gutes Gedächtnis, dass er alle neuen Schüler mit Namen ansprechen konnte? Carrington stand jetzt direkt neben ihr.

»Das Internat wollte dich unbedingt als Schülerin haben«, stellte er ernst fest. »Die Einzelheiten müssen dich nicht interessieren. Sei einfach froh, dass du hier bist.« Er lächelte ihr verschwörerisch zu und schaute zu Heimer. »Curt, ich muss dich mal dringend sprechen.«

»Wenn du mal wieder etwas auf dem Herzen hast, gib mir jederzeit Bescheid«, sagte Heimer freundlich zu Lara und griff sich seine Tasche.

Carrington und Heimer traten in den Gang hinaus und ließen Lara allein zurück. »Was war das denn jetzt?«, fragte sie leise in den leeren Raum hinein. Sie drehte sich um und packte ihre Sachen in die Tasche. Verwirrt verließ sie das Klassenzimmer.

Auf einem der Flure begegnete sie Terry, der auf einen unscheinbaren Gang zeigte, welcher mit einer einfachen Plastikkette abgetrennt war.

»Ich möchte zu gern wissen, wo er hinführt«, sagte er leise. »Man hat uns damals gesagt, in diesem Bereich haben Schüler nichts zu suchen.«

Gedankenverloren sah Lara eine Weile in den dunklen Gang hinein. Soweit sie erkennen konnten, gab es rechts und links keinerlei Türen.

»Lass uns einfach nachschauen«, schlug sie vor. »Ich scheine hier einen gewissen Sonderstatus zu genießen. Das kann ich ausnutzen, indem ich ein paar verbotene Dinge mache.«

Terry schaute sie mit gerunzelter Stirn an. Mit zwei flinken Schritten ging er an der Absperrkette vorbei.

»Also los«, sagte er unternehmungslustig.

»Jetzt?« Lara wünschte sich augenblicklich, nichts gesagt zu haben.

»Natürlich jetzt. Oder musst du für morgen Hausaufgaben machen?« Ohne auf ihre Antwort zu warten, bückte er sich unter der Kette hindurch. »Komm schnell.«

Unsicher sah Lara sich um. Der Flur war wie ausgestorben, niemand würde sie entdecken. Sie hob die Kette an und betrat den Gang. Hastig gingen sie voran, als ob sie fürchteten, jeden Augenblick könnte hinter ihnen eine strenge Stimme »Halt« rufen. Aber niemand war zu hören. Die Schüler waren beim Essen oder auf ihren Zimmern und die Lehrer saßen wahrscheinlich in ihren Räumen und bereiteten den Unterricht für morgen vor.

»Hast du ein Feuerzeug dabei?«, fragte Terry, als sie bereits ein ganzes Stück gegangen waren. Das Licht, welches vom hell erleuchteten Flur in den

Gang schien, reichte längst nicht mehr bis hier hinten. Es roch ein wenig muffig.

»Nein«, sagte Lara und zeigte auf einen Umriss, der sich links, an der Wand aus unverputztem Mauerwerk, abzeichnete. »Was ist das? Eine Tür?«

Sie gingen schneller und erreichten schließlich den Schatten, der sich tiefschwarz vom Rest der Mauer abhob.

»Eine uralte Holztür«, stellte Terry fest. »Was wohl dahinter ist?«

Halb blind tastete Lara sich an der Tür entlang, bis ihre Hände auf einen kleinen Gegenstand stießen. »Hier ist ein Griff«, flüsterte sie.

»Schau, ob sich die Tür öffnen lässt«, sagte Terry aufgeregt.

Lara drückte gegen die Tür, doch sie bewegte sich nicht. Behutsam zog sie an dem kalten Eisengriff. Mit einem lauten Knarren öffnete sich die Tür einen Spalt weit.

»Hurra, nicht abgeschlossen«, jubelte Terry.

Vorsichtig öffnete Lara die Tür weiter. Vor ihnen lag ein etwa zehn mal zehn Meter großer Raum. Er war völlig leer. Drei der Wände waren in dem gleichen Stein gemauert wie der Gang, nur die ihnen gegenüberliegende Wand bestand aus massiven Stahl-Lamellen. An der Decke hingen zwei einzelne Glühlampen, die fahles Licht spendeten.

»Was ist denn das hier?«, staunte Terry und trat ein.

»Keine Ahnung«, raunte Lara und schloss die Holztür von innen.

»Und warum brennt hier Licht?«

»Ich weiß es nicht.«

Terry durchquerte den Raum. Seine Schritte auf dem Steinfußboden hallten wider. Er stand jetzt direkt vor den Stahllamellen. »Der Raum ist uralt, aber das hier sieht sehr modern aus.«

Lara nickte und folgte ihm. »Wie ein Tor oder etwas in der Art. Meine Eltern haben ein Garagentor, das aus einzelnen Elementen besteht, die sich aufrollen, wenn es geöffnet wird.«

»Das ist es«, sagte Terry begeistert. »Das hier wird ein Tor sein.«

Er schaute sich um. Direkt neben dem Tor befand sich ein großer roter Knopf, der mit mehreren Schrauben an den Mauersteinen befestigt worden war. »Ich wette, wenn wir diesen Knopf drücken, geht das Tor auf«, stellte er zögernd fest.

»Worauf warten wir?« Lara ging vor. Sie wollte es sich nicht eingestehen, doch die Neugierde hatte sie gepackt. Zunächst war sie ausschließlich wegen Terry mitgekommen. Ausgerechnet Terry war es jedoch, der jetzt kalte Füße zu bekommen schien.

»Ich glaube, ich habe genug gesehen«, sagte er. »Dahinter wird nichts Tolles sein. Vielleicht ist es eine Art Laderampe, wo Essen und alle möglichen anderen Dinge angeliefert werden. Bestimmt gucken wir auf den kleinen Anlieferparkplatz, wenn wir das Tor öffnen.«

Lara stemmte herausfordernd die Hände in die Hüften. »Nanu? Hast du Angst?«

Terry schien verärgert. »Quatsch. Aber wer weiß, was für einen Krach das Tor macht. Ich will bloß nicht, dass man uns erwischt.«

»Uns wird niemand erwischen«, sagte Lara und drückte den Knopf. Ein leises Surren ertönte und die Lamellen begannen, sich nach oben zu bewegen.

Ein merkwürdiges, mattes Licht erfüllte augenblicklich das Zimmer und nahm stetig zu, je weiter sich das Tor öffnete. Der Raum dahinter war etwa genauso groß wie der, in dem sie standen, und er sah ebenfalls leer aus. Die Luft um sie herum waberte und es schien wärmer zu werden. Schließlich war das Tor irgendwo in der Decke verschwunden und der Motor ging aus. Augenblicklich herrschte eine gespenstische Stille. Lara wollte einen genaueren Blick riskieren, doch der andere Raum schien wie hinter einer weiteren Barriere verborgen. Es war, als blickte man durch eine trübe Glasscheibe. Alles schien verschwommen, als läge der Raum im Nebel.

»Noch ein leeres Zimmer?«, fragte Terry enttäuscht. »Wie langweilig.«

Lara atmete laut aus. »Irgendwas stimmt da nicht«, sagte sie mit bebender Stimme. »Wieso ist die andere Halle derart verschwommen?«

Terry, der inzwischen einen Schritt zurückgegangen war, seufzte leise. »Keine Ahnung. Auf alle Fälle sieht es unheimlich aus.«

Lara war fasziniert von ihrer Entdeckung und trat noch näher an das Tor heran, sodass sie jetzt direkt vor dem stählernen Metallrahmen stand. So dicht vor dieser Barriere sah sie die Umrisse des anderen Raumes noch verschwommener. »Man müsste jetzt direkt in den anderen Raum gehen können«, sagte sie, mehr zu sich selbst als zu Terry.

Mit weit aufgerissenen Augen sah Terry sie an. »Tu das bloß nicht. Womöglich ist das eine Art Kühlraum, daher der ganze Nebel. Nachher bekommst du einen Kälteschock.«

»Das glaube ich nicht. Es wird eine ganz einfache Erklärung dafür geben.« Sie strich sich durch ihre

Haare und stellte dabei erstaunt fest, dass sie vollkommen ruhig war. »Ich werde jetzt einfach einen Schritt machen und durch dieses Tor gehen.« Sie hob ihr rechtes Bein – doch dann zögerte sie und stand wie ein Flamingo auf einem Bein, als wäre sie mitten in der Bewegung zu Eis erstarrt. Schließlich gab sie sich einen Ruck und ließ ihren Körper langsam nach vorn fallen. Es war ein merkwürdiges Gefühl, als sie sah, wie zuerst ihr Fuß und anschließend ihr Bein durch die Barriere stießen, doch es geschah nichts weiter.

Na also. Es war nur Nebel, dachte sie beruhigt, bevor sie den Kopf durch den Metallrahmen steckte. Dann geschah es. Dichte Wolkenschwaden tanzten vor ihrem Gesicht. Plötzlich hatte sie das Gefühl, als wäre sie aus einem Flugzeug gestoßen worden. Sie glaubte, mit einer unheimlichen Geschwindigkeit hinunterzustürzen, und dachte daran, dass sich so in etwa Fallschirmspringer fühlen müssen, die durch eine Schlechtwetterfront fallen. Die Luft fegte ihr ums Gesicht und um die Ohren und es war eine Spur heißer geworden. Mit einmal wurde ihr furchtbar schwindelig. Die Wolken schienen von überall her zu kommen und sie hatte das höchst eigentümliche Gefühl, als würde sie auseinanderbrechen und in verschiedene Richtungen fallen. Das war das Letzte, was sie wahrnahm.

3. Das Krankenhaus

Als Lara aufwachte, lag sie auf einem wackligen Holzbett. Sie stöhnte leise, denn die Matratze war hart und unbequem, sodass ihr Rücken schmerzte. Als sie an sich runtersah, bemerkte sie, dass sie nur ihre Unterwäsche trug und darüber ein T-Shirt. Verdutzt richtete sie sich auf und schaute sich um. Was war mit ihr passiert? Wo war sie? Wie das modern eingerichtete Krankenzimmer des Internats sah dieser Raum jedenfalls nicht aus. Das Bett, auf dem sie lag, stand in der Mitte eines rechteckigen Zimmers. Durch ein Fenster in der Decke fiel schummeriges Licht. Die Wände waren beige und kahl. Neben einer geschlossenen Holztür stand ein kleiner Tisch. Mehrere Kerzen brannten in Metallständern, die an den Wänden angebracht waren. Sie entdeckte ihre übrigen Kleidungsstücke, die sorgfältig über einen Stuhl gelegt waren.

»Na, endlich aufgewacht?«, hörte sie plötzlich eine Stimme direkt hinter sich.

Überrascht drehte sie sich um und sah in das Gesicht eines Jungen. Er war vermutlich ein bisschen älter als sie, hatte kurze, braune Haare und hellblaue Augen. Seine Nase war schmal und zwei Fältchen

zeigten sich an seinen Mundwinkeln, als er sie freundlich anlächelte. Er trug eine Art Uniform, bestehend
aus einem bis zum Hals zugeknöpften, ärmellosen
Hemd und einer engen Hose. Beide Kleidungsstücke
waren rot und aus einem festen Stoff. Die Hose
wurde von einem Gürtel mit einer runden Schnalle
gehalten, an dem verschiedene Stichwaffen befestigt
waren. Messer und Dolche, soweit Lara erkennen
konnte.

»Nicht aufstehen!«, sagte er energisch, als Lara versuchte, sich vom Bett hochzustemmen. Mit sanfter
Gewalt drückte er sie auf ihre unbequeme Matratze
zurück. »Du bist viel zu schwach.« Jetzt klang seine
Stimme weich und freundlich.

Lara versuchte, zu lächeln. »Guten Abend«, sagte
sie zusammenhanglos, »ich heiße Lara.«

Der Junge grinste breit. »Guten Morgen! Willkommen in Alea. Ich bin Terzio.«

»Es ist Morgen?«, wunderte sich Lara. »Habe ich
die ganze Nacht geschlafen? Und wo bin ich hier?
Dieser Teil des Internats sieht sehr alt aus.«

Terzio hob die Augenbrauen. »Internat?«, fragte er
verständnislos. »Du bist hier in einem ganz normalen
Krankenhaus. Du wurdest ohnmächtig, als du durch
die Barriere gingst«, erzählte er.

Lara erinnerte sich an das Gefühl, beim Fallen zerrissen worden zu sein. Eilig betastete sie ihren Körper
und erwartete fast, dass Gliedmaßen fehlen könnten.
Aber sie schien unversehrt.

»Keine Angst, dir fehlt nichts«, sagte Terzio
beruhigend. »Und nun schlaf ein bisschen.« Sanft
legte er seine Hand über ihre Augen. Für einen
Moment wollte Lara dagegen ankämpfen. Wieso lag
sie ausgezogen in diesem kargen Raum? Wieso trug

Terzio so komische Sachen und Waffen? Doch die Erschöpfung kehrte zurück und nahm ihr jegliche Kraft. Kurze Zeit später schlief Lara ein.

Die Holztür fiel ins Schloss und Lara schrak hoch. Sie konnte nicht sagen, wie lange sie geschlafen hatte. Terzio war nicht mehr da. Stattdessen stand ein großer Mann mit einem weißen Umhang vor dem Bett.

»Guten Abend, Lara, ich bin Wehras, dein Arzt«, sagte er.

Seine dunklen Augen und sein schwarzes, welliges Haar zusammen mit seinem Vollbart verliehen ihm ein verwegenes Äußeres. Lara fand, er sah weniger wie ein Arzt aus, sondern hatte vielmehr Ähnlichkeit mit einem der drei Musketiere.

»Wie fühlst du dich?«, fragte er.

»Mir brummt mein Kopf«, antwortete Lara.

Wehras nickte langsam und strich sich übers Kinn. »Das kann passieren, wenn man, nun … wechselt«, sagte er zögernd.

»Wechselt?«, wiederholte sie. »Was heißt ›wechseln‹? Ich bin doch nur durch das Tor gegangen.«

Wehras warf einen Blick zur Tür. »Gleich wird Heimer hier sein. Er wird dir alle Fragen beantworten.«

Lara sank in ihr Kissen. Oje. Sie konnte sich vorstellen, dass Heimer sauer war. Was hatten sie und Terry auch in dem abgesperrten Gang zu suchen? Sicherlich würde es gleich eine Standpauke geben. In diesem Moment öffnete sich die Tür und Heimer trat ins Zimmer. Er sah nicht ärgerlich aus, sondern besorgt. Wenigstens etwas.

»Hallo, Lara. Wie geht es dir?« Er setzte sich auf die Bettkante.

»Ein wenig schummerig, ansonsten geht es«, sagte Lara verlegen. »Es tut mir leid, Herr Heimer. Ich hätte nicht im Lagerraum herumschnüffeln dürfen.«

Heimer winkte ab. »Schon gut.«

Lara bemerkte verwundert, dass er beinahe ängstlich wirkte. Außerdem trug er merkwürdige Kleider. Statt seines Hemdes und der Anzughose hatte er ein Leinenhemd und eine Leinenhose an. Die Kleidungsstücke erinnerten sie ein wenig an den Jutesack, den ihre Eltern früher an Weihnachten benutzt hatten, um die Geschenke zu verstauen.

»Weißt du, was passiert ist?«, wollte Heimer wissen.

Sie nickte und erzählte von dem Tor und dem merkwürdigen Nebel sowie der Unschärfe, die direkt dahinter zu herrschen schien.

Heimer seufzte. »Es fällt mir schwer, es zu erklären«, stellte er fest, als würde er zu sich selbst sprechen, und blickte Lara fest in die Augen. »Der Raum, den du hinter dem Tor gesehen hast, befindet sich nicht auf dem Gelände des Internats. Daher kann man auch nur schemenhaft hineinschauen.« Er schlug die Beine übereinander und wippte mit seinem Fuß. »Der Raum liegt in einer anderen Dimension«, erklärte er.

»In einer anderen Dimension?«, wiederholte Lara verstört. Was sollte denn das jetzt werden?

»Ja. Auch wenn es schwer zu verstehen ist, wir blicken durch dieses Tor direkt eine andere Raumzeit.«

»Und was heißt das?« Das Gefühl, als würde ihr der Boden unter den Füßen weggerissen, befiel Lara.

»Das heißt, dass neben unserer Welt eine weitere existiert. Auf einer anderen Ebene.«

»Das ist unmöglich«, protestierte Lara energisch. Sie spürte ihren Bauch, der wie wild angefangen hatte zu kribbeln.

»Dieses Tor wurde in der anderen Welt gebaut«, erklärte Heimer weiter, ohne auf ihre Worte einzugehen. »Wie das mit Toren ist, man kann nicht nur durch sie hindurchschauen, man kann auch durch sie hindurchgehen. Und das hast du gemacht, als du versucht hast, die vermeintliche andere Lagerhalle zu betreten.«

Lara brauchte eine Weile, um die Worte ihres Vertrauenslehrers zu verarbeiten. »Ich bin jetzt in einer anderen … Welt?«, fragte sie zögerlich nach.

»Ganz recht. Du bist in Alea. Der einzigen Stadt dieser Welt«, bestätigte Heimer.

»Das ist unfassbar«, schnaufte Lara. Sie spielte mit dem Gedanken, dass Heimer ihr einen Schrecken einjagen wollte, weil sie den verbotenen Gang betreten hatte.

Heimer bemerkte ihr skeptisches Gesicht und lächelte. »Ich weiß, meine Erklärungen sind kaum zu glauben. Aber es ist wirklich wahr.«

Hundert verschiedene Fragen schwirrten durch Laras Kopf. »Warum gibt es im Internat ein Tor?«, fragte sie aufgeregt. »Wer weiß alles davon?«

Heimer hob seine Hände. »Alles zu seiner Zeit. Später wirst du mehr erfahren.« Er wandte seinen Blick von Lara ab und schaute Wehras an, der während des Gespräches schweigend an der Wand gestanden hatte.

»Zunächst müssen wir dir leider Unerfreuliches mitteilen«, sagte Heimer.

»Wenn man zwischen den Welten wechselt, entstehen eine Menge Spannungsfelder«, begann Wehras zu erklären. »Manche Menschen reagieren empfindlich darauf. Sie bekommen Kopfschmerzen und werden ohnmächtig. Du bist ein solcher Fall. Aber keine Angst, nach ein paar Tagen Ruhe wird es dir besser gehen.« Wehras machte eine kurze Pause und trommelte mit seinen Händen gegen die steinerne Wand. »Eine Unannehmlichkeit gibt es dabei dennoch«, fügte er ernst hinzu. »Wenn du innerhalb des nächsten Monates einen zweiten Dimensionssprung machst, kann das starke und bleibende Kopfschmerzen verursachen. Das heißt also, du musst vorerst hier in Alea bleiben. Ob du willst oder nicht. Wenn es nach mir ginge mindestens zwei Monate lang, um alle Risiken auszuschließen.«

Wehras musterte Lara abwartend. Offenbar rechnete er mit einem heftigen Protest, doch Lara nickte lediglich. Sie fand, es hätte schlimmer kommen können. Sie war tatsächlich in einer anderen Welt. Und sie hatte jetzt sogar Zeit, diese geheimnisvolle Welt besser kennenzulernen. Nein, diese Nachricht war nicht so unangenehm, wie Wehras und Heimer glaubten. Von ihren Eltern hatte sie sowieso erst einmal genug. Es schadete gar nichts, wenn sie sich ein wenig rarmachte. Schade war lediglich, dass Lara ihre Schulkameraden erst einmal nicht sehen würde. Sie hätte gern am Unterricht teilgenommen. Vivian war auf dem Weg, ihre beste Freundin zu werden. Sie würde in den kommenden zwei Monaten sicher genug andere Freundschaften schließen und ihr nicht lange hinterhertrauern.

»Wann darf ich aufstehen?«, fragte sie nach einer Weile.

»Morgen früh, wenn es dir gut geht.« Wehras lächelte Lara beruhigend an und öffnete die Zimmertür. »Ich schaue morgen Nachmittag nach dir«, sagte er, während er den Raum verließ.

Heimer stand auf. »Ich werde täglich nach dir sehen. Wenn du Sorgen oder Wünsche hast, lass es mich wissen.« Als er an der Tür stand, grinste er verschwörerisch. »Nachher bekommst du Besuch, über den du dich bestimmt freuen wirst«, sagte er geheimnisvoll und schloss die Tür von außen.

Zu gerne hätte sie aus dem Fenster geschaut, doch es war zu weit oben. Lediglich ein Stück vom blauen Himmel konnte sie sehen. Kleine Wölkchen zogen vorbei. Wie sah die Stadt aus, in der sie war? Sie wollte sich aufsetzen, spürte sofort aber Schmerzen, die vom Kopf aus ihren gesamten Körper durchzogen. Sie schloss die Augen und versuchte, sich zu beruhigen. Es war merkwürdig, dass Heimer überhaupt nicht geschimpft hatte. Immerhin hatten sie etwas Unerlaubtes getan. Sie dachte kurz an Terry. Hatte er Hilfe geholt, als sie durch das Tor gegangen war? Vielleicht wollte Heimer einfach abwarten, bis sie vollkommen gesund war. Wahrscheinlich würde er ihr dann schonend beibringen, dass sie das Internat innerhalb der nächsten Tage zu verlassen hatte. Erneut wurde die Tür geöffnet.

»Du machst Sachen«, sagte eine besorgt und vertraut klingende Stimme. »Alles in Ordnung?« Vivian kam in das Zimmer gestürmt. Sie trug eine ärmellose Bluse aus dem, anscheinend für diese Welt typischen, leinenartigen Stoff.

»Vivian!«, rief Lara erstaunt. »Was machst du denn hier?«

»Ich musste dich sofort besuchen kommen, als ich von deinem … Missgeschick erfuhr«, sagte Vivian.

Voller Erstaunen riss Lara die Augen auf. »Du weißt von dem Tor?«

»Ja«, sagte Vivian langsam. »Meine Oma kommt aus dieser Welt. Sie mussten flüchten. Aber das ist eine andere Geschichte.«

Lara konnte nicht glauben, was sie da hörte. »Du kennst diese Welt?«, fragte sie und wollte sich aufrichten. Sofort spürte sie den dröhnenden Schmerz in ihrem Kopf.

»Ja, ich kenne sie. Aber noch nicht sehr lange«, antwortete Vivian. »Ich suche hier nach meinen Verwandten.«

»Im Internat, als wir uns vor dem Schulbüro trafen, da war es stockdunkel.«

»Wie kommst du denn jetzt darauf?«

»Du konntest sehen.«

Vivian nickte und ein leichtes Grinsen huschte über ihre Lippen. »Meine Sinne sind schärfer als die anderer Menschen. Muss ich von meiner Oma geerbt haben.«

»Haben deine Verwandten auch so ausgeprägte Sinne?«

»Das weiß ich nicht.«

»Dann kannst du mich herumführen und mir alles zeigen.«

»Das würde ich gerne«, sagte Vivian. Dann verdunkelte sich ihre Miene. »Aber das wäre zu gefährlich. Wenn ich in dieser Welt unterwegs bin, achte ich darauf, dass mich niemand sieht.«

»Warum ist es gefährlich?«

Vivian schüttelte den Kopf. »Hab keine Angst. Für dich ist es hier nicht gefährlich. Und nun musst du zu

Kräften kommen.« Sie nahm einen Leinenbeutel von ihrer Schulter, wühlte darin herum, zog einen Gegenstand hervor und gab ihn Lara in die Hand. Es war ein rechteckiges Kästchen aus Holz. »Wenn du einige Zeit in Alea bleiben musst, wirst du das zu schätzen wissen.«

Neugierig warf Lara einen Blick hinein und musste herzlich lachen. Mehrere Tafeln Schokolade, verschiedene Schokoriegel und andere Süßigkeiten lagen darin.

»Hier gibt es meistens trockenes Brot. Man isst in Alea wenig Süßes«, grinste Vivian. »Außerdem fühlst du dich nicht allein, wenn du Schokolade aus unserer Welt dabei hast.«

Lara freute sich sehr. Nicht nur, dass sie gerne Schokolade aß, allein die Geste von Vivian, ihr etwas mitzubringen, fand sie unglaublich süß.

»Und, wie fühlt es sich an, in einer fremden Welt zu sein?«, fragte Vivian und machte es sich auf dem Bett im Schneidersitz bequem.

»Unwirklich«, gab Lara prompt zurück. »Irgendwie kann ich nicht glauben, dass ich nicht mehr im Internat bin.«

»Das ist verständlich«, lachte Vivian.

»Außerdem …«, begann Lara.

»Ja? Außerdem was?«

»Heimer erzählte, dass das Tor in dieser Welt gebaut wurde. Wenn dem so wäre, müsste man hier eine hoch entwickelte Zivilisation antreffen. Dieser Raum jedoch«, Lara machte eine ausholende Bewegung mit den Händen, »kommt mir vor wie aus unserem Mittelalter. Wenn die Krankenhäuser einen solch altertümlichen Eindruck machen, wie ist es um den Rest der Stadt bestellt? Bei dem Doktor habe ich keine medizinischen Geräte gesehen. Stattdessen trug er einen kleinen Dolch. Und als ich aufwachte, war ein Junge in meinem Zimmer. Er trug ein Messer und Dolche an seinem Gürtel. Das erscheint mir alles sehr primitiv. Wie kann eine solche Zivilisation etwas so Beeindruckendes wie das Tor bauen?«

Vivian setzte zu einer Antwort an, überlegte es sich anders und schüttelte lediglich den Kopf.

»Du weißt mehr, als du mir sagen willst«, vermutete Lara und versuchte, nicht beleidigt zu klingen. Es gelang ihr nicht.

Vivian strich ihr behutsam durch die Haare. »Hab Geduld. Du wirst alles erfahren. Ein paar Tage Ruhe tun dir jetzt wirklich gut. Danach reden wir.«

Plötzlich wusste Lara, was ihr die ganze Zeit komisch vorgekommen war, während sie mit Vivian gesprochen hatte. »Du hast überhaupt keinen Akzent mehr«, stellte sie erstaunt fest.

»In dieser Welt sprechen alle Menschen dieselbe Sprache«, erklärte Vivian. »Sobald du durch das Tor gehst, kannst du dich mit jedem verständigen. Es ist faszinierend. Aber frag mich bitte nicht, wie das funktioniert.«

Kurz darauf verabschiedete sich Vivian. Lara dachte an das Dimensionstor und an Alea und an die Andeutungen, die Vivian gemacht hatte. Irgendwann brachte ihr eine zierliche Frau das Abendessen. Müde und satt machte Lara anschließend die Augen zu.

Als sie aufwachte, war es bereits hell. Sonnenstrahlen fielen durch das kleine Fenster. Jemand hatte ein Holzfass in ihr Zimmer gestellt. Zwei große Handtücher lagen direkt davor. Das Wasser in dem Behälter dampfte leicht und verbreitete einen süßlichen Duft. Lara stieg vorsichtig aus dem Bett. Zu ihrer Erleichterung spürte sie lediglich ein leichtes Pochen in ihrem Kopf. Ihr Körper regenerierte sich schnell. Sie zögerte einen Moment lang, ehe sie sich auszog und in das Wasser stieg. Eine angenehme Wärme durchströmte ihren Körper und ihre Muskeln entspannten sich. Sie tauchte komplett unter und fühlte sich anschließend erfrischt wie lange nicht mehr. Stundenlang hätte sie noch im Wasser hocken können, wollte jedoch nicht von Wehras oder Heimer überrascht werden, also beendet sie ihr Bad wenig später. Da sie keine Lust auf das krankenhauseigene, unförmige Leinenshirt hatte, streifte sie sich ihr eigenes T-Shirt über. Als sie die enge Jeans auf ihrer Haut spürte, fühlte sie sich wohl. Diese Kleidungsstücke waren ihr vertraut.

Es war Terzio, der kurze Zeit später die Tür öffnete und seinen Kopf vorsichtig durch den offenen Spalt steckte. »Guten Morgen. Wie ich sehe, bist du auf den Beinen«, sagte er und machte die Tür weit auf.

Hinter ihm standen zwei Männer, die die gleiche rote Uniform wie er selbst trugen. Sie schoben einen Tisch ins Zimmer, auf dem sich ein Krug, zwei Becher und ein großer Laib Brot befand. Augenblicklich meldete sich Laras Bauch und knurrte laut. Erst jetzt nahm sie wahr, wie hungrig sie war. Die Männer manövrierten den Tisch in Richtung Bett. Dabei fielen Lara deren Gürtel auf, deren gewaltige Schnallen ein großes Wappen zierte. Lara meinte einen Baum und zwei Schwerter darauf zu erkennen. Für einen Moment musste sie an die Boxweltmeisterschaften denken, die ihr Vater sich ab und zu im Fernsehen ansah. Der Champion bekam als Trophäe meist ein ähnliches Monstrum von Gürtel verliehen. An den Gürteln der beiden Männer waren, genau wie bei Terzio, verschiedene Messer und Dolche befestigt, sogar Schwerter. Auf den Schultern zierte je ein blaues Quadrat die Uniformen. Einer der Männer beäugte Lara misstrauisch. Terzio stand direkt hinter ihnen und wartete, bis sie den Tisch neben dem Bett abgestellt hatten. Anschließend drehten die Männer sich um und schauten Terzio fragend an. Er blickte ernst zurück. Einen Augenblick verharrten die drei in dieser Position.

»Das war es für euch«, sagte Terzio streng.

Sofort setzten sich die beiden in Bewegung und verließen eilig den Raum.

»Freut mich, dass es dir besser geht«, sagte er jetzt mit sanfter Stimme.

»Das Brummen in meinem Kopf wird leiser«, beschrieb Lara ihr augenblickliches Befinden und warf einen Blick auf den Brotlaib.

Terzio lächelte. »Nur zu, bedien dich. Wehras hat es bis gestern Abend verboten, dir Essen zu geben.« Er hob den Krug an und schenkte rote Flüssigkeit in die beiden Becher. Dann setzte er sich neben sie auf das Bett. »Das wird dir schmecken.«

»Was waren das eben für Männer«, fragte Lara, als sie sich eine Scheibe Brot in den Mund steckte.

»Soldaten. Soldaten der Schutztruppe.«

»Und die lassen sich von dir einfach herumkommandieren?«

Terzio lachte. »Es bleibt ihnen nichts anderes übrig. Ich habe einen höheren Dienstgrad als sie.«

»Was? Wie kann das sein? Du bist höchstens ...«

»16«, unterbrach Terzio wichtig.

»Mit 16 Jahren kannst du die Männer befehligen?«

»Warum denn nicht. Ich bin seit sechs Jahren bei den Schutztruppen.«

Lara entdeckte auch auf seiner Schulter ein Zeichen. Es war ein eher unauffälliger blauer Kreis. Sie nahm einen großen Schluck der Flüssigkeit und fand, dass sie merkwürdig schmeckte – eine Spur süß, zugleich auch etwas sauer. Es schmeckte wie Cola, in die man zu viel Zitronensaft geschüttet hatte.

»Das ist Waldwasser«, erklärte Terzio.

»Ich muss mich wohl erst einmal daran gewöhnen«, sagte Lara vorsichtig.

Terzio schien verständnislos. »Du bist die Erste, die nicht davon begeistert ist«, bemerkte er erstaunt.

»Mir schwirrt so viel im Kopf herum, wahrscheinlich kann ich mich deshalb kaum auf dein Waldwasser konzentrieren. Wo bin ich hier hingeraten? Wie sieht Alea aus? Was arbeiten die Leute auf dieser Welt?« Fast hätte Lara auch gefragt, warum es für manche Menschen hier gefährlich werden konnte, aber das verkniff sie sich lieber. Sie wusste nichts über Terzio. Mit ihm wollte sie nicht über ihre Sorgen sprechen.

»Du wirst alles erfahren. Soll ich dir nachher die Stadt zeigen?«, fragte Terzio.

»Das wäre toll.«

Plötzlich klopfte es energisch an der Tür. Lara zuckte zusammen. Bisher waren ihre Besucher stets ins Zimmer gestürmt, ohne anzuklopfen. Terzio erhob sich und öffnete. Ein Mann in der gleichen roten Uniform stand vor der Tür und flüsterte in Terzios Ohr. Dieser nickte und schien dem Mann eine kurze Anweisung zu geben, die Lara nicht hören konnte.

»Lara, ich muss leider los. Es hat einen Zwischenfall gegeben.« Einen Moment stand er gedankenverloren im Raum und legte die Stirn in Falten, ehe er erneut lächelte. »Ich freue mich auf später.« Behutsam schloss er die Tür.

Während sie sich weitere Brotscheiben auf ihren Teller legte und begann, sie gierig zu verspeisen, musste sie an die Männer in den roten Uniformen denken. Sie sahen aus, als seien sie direkt einem Museum entsprungen. Was war die Aufgabe dieser Leute? Arbeiteten sie in der Krankenstation? Vielleicht bewachten sie die Anlage? Lara stand von ihrem Bett auf und rückte den Frühstückstisch an die Wand, neben das Holzfass. Viel Platz war in dem ohnehin kleinen Raum jetzt nicht mehr.

Etwa eine Stunde später schaute Wehras nach Lara. Mit ihm betraten zwei Soldaten den Raum und trugen das Holzfass aus dem Zimmer. Wehras schien gestresst und stritt sich mit den Soldaten.

»Noch so eine Bemerkung und das Krankenhaus braucht einen neuen Doktor«, giftete einer der Uniformierten.

»Diese dummen Kleingeister!«, schimpfte Wehras. Auf Laras Frage, was passiert sei, schüttelte er ärgerlich den Kopf. Er tastete Laras Rücken ab, fühlte ihren Puls und horchte ihr Herz ab. Dafür verwendete er einen Holztrichter, der Lara an ein altmodisches Hörrohr erinnerte. Mehr Zeit verwendete Wehras, um Lara ausgiebig in die Augen zu schauen. Er begutachtete sie aus mehreren Blickwinkeln und nickte anschließend zufrieden. »Auch wenn du leichte Kopfschmerzen hast, ist sonst alles in Ordnung mit dir«, stellte er fest.

Woher wusste er von dem leisen Brummen in ihrem Kopf? War es Intuition? Noch während sie darüber nachdachte, ging die Tür erneut auf. Lara erwartete, die missmutigen Soldaten zu sehen, doch zu ihrer Freude kam Terzio in den Raum.

»Bist du bereit, eine neue Welt kennenzulernen?«

4. Alea, die Stadt im Wald

Neugierig trat sie aus dem Zimmer. Zu ihrer Überraschung stellte sie fest, dass sie bewacht wurde. Auf dem Gang hockte, direkt neben ihrer Tür, ein Soldat, der starr geradeaus ein Loch in die Wand guckte. Der Gang war ähnlich karg wie ihr Zimmer. Die Wände hatten die gleiche Farbe und kleine Fenster, die hier so hoch angebracht waren, dass sie nicht hindurchschauen konnte, spendeten notdürftig Licht. Sie gingen den Flur hinauf, an dessen Ende ihnen eine schwere Eisentür den Weg versperrte. Terzio drückte kraftvoll dagegen und sie quietschte ohrenbetäubend, als sie sich öffnete. Sie kamen in eine Halle, in der weiß gekleidete Männer und Frauen geschäftig umherliefen. An den Wänden standen mehrere leere Betten. Die Halle war fensterlos. Gewaltige Kerzenständer verbreiteten ein warmes Licht. Terzio steuerte auf eine breite, zweiflügelige Tür zu, vor der zwei Soldaten standen. Sie trugen keine Schwerter, sondern hielten Lanzen in ihren Händen und musterten Lara feindselig, als sie näher kam. Terzio nickte kurz und einer der Soldaten öffnete die Tür. Zum ersten Mal sah Lara die fremde Welt. Ihr Blick fiel auf die gegenüberliegenden Häuser. Sie waren aus dunklen, unterschiedlich großen Steinen gebaut und hatten zwei Stockwerke. Die Dächer waren spitz und aus Holz. Lara dachte spontan an eine dem Mittelalter nachempfundene Stadt, die sie als Kind mit ihren Eltern besucht hatte. Die alten Fachwerkhäuser sahen ähnlich aus, nur dass hier die Fassade nicht verputzt war und es wenige Holzbalken zwischen den Steinen gab. Lara trat ins Freie und drehte sich um. Auf dieser Seite standen ebenfalls zwei Soldaten. Einer von ihnen schloss die Tür sofort, nachdem sie hinausgegangen waren.

»Warum gibt es in Alea derart viele Soldaten?«, fragte Lara unvermittelt, als sich Terzio zu ihr umdrehte.

»Wir müssen uns vor barbarischen Angriffen primitiver, in den Wäldern hausender Lebewesen schützen«, erklärte er wie selbstverständlich. »Daher wurden die Schutztruppen aufgebaut.«

»Was sind denn das für Lebewesen?«, wollte Lara wissen.

Terzio überlegte einen Moment, bevor er antwortete. »Wir haben einige Geschöpfe in unseren Labors. Wenn du willst, zeige ich sie dir nachher.«

Lara wollte, obwohl sie das Wort ›Labor‹ fast davon abgehalten hätte. Dennoch überwog ihre Neugierde. Ihr Blick ging nach oben. Der Himmel war strahlend blau, keine Wolke war zu sehen, die Sonne stand hoch und schien kräftig auf sie herab. Es sah aus, wie im Hochsommer in ihrer Welt. Aber die Luft war anders. Außerdem gab es diesen ganz bestimmten Duft. Es war schwer zu beschreiben, einen Augenblick kam es Lara so vor, als würde sie im Gewächshaus ihrer Nachbarn stehen, so wie sie es als kleines Kind oft getan hatte. Der gute Herr Schneider hatte sämtliche Familien im Umkreis mit selbstgezogenen Tomaten und Gurken versorgt. Dort hatte ein schweres, feuchtes Klima geherrscht, gemischt mit einem Geruch nach kräftigen Pflanzen, die gerade gegossen worden waren. Genauso empfand es Lara jetzt, mit dem Unterschied, dass es noch viel heißer war. »Und du gehörst zu dieser Schutztruppe?«, fragte sie.

»Ja«, sagte Terzio knapp und näherte sich einer Holzkonstruktion, die sich neben dem Gebäude befand. Zwei gesattelte Pferde waren dort angebunden. Elegant schwang sich Terzio auf eines der Tiere und schaute sie auffordernd an. »Los, steig auf. Zu Fuß kommen wir nicht weit.«

Unsicher sah Lara zu ihm auf. Sie hatte seit Ewigkeiten auf keinem Pferd mehr gesessen. Als sie klein war, hatte sie ein paar Reitstunden gehabt, aber das war lange her.

Terzio beruhigte sie. »Keine Angst. Setze dich einfach in den Sattel. Den Rest macht das Pferd von allein. Es folgt meinem.«

Mit gemischten Gefühlen stieg sie auf. Als sie schließlich auf dem Tier saß, fiel ihr auf, wie heiß es war. Die Temperatur betrug bestimmt 30 Grad und die Luft brannte ein wenig in ihren Nasenschleimhäuten, wenn sie tief einatmete, als würde sie in einer Sauna sitzen.

Terzio setzte sein Pferd in Bewegung. Wie er es gesagt hatte, trottete Laras Pferd gemächlich hinterher. Die Wege waren aus Sand und staubten ordentlich. Die Art der Häuser am Wegesrand änderte sich zunächst nicht. Auf den Wegen selbst war nicht viel los. Vereinzelt sah sie Menschen, die einfache

Hemden und Hosen aus festem Stoff trugen. Ab und zu kamen ihnen Reiter entgegen. Lara fiel auf, dass alle Reiter uniformiert waren und nickten, wenn sie Terzio sahen. Sie machten einen gefährlichen Eindruck auf sie. Den Menschen, die zu Fuß unterwegs waren, schien es ähnlich zu gehen. Sie wichen sofort aus und drückten sich eng an die Häuserwände, sobald ein Uniformierter auftauchte, Terzio eingeschlossen. Nach einer halben Stunde wurden die Wege breiter und die Gebäude höher. Häuser mit bis zu sechs Stockwerken waren keine Seltenheit mehr. Lediglich die dunklen Steine, aus denen sie errichtet worden waren, blieben unverändert. Die Steine sahen nicht aus, als ob sie für den Hausbau extra bearbeitet würden. Sie hatten die unterschiedlichsten Formen und Größen und waren einfach übereinandergesetzt worden. Trotzdem waren die Gebäude einigermaßen gerade.

»Wenn wir an der nächsten Straßenbiegung sind, können wir den Turm von Alea sehen«, rief Terzio, der inzwischen neben Lara ritt und dabei die Zügel von Laras Pferd in die Hand genommen hatte

»Turm von Alea?«, wiederholte Lara.

Sie erwartete einen Aussichtsturm zu sehen, auf dem mehrere schlecht gelaunte Soldaten sitzen und die Umgebung beobachten würden. Als die Pferde jedoch um die Ecke bogen, verschlug es ihr die Sprache. Wie eine gewaltige, steile Pyramide hob sich der Turm in den blauen Himmel. Er war viel zu weit weg, um Einzelheiten zu erkennen, doch Lara war allein von seiner Größe fasziniert.

»Wieso konnten wir ihn vorher nicht sehen?«, wunderte sie sich.

»Die Häuser stehen eng an den Straßen«, erklärte Terzio. »Dadurch ist die Sicht oft verdeckt. Man kann den Turm jedoch tatsächlich überall in Alea sehen, wenn man einen freien Blick hat. Jeden Abend werden dort oben große Fackeln angezündet. Sie erhellen fast die ganze Stadt. Das wirst du sehen, wenn wir oben stehen.«

»Du willst mit mir da rauf?«, fragte Lara verwundert.

»Natürlich!«, lachte er und ritt eine Spur schneller.

Sie ritten eine weitere halbe Stunde, bis sie den gewaltigen Turm erreichten. Ein breit gepflasterter Weg führte zu einem massiven Eingangstor. Davor standen vier Soldaten nebeneinander aufgereiht und beäugten Lara kritisch. Terzio stieg von seinem Pferd ab und ging zu den Soldaten hinüber. Lara hatte ein mulmiges Gefühl. Einer der Soldaten trug statt der einfachen roten Jacke einen langen, eleganten Mantel. Auf seinen Schultern entdeckte Lara ein blaues Dreieck. Grimmig ging der Soldat auf Terzio zu und zeigte auf Lara. Hoffentlich bekam Terzio ihretwegen keinen Ärger. Nach einem kurzen Wortwechsel winkte der Soldat ab. Terzio rief Lara zu sich.

»Ich zeige dir den schönsten Ausblick der Stadt!«, sagte er fröhlich.

Lara schaute skeptisch nach oben. Der Turm war ebenfalls aus dunklen Steinen errichtet worden. Im Gegensatz zu den Häusern waren diese Steine jedoch bearbeitet worden. Alle hatten dieselbe Größe. Zwei Meter lange und ein Meter hohe Quader reihten sich neben- und übereinander. Lara erinnerte sich daran, wie sie während eines Urlaubs am Fuße des Eiffelturmes in Paris gestanden hatte. Dieser Turm in Alea war zumindest nicht niedriger.

»Wie kommen wir dort rauf?«, fragte sie.

Terzio antwortete nicht, deutete lediglich auf einen der Soldaten, der gerade in einem Schuppen verschwand. Kurz darauf kam er mit zwei Tieren zurück. Auf den ersten Blick sahen sie aus wie Esel, aber ihr Fell war schneeweiß und langhaarig. Und sie waren um einiges kräftiger.

»Die sind hübsch!«, rief Lara begeistert aus.

Der Soldat schaute sie befremdet an. Terzio machte ein verächtliches Gesicht. »Das sind Hopies. Tiere unserer Feinde«, erklärte er abfällig. »Ab und zu fangen wir welche ein. Sie sind klein und stark. Das ideale Transportmittel, um bequem auf den Turm zu kommen.«

Grob zog er eines der Hopies zu sich und stieg auf. Lara beließ es dabei. Sie wollte keinen Streit mit Terzio anfangen, weil ihr diese Tiere gefielen und ihm nicht. Was ihr allerdings zu denken gab, war die Tatsache, dass er die Hopies anscheinend allein deshalb nicht mochte, weil sie von den Feinden stammten. Das fand sie reichlich engstirnig. Die Tiere trugen keine Sättel, das war jedoch auch nicht nötig. Erstaunt stellte Lara fest, wie weich der Rücken der Hopies war. Sie saß wie auf einem dicken, flauschigen Kissen. Einer der Soldaten öffnete das große Tor. Ohne dass Terzio irgendwelche Befehle geben musste, schritten die Hopies hindurch. Lara sah einen Gang der steil hinaufführte, ähnlich einer Wendeltreppe, nur ohne Stufen.

Fackeln erhellten ihren Weg, deren Schein auf Lara gespenstisch wirkte. Dort wo sie Licht gaben, wurde der Weg in ein fahles Orange getaucht, doch wenige Meter weiter warteten erneut dunkle Schatten auf sie, die Lara jedes Mal aufs Neue bedrohlich empfand. Plötzlich spürte sie einen stärker werdenden Luftzug, der durch das Mauerwerk zu kommen schien. Sie vermutete, dass sie weit oben waren.

Zehn Minuten später hörte sie Terzios Stimme. »Gleich sind wir da«, rief er ihr vergnügt zu.

Kurz danach endete der Weg abrupt. Eine schwere Holztür versperrte die Sicht, die mit einem Vorhängeschloss aus Metall gesichert war. Terzio holte einen Schlüssel hervor und öffnete die Tür.

»Bis zur Plattform müssen wir ein paar Stufen gehen«, sagte er.

Skeptisch schaute Lara nach oben. Eine wackelige Holztreppe führte weiter hinauf. Als sie die ersten Stufen betraten, knarrte sie laut. Lara fand diese Konstruktion wenig Vertrauen erweckend, weshalb sie erleichtert ausatmete, als sie oben ankamen.

»Mache dich auf einen wunderbaren Ausblick auf unsere Stadt gefasst«, sagte Terzio freudig.

Sie gingen durch einen Torbogen und erreichten eine etwa 15 Meter tiefe, gemauerte Plattform, die sich einmal um den Turm zog. An ihrem Rand ragte eine kleine Mauer etwa einen halben Meter in die Höhe.

»Wenn du nicht schwindelfrei bist, gehe lieber nicht zu nah an den Rand«, warnte Terzio.

Das hatte sie auch gar nicht vor, denn sie war nicht schwindelfrei. Doch der Ausblick war auch von hier fantastisch. Der Turm musste etwa in der Mitte der Stadt liegen. Alea breitete sich in alle Himmelsrichtungen gleich weit aus und hatte eine fast viereckige Form. Während sie die ersten Häuser direkt unterhalb des Turmes gut erkennen konnte, sie hatten von hier oben die Größe von Streichholzschachteln, verschwammen die Konturen, je weiter sie in die Ferne sah. Dort, wo Alea endete, begann sich ohne erkennbaren Übergang dichter Wald auszubreiten. Er erstreckte sich in allen Richtungen über den gesamten Horizont.

»Die ganze uns bekannte Welt ist mit Wald bedeckt«, erklärte Terzio.

Wie Lara interessiert feststellte, gab es noch andere hohe Gebäude in Alea. Nicht weit von ihnen entfernt entdeckte sie einen weiteren Turm. Er war zwar nur halb so hoch, dafür hatte er gewaltige Ausmaße. Er war rund und seinen Durchmesser schätzte Lara auf mehrere Hundert Meter. Im Gegensatz zu diesem Turm war er mit kleinen und größeren Fenstern übersät. Von Terzio erfuhr sie, dass dies die Hauptzentrale der Schutztruppen sei, in der etwa 3.000 Soldaten untergebracht seien. Er drehte sich um und zeigte in entgegengesetzter Richtung auf einen gewaltigen, strahlend weißen Palast mit vielen Türmen und Verzierungen. Er stand auf einem Berg und wurde von einem breiten Wassergraben geschützt.

»Das ist der Sitz von Waldhes, dem Oberhaupt der Stadt«, sagte Terzio ehrfurchtsvoll und mit leuchtenden Augen. Direkt daneben befand sich ein weiterer Palast. Er war deutlich kleiner und hatte lediglich einen Turm. Außerdem war er nicht leuchtend weiß, sondern bestand aus dem für diese Stadt charakteristischen dunklen Stein. Terzio erklärte, dass dort die Großmeister ihren Sitz haben.

»Was sind Großmeister?«, wollte Lara wissen.

»Das erzähle ich dir nachher beim Essen.«

Laras Blick fiel auf mehrere riesige Holzstämme, die an der Mauer direkt über der Aussichtsplattform verankert waren. Jeweils zur Hälfte waren sie mit einer harzartigen Flüssigkeit bestrichen.

»Das sind die Fackeln, die in den Nächten angezündet werden, um die Stadt zu erhellen«, erklärte Terzio.

Während sie sich fragte, wie man die Fackeln wohl heraufgeschafft hatte, denn durch die Gänge im Inneren passten diese gewaltigen Stämme sicher nicht, trat ein muskulöser blonder Mann in roter Uniform durch den Torbogen und stürzte auf Lara zu.

»Was machst du hier oben, Mädchen!«, brüllte er los und zog sein Schwert. »Ein Stich in dein Herz wird dir gefallen, oder?«, fragte er und zog dabei eine Grimasse.

Zunächst war Lara einfach überrascht. Als ihr jedoch klar wurde, dass ihr Gegenüber es ernst meinte, schrie sie laut auf und taumelte zurück.

»Du entkommst mir nicht«, stellte der Mann triumphierend fest und hob sein Schwert.

In seinen Augen funkelte pure Mordlust.

»Onkel Balter, hör auf!«, rief Terzio erschrocken. Er hatte sich schützend neben Lara gestellt. Der Mann hielt in seiner Bewegung inne.

»Oh, du bist hier, Terzio? Ich habe dich gar nicht gesehen«, sagte er.

Terzio legte Lara seine Hand auf die Schulter. »Du wirst meinen Gast nicht töten wollen?«, fragte er.

»Warum nicht? Ist das Mädchen wichtig?«

Lara meinte, dass Balter fast ein wenig beleidigt klang.

»Ja, ist sie«, gab Terzio zurück.

Balter zuckte mit den Schultern. Dabei fiel Lara ein Abzeichen an seiner Uniform auf. Es war ebenfalls ein Kreis.

»Dann eben ein anderes Mal«, sagte er ruhig und schlenderte zur anderen Seite der Plattform, ohne Lara noch einmal anzuschauen.

Lara spürte ein merkwürdiges Kribbeln in ihren Beinen. Sie war nach wie vor nicht fit. Und was meinte dieser schreckliche Balter mit ›ein anderes Mal‹? Wollte er ihr etwa irgendwo auflauern? Sie schwankte und ihre Beine gaben nach. Bevor sie auf den Boden fallen konnte, war Terzio bei ihr. Er legte seine Arme um ihre Hüfte. Während er sie stützte, lächelte er aufmunternd.

»Wir werden gleich eine Pause machen und uns ordentlich stärken«, sagte er tröstend.

»Balter ist dein Onkel?«, fragte Lara und versuchte, gleichmäßig zu atmen, um den Schock zu verarbeiten.

»Ja. Er ist manchmal sehr ungestüm«, gab Terzio zu.

»Hatte Balter wirklich vor, mich umzubringen?«, fragte sie verstört und wartete darauf, dass Terzio herzlich lachend mit dem Kopf schütteln würde. Stattdessen nickte er und sagte zu Laras entsetzen:

»Ja, er meinte es sozusagen todernst.«

»Warum das?«

»Vielleicht hast du ihn falsch angesehen oder ihm gefällt einfach deine Nase nicht.« Er strich durch ihre Haare. »Aber mach dir keine Sorgen. Ich bin bei dir.«

Lara war den Rückweg über tief in Gedanken versunken. Sie überlegte, wieso sich alle Soldaten derart feindlich und abweisend verhielten. Mochten sie sie nicht, weil sie eine Besucherin aus einer anderen Welt war? Sie bezweifelte jedoch, dass die Soldaten überhaupt wussten, woher sie kam. Und ganz sicher hatte Balter keinerlei Informationen über sie. Und dennoch wollte er sie töten. Weil er sich auf unerklärliche Weise von ihr provoziert fühlte. Sie dachte an die anderen Soldaten, an die vielen finsteren Blicke, mit denen sie sowohl im Krankenhaus als auch vor dem Turm durchbohrt worden war. Galten sie alle ausschließlich ihr? Sie dachte an die Menschen, die sie in der Stadt gesehen hatte. Sie hatten lieber die Straßenseite gewechselt, als Terzio zu nahe zu kommen. Welche Rolle spielten die Soldaten in Alea? Als das Tor geöffnet wurde und sie auf den Hopies hinaus in die Sonne ritten, versuchte sie ihre Gedanken beiseitezuschieben. Sie war erst seit Kurzem in Alea. Bestimmt würde sie die Antworten auf ihre Fragen erhalten. Als sie zurück zu den Pferden gehen wollte, die inzwischen an einem Holzbalken festgebunden waren, rief Terzio sie zurück.

»Lass die Pferde ruhig hier stehen. Wir gehen dort hinein und Essen und Trinken etwas. Das haben wir uns verdient.« Er zeigte auf ein Haus schräg gegenüber, aus dem fröhliches Stimmengewirr zu ihnen herüberdrang.

Es war voll in dem Gasthaus. Obwohl in dem großen Gastraum bestimmt an die hundert Tische standen, waren alle besetzt. An dessen hinteren Ende zog sich eine Theke über die gesamte Länge, an der dichtes Gedränge herrschte.

»Wollen wir am Fenster sitzen?«, fragte Terzio.

Lara nickte, doch es waren keine Plätze mehr frei. Weder am Fenster noch an den anderen Tischen. Trotzdem ging Terzio voraus und steuerte auf einen kleinen Ecktisch zu, an dem zwei Frauen saßen und sich angeregt unterhielten. Terzio klopfte zweimal gegen einen der Stühle. Augenblicklich verstummten die Frauen.

»Darf ich?«, fragte er freundlich und zeigte auf den Tisch.

Sofort standen die Frauen auf und entfernten sich schnell, ohne Terzio oder Lara anzuschauen. Während Terzio wie selbstverständlich Platz nahm, blieb Lara irritiert neben dem Tisch stehen. Erst als er sie aufforderte, sich hinzusetzen, ließ sie sich auf dem Stuhl nieder. Einen kurzen Moment taxierte sie Terzio, der bereits nach der Bedienung Ausschau zu halten schien. Er bemerkte ihren Blick.

»Schöner Tisch, oder?«

»Er war eigentlich besetzt«, stellte Lara fest.

Terzio hob fragend die Augenbrauen.

»Was war denn mit den Frauen?« Sie zeigte auf die beiden, die sich mühsam eine winzige Ecke der Theke gesichert hatten.

»Die Schutztruppen verteidigen diese Stadt vor unzähligen Feinden«, sagte Terzio, »daher genießen wir bei der Bevölkerung ein gewisses Ansehen. Schließlich halten wir unsere Köpfe hin, um Alea zu schützen.«

Lara kniff die Augen zusammen. Die Frauen hatten nicht anerkennend, sondern ängstlich gewirkt. Terzio hatte sie eingeschüchtert, nichts weiter.

»Wie ist es in deiner Welt?«, fragte er unvermittelt und lenkte das Gespräch damit auf ein anderes Thema.

Lara zögerte kurz. »Anders«, sagte sie knapp, weil sie nicht wusste, wo sie anfangen sollte.

»Ihr habt wohl keine Pferde«, stellte Terzio grinsend fest.

»Doch, bei uns gibt es Pferde. Aber sie dienen mehr der Freizeitbeschäftigung. Nicht als Fortbewegungsmittel.«

»Bewegt ihr euch zu Fuß fort?«, fragte Terzio interessiert.

»Nein, wir nehmen in der Regel Autos.« Lara erklärte das Aussehen und die Funktionsweise eines Automobils.

»Also wie ein Karren, nur mit vier Rädern und einem pferdelosen Antrieb, der so stark wie ein paar Pferde ist?«, fasste er ungläubig zusammen.

»Nicht nur wie ein paar Pferde. Das Auto meines Vaters hat beispielsweise die Kraft von 80 Pferden.«

»Das muss eine aufregende Welt sein«, meinte Terzio fasziniert.

»Wer weiß, vielleicht kann ich dich ja mal mitnehmen?«, sagte Lara.

»Das wäre toll.« Terzio schaute verträumt aus dem Fenster. »Ich würde gern in eurem Auto sitzen und mich schnell durch die Gegend bewegen.«

»Das würde dir gefallen«, grinste sie.

Für einen Augenblick dachte sie darüber nach, von Flugzeugen und Raketen zu sprechen. Sie ließ es jedoch lieber bleiben. Sie war sich nicht einmal sicher, ob Terzio ihr die Geschichte mit den Autos glaubte. Der Wirt stellte eine Käseplatte und zwei dampfende Töpfe mit einer lecker duftenden Gemüsesuppe auf den Tisch.

»Wie bist du zu den Schutztruppen gekommen?«, nahm sie das Gespräch wieder auf.

Terzio lachte leise vor sich hin. »Ach, eigentlich, weil meine Eltern früher bei den Schutztruppen waren«, sagte er achselzuckend.

Lara erfuhr, dass viele der Soldaten bereits im Kindesalter zu den Truppen stoßen, da die Eltern ebenfalls dort sind. Alle Soldaten werden innerhalb Aleas stationiert, die meisten davon in dem runden Turm. Der oberste Dienstgrad der Schutztruppen hieß ›Großmeister‹. Die Ausbildung dazu dauerte 20 Jahre. Zurzeit gab es fünf Großmeister in Alea. Alle acht Jahre wählten sie einen unter ihnen aus, der die alleinige Herrschaft über die gesamte Stadt besaß.

»Du scheinst einen recht hohen Dienstgrad zu haben«, stellte Lara fest.

»Das habe ich meinen Eltern zu verdanken. Sie haben beide viel für die Schutztruppen getan. Deshalb durfte ich gleich mehrere Ränge überspringen, als ich vor sechs Jahren meinen Dienst begann.«

Plötzlich hallte ein Schrei durch den Raum. Erschrocken drehte sie sich um. An einem der mittleren Tische standen drei Soldaten. Zwei von ihnen hatten ihre Schwerter gezogen und bedrohten eine Frau und zwei Kinder. Der Dritte griff einem kleinen Mann mit seinen großen Händen ins Gesicht.

»Warum stehst du so langsam auf, Bursche?«, brüllte er und schüttelte ihn.

»Wir sind so schnell aufgestanden, wie wir konnten«, verteidigte sich der Mann mit dünner Stimme und zitterte am ganzen Körper.

Der Soldat grölte triumphierend. »Ha, jetzt gibst du noch Widerworte«, stellte er fest. Er hob sein Knie und rammte es dem Mann mit voller Wucht in den Bauch. Während der Mann zu Boden sackte, schrien die Kinder erschrocken auf. Der Soldat beugte sich zu ihnen herunter und sagte mit eisiger Stimme: »Wollt ihr euren Vater sterben sehen? Das wird euch sicher eine Lehre sein, dass man Soldaten nicht warten lässt.«

Während er das sagte, zog er den am Boden kauernden Vater auf die Beine und gab ihm einen heftigen Tritt Richtung Eingangstür. »Leute, es gibt etwas zu sehen. Wir hängen draußen jemanden auf«, rief er in die Runde.

Lara schaute Terzio entgeistert an. Er hatte sich umgedreht und nahm sich ein Stück Käse vom Teller. »Willst du nicht eingreifen?«, fragte sie fassungslos.

»Warum? Der Soldat hat den Dienstgrad eines Ober-Schutzmeisters«, erklärte er ruhig. »Er hat eine gute Ausbildung genossen und wird wissen, was er tut.«

Lara konnte es nicht fassen. Da keine Zeit für eine Diskussion war, stand sie auf und schrie: »Hey, Ober-Schutzmeister. Lass deine dreckigen Finger von der Familie!«

Nachdem diese Sätze aus ihr herausgeschossen waren, starrte sie Terzio perplex an – genauso wie alle sonstigen Anwesenden im Wirtshaus. Als der Soldat in seiner Bewegung innehielt und sie ungläubig musterte, fühlte sie Panik in sich aufsteigen. Langsam kamen alle drei Soldaten auf sie zu.

»Was hast du gesagt?«, zischte der Ober-Schutzmeister.

Genau wie die anderen beiden Soldaten hielt er sein Schwert in der Hand und bewegte es leicht auf und ab.

»Ich werde die vorlaute Göre köpfen«, verkündete er seinen Kameraden. »Und anschließend hängen wir die ganze Familie auf«, lachte er. »Das wird euch allen eine Lehre sein.«

Laras Blick fiel auf Terzio, der nachdenklich an seinem Käse nagte. Die Soldaten hatten sich inzwischen einen Weg durch die engen Tisch- und Stuhlreihen gebannt und waren wenige Tische entfernt. Plötzlich stoppten sie mitten in ihrer Bewegung und schauten überrascht auf Terzio. Lara vermutete, dass sie ihn vorher in dem Gedränge nicht gesehen hatten. Schließlich war er nicht aufgesprungen.

»Was soll das?«, fragte der Ober-Schutzmeister verwirrt. »Wer bist du, Mädchen?« Er fixierte Lara mit starrem Blick.

»Das geht dich nichts an! Lass einfach die Familie in Ruhe!«, sagte Lara klar und ruhig, obwohl sie innerlich bebte.

Man konnte an den Gesichtern der Soldaten ablesen, dass sie wohl äußerst selten Widerworte von Nichtuniformierten erhielten. Während Lara ein leises Raunen in der Menge vernahm, bemerkte sie Terzios genervten Gesichtsausdruck. Er hatte sich gerade das letzte Stück Käse in den Mund geschoben, als der Soldat erneut seine Stimme erhob.

»Wie kannst du es wagen …!«, begann er seinen Satz, als Terzio unvermittelt aufsprang und sich umdrehte.

»Hast du irgendwelche Probleme damit?«, zischte er bedrohlich. »Wenn du nicht in einer Minute verschwunden bist, lasse ich dich in die Zelle des Raubwehrs werfen.«

Seine blauen Augen funkelten gefährlich. Augenblicklich machten die zwei rangniederen Soldaten kehrt und hatten es plötzlich sehr eilig, zum Ausgang zu gelangen. Der Ober-Schutzmeister sackte ein wenig in sich zusammen, wie Lara äußert vergnügt feststellte, ehe er nickte und sich ebenfalls umdrehte.

Fast beiläufig bemerkte Terzio: »Ich lasse mir die Adresse der Familie geben und werde kontrollieren, dass ihnen nichts zugestoßen ist.«

Kaum merklich ballte der Soldat seine Hände. Lara hörte ihn fluchen. Dann eilte er mit schnellen Schritten aus dem Gasthaus.

Terzio setzte sich und schaute Lara an. Sie konnte seinen Blick nicht recht deuten. War er sauer auf sie? Eigentlich müsste sie sauer auf ihn sein. Warum war er erst derart spät eingeschritten? Hätte er überhaupt gehandelt, wenn sie nicht die Initiative ergriffen hätte?

»Du darfst dich nicht in Gefahr bringen«, sagte er eindringlich. »Ich werde nicht immer bei dir sein können, um dich zu beschützen.«

»Du hättest nichts unternommen, oder? Du hättest sie den Vater aufhängen lassen«, stellte Lara nüchtern fest.

Er schaute sie gequält an. »Bei den Schutztruppen gibt es einen Ehrenkodex. Während innerhalb der Armee Befehl und Gehorsam unerlässlich sind, sollen sich die diensthöheren Grade bei allen außermilitärischen Angelegenheiten heraushalten.«

Lara war bestürzt. »Selbst wenn irgendwelche wild gewordenen Soldaten Unschuldige aufhängen wollen?«

»Ja, auch dann. Man geht davon aus, dass die Soldaten schwierige Situationen sehr gut selbst im Griff haben und entsprechend ihrer guten Ausbildung handeln.«

»Und das glaubst du?« Lara schüttelte ihren Kopf.

»Ja …«, sagte er zögerlich, »meistens jedenfalls. Aber dieses Vorgehen war nicht in Ordnung«, fügte er leise hinzu und starrte auf den Tisch.

Diese Erkenntnis fiel ihm sichtlich schwer. Als sie ihre Suppen ausgelöffelt hatten, verließen sie das Wirtshaus und kehrten zu ihren Pferden zurück.

»Was ist eigentlich ein Raubwehr?«, fragte Lara neugierig, um ein neues Thema zu beginnen.

»Ich zeige dir einen. Du wolltest doch sehen, warum wir überhaupt Schutztruppen haben.«

Sie ritten in Richtung des gewaltigen runden Turmes der Schutztruppen. Obwohl längst nicht so hoch wie der Turm von Alea, zählte Lara knapp 30 Stockwerke, während sie langsam näher kamen. Auf den Straßen waren wenige in Zivil gekleidete Menschen zu sehen. Und die, die unterwegs waren, bewegten sich vorsichtig und langsam, als wären sie am liebsten unsichtbar. Die Anzahl der Soldaten nahm beständig zu. In den Straßen, direkt vor dem Turm, sah Lara ausschließlich rotuniformierte Männer und Frauen. Der Lärmpegel war immens. Raues Lachen und hitzige Wortwechsel drangen an ihr Ohr. Sie fühlte sich unwohl, hier zu sein, nach all den Vorfällen mit Soldaten heute. Das Schutztruppen-Bauwerk befand sich jetzt direkt neben ihnen. Der Weg führte derart dicht an dem Gebäude vorbei, dass man vom Turm nur mehr eine riesige, halbrunde schwarze Mauer erkennen konnte. Sie wirkte bedrohlich und kalt. Lara schauderte, als sie daran dachte, dass Terzio dort sein Quartier hatte. Auf einer gewaltigen Zugbrücke wuselten die Soldaten wie Ameisen umher. Dies schien der einzige Eingang zum Turm zu sein. Lara war froh, als Terzio daran vorbeiritt. Direkt neben dem Turm lag ein dunkles, rechteckiges Gebäude. Wachtürme ragten auf beiden Seiten in die Höhe, die alle mit mehreren Soldaten besetzt waren. Als Terzio sich dem Eingang näherte, wurde sofort das Tor geöffnet. Sie ritten in einen kleinen Innenhof und stiegen ab. Über mehrere schmale Treppen ging es hinunter ins Innere der Anlage, wo der Weg sich gabelte.

»Dort geht es zu den Labors«, erklärte er und zeigte auf eine Treppe, die zurück nach oben führte. »Wir wollen zu den Zellen«, fügte er an und ging weiter hinab.

Schließlich gelangten sie an ein schweres Eisengitter, das von zwei Soldaten bewacht wurde. Terzio und Lara gingen hindurch. Als Erstes fiel Lara der furchtbare Gestank auf. Es roch nach Essensabfällen und Fäkalien. Da sie sich wohl unter der Erde befanden, gab es nicht mal Lüftungsschlitze. Die letzte frische Luft kam wahrscheinlich in das Gebäude, als es gebaut wurde, dachte Lara und schüttelte sich. Der Gang wurde breiter. Während auf der einen Seite massives Mauerwerk den Weg säumte, lagen auf der anderen Seite Zellen. Die ersten zwei Zellen waren leer, in der dritten lag ein Fellbüschel.

»Was ist das?«, fragte Lara.

Terzio nahm seinen Dolch und klopfte damit gegen die Gitterstäbe. Das Fellbüschel bewegte sich und stand auf. Lara sah zwei riesengroße Plattfüße mit jeweils vier Zehen und zwei zu kurz geratene Arme mit tatzenartigen Händen. Ansonsten bestand das Ding einzig aus Fell. Langsam schlurfte es auf Terzio und Lara zu.

»Das ist ein Zott. Die sind selten in den Wäldern um Alea«, erklärte Terzio. »Sein Gesicht ist unter dem Fell versteckt. Er ist hier, weil er einen unserer Holzfäller mutwillig angegriffen hat. Wahrscheinlich wollte er seinen Baum verteidigen«, erzählte Terzio.

Lara konnte nicht recht glauben, dass dieses knuffige Wesen irgendeine Straftat begangen haben sollte.

»Als die Holzfäller eines Tages einen besonders hohen Baum fällen wollten, kam dieser Zott ihnen brüllend entgegen. Er sprang einen der Holzfäller an und schlug ihm kräftig aufs Auge, dass es heute, vier Wochen später, noch blau und geschwollen ist.«

»Der Zott muss den Baum gemocht haben«, stellte Lara fest.

»Ja, sehr. Zotts werden auf großen Bäumen geboren. Und solange sie leben, bleiben sie in der Nähe ihrer Geburtsbäume. Der Baum bedeutet einem Zott eine Menge und er verteidigt ihn daher mit allen Mitteln.«

»Die Strafe ist sehr hart«, fand Lara. »Nur weil er seinen Geburtsbaum verteidigt hat, sitzt er seit vier Wochen im Gefängnis.«

»Wenn man sich den Holzfällern entgegenstellt, zieht das dieselbe Strafe nach sich wie bei einer Konfrontation mit den Schutztruppen«, zeigte Terzio sich verständnislos.

»Und was geschieht mit ihm?«

»Das Gleiche, wie mit allen anderen Gefangenen auch. Sie kommen ins Labor, damit unsere Medizinstudenten die Anatomie unserer Feinde studieren können.«

Ohne Laras Reaktion abzuwarten, ging er zur nächsten Zelle. Lara folgte kopfschüttelnd. Sie hoffte, dass der Zott nicht verstanden hatte, welches Schicksal ihn erwartete. Skeptisch blickte sie ins Innere. Zwei Männer saßen gelangweilt auf dem Zellenfußboden. Auf den ersten Blick sahen sie wie gewöhnliche Stadtbewohner aus, doch dann fielen Lara Unterschiede auf. Die Männer waren nicht größer als

1,60 Meter und sie hatten schneeweiße Haare, obwohl sie sie für nicht älter als 30 Jahre hielt. Bekleidet waren beide mit dunklen Fellumhängen. Einer von ihnen hatte eine tiefe Narbe auf der linken Wange. Als sie Lara bemerkten, schauten sie interessiert zu ihr herüber.

»Das sind Waldmenschen. Sie leben in kleinen Rudeln inmitten der Wälder«, erklärte Terzio.

»Und was haben sie angestellt?«, fragte Lara.

Einer von den beiden stand wütend auf.

»Arr-Hu! Nichts haben wir angestellt!«, brüllte er los.

Terzio schüttelte den Kopf. »Die Waldmenschen sind gefährlich. Wir haben viele Soldaten im Kampf gegen sie verloren. Diese zwei haben wir im Wald nahe unserer Stadt gestellt. Außerdem haben sie gegen unseren Herrscher propagiert.«

»Ach, was für ein Blödsinn! Arr-Hu!«, schimpfte der Waldmensch weiter. »Wir haben lediglich gesagt, dass er bald so knittrig im Gesicht aussieht wie die Rinde eines Riesenbaumes. Und das ist immerhin eine Tatsache. Arr-Hu!«

»Wegen dieser albernen Beleidigung wurden sie ins Gefängnis gesteckt und werden getötet?«, fragte Lara erschrocken.

»Waldmenschen werden getötet, weil sie Wald-menschen sind«, sagte Terzio lapidar. »Aber auch wenn es sich um Bürger Aleas handeln würde, hätten sie harte Strafe verdient. Man darf nicht schlecht über Waldhes reden. Wenn das jeder machen würde, wäre es mit der Disziplin in dieser Stadt schnell vorbei«, rechtfertigte er sich.

»Arr-Hu! Außer den Soldaten macht das sowieso fast jeder«, bemerkte der zweite Waldmensch finster.

»Waldhes ist selbst bei vielen Soldaten unbeliebt. Die trauen sich bloß nicht, es zu sagen«, betonte er langsam und ruhig, was Terzio außerordentlich aufregte.

»Macht nur weiter so. Eure Leben sind sowieso in Kürze beendet«, erwiderte er eiskalt.

Lara hatte den Drang, den Waldmenschen etwas Tröstendes zu sagen. Sie war fast versucht, sich für Terzios Worte zu entschuldigen.

Einer der Waldmenschen sprach sie direkt an. »Arr-Hu! Du bist nicht aus Alea«, stellte er fest und nickte dabei andächtig.

»Es ist nicht deine Schuld. Du kannst nichts für unsere Behandlung«, bemerkte der andere und beide lächelten ihr zu.

Dieses Lächeln hier unten, in dem tiefen Verließ, empfand Lara als äußerst beruhigend. Eigentlich hatte doch sie etwas Tröstendes sagen wollen und nun munterten die Waldmenschen sie auf.

Terzio nahm Laras Arm. »Komm! Einen ganz speziellen und bösartigen Burschen will ich dir vorstellen.«

Sie kamen an mehreren leeren Zellen vorbei, ehe sie vor einer stehen blieben, die größer war als alle anderen. Auch die Eisenstäbe hatten mehr als den doppelten Umfang.

»In dieser Zelle wartet ein Raubwehr auf das Labor«, sagte Terzio.

Ehrfurchtsvoll schaut er in die Zelle. Hier am Ende des Ganges drang kaum mehr Helligkeit von der Treppe bis zu ihnen. Die Zelle lag komplett im Dunkeln. Außer zwei strahlenden, gelben Lichtpunkten konnte Lara nichts erkennen.

»Was sind das für Lichter?«, fragte sie.

Terzio hatte sich inzwischen dicht neben sie gestellt. »Man kann den Grad der Aggressivität bei den Raubwehren an den Augen ablesen. Je aggressiver sie sind, umso stärker leuchten ihre Augen«, erklärte er leise. »Unser Freund scheint momentan sehr böse zu sein.«

Lara konnte nicht glauben, dass die zwei tomatengroße Lichtkugeln Augen sein sollten.

»Er fixiert uns«, flüsterte er weiter. »Wären diese starken Gitter nicht zwischen uns, würden wir nicht mehr lange leben.«

Lara war fasziniert von dem Anblick dieser Augen. Sie wirkten nicht bedrohlich, sondern eigentlich sehr beruhigend auf sie. Sie fühlte sich sicher und wohl, und ihr war warm. Es kam ihr vor, als würde sie an einem kuscheligen Platz in der Nachmittagssonne liegen. Oder in ihrer Badewanne zu Hause, während sie den wohlriechenden Duft ihrer Badelotion einatmete. Ihre Muskeln wurden schwer, aber das war in Ordnung. Sie konnte einfach ausspannen und die Seele baumeln lassen. Weder Hektik noch Sorgen drangen in ihr Gemüt. Da war lediglich diese heilsame, alles einnehmende Wärme um sie herum. So entspannt war sie zuletzt … Plötzlich spürte sie einen stechenden Schmerz an ihrer Wange. Das Gefühl von Wärme war schlagartig verschwunden. Irritiert sah sie Terzio an.

»Entschuldige!« Sanft strich er mit seiner Hand über ihre Wange, dort, wo er ihr kurz zuvor eine schallende Backpfeife verpasst hatte. »Ich vergaß zu sagen, dass die Raubwehre hypnotische Fähigkeiten besitzen. Selten jagen sie ihre Opfer. Meistens machen sie sie willenlos. Stehst du unter ihrem Bann, hast du das Gefühl, es gäbe keinen sichereren Platz als den Schoß des Ungetüms.«

Lara fühlte sich unbehaglich. Wie sollte man sich vor einem Geschöpf schützen, das einen hypnotisieren konnte? Sie schauderte und wandte sich zum Gehen.

»Wo willst du hin? Du hast den Raubwehr ja noch gar nicht richtig gesehen. Ein wirklich imposantes Geschöpf.«

Terzio rief nach einem Soldaten, der kurz darauf mit einer unruhig flackernden Fackel erschien. Terzio nahm sie ihm ab und schlug mit seinem Dolch gegen die Gitterstäbe der nächsten Zelle. Zunächst erfolgte keine Reaktion aus deren Inneren. Terzio erhöhte die Taktzahl seiner Schläge und nach einer Weile hörten sie ein dunkles und bedrohliches Knurren. Kurz darauf zeigte sich der Raubwehr. Es war ein furchterregendes Geschöpf. Kopf und Körper dieses Tieres erinnerten Lara an einen Wolf aus ihrer Welt. Der Raubwehr war etwa dreimal so groß. Und er ging aufrecht auf seinen Hinterbeinen. Ein gewaltiger Anblick. Eine spitze Armee gelber, fingergroßer Zähne schaute aus seinem mächtigen Maul heraus, er hatte küchenmesserlange Krallen und seine Augen funkelten. Als Lara merkte, dass ihr langsam wohlig warm wurde, zwang sie sich, in eine andere Richtung zu sehen.

»Wie habt ihr ihn gefangen?«, fragte sie leise.

»Eine unserer Einheiten brachte ihn hierher, nachdem er mehrere Soldaten getötet hatte. Wir schafften es, ihn zu betäuben«, sagte Terzio stolz. »Es ist nämlich der erste Raubwehr, den wir lebend fangen konnten. Vorher …« Er kam nicht dazu, seinen Satz zu beenden. Ein schreckliches Jaulen hallte durch das Gefängnis. Es war so laut, dass Lara dachte, sie stände neben einer Sirene. Der Raubwehr hatte seinen Kopf in den Nacken gelegt und heulte derart durchdringend, dass Lara erschrocken rückwärtstaumelte. Selbst Terzio bewegte sich von der Zelle weg.

»Wir sollten lieber gehen!«, schrie er ihr zu.

Lara hatte nichts dagegen einzuwenden. Schnell liefen sie Richtung Treppe. Lara sah, wie die Waldmenschen dem Gebrüll fasziniert zuhörten. Der Zott hatte sich in die hinterste Ecke seiner Zelle verkrochen und zitterte am ganzen Körper. Sie verließen das Gebäude auf einem anderen Weg. Selbst auf dem Hof war das wütende Geheul des Raubwehrs laut und deutlich zu hören.

Lara war froh, als sie sich einige Kilometer von dem Gefängnis entfernt hatten. Das Geheul ertönte selbst jetzt noch in ihren Gedanken und nistete sich dort ein. Sie war an einem Punkt angelangt, an dem sie, ohne zu zögern, durch das Dimensionstor zurück in ihre Welt gegangen wäre. Egal, welche gesundheitlichen Konsequenzen sie davontragen würde. Die Erlebnisse des Tages lasteten schwer auf ihrem Gemüt. Sie dachte an Balter, den knapp dem Tode entronnenen Familienvater und an die Waldmenschen sowie den Zott, auf die ein furchtbares Ende wartete. Einzig das Zusammensein mit Terzio heiterte sie auf, denn er kümmerte sich rührend um sie. In seiner Gegenwart fühlte sie sich wohl. Obwohl es schon bald Abend werden würde, ritten sie nicht zurück.

»Du musst unbedingt einen Blick auf die mächtigen Stadtmauern werfen«, sagte Terzio freudig.

Auf den Wegen war in dieser Gegend nicht allzu viel los. Ab und zu huschten Bewohner geschäftig durch die Straßen und vereinzelt sah man Händler, deren Karren allerdings fast leer waren. Sie hatten auf den großen Plätzen wohl gute Geschäfte gemacht. Lara schaute den Weg entlang und entdeckte an dessen Ende ein gewaltiges dunkles Bauwerk. Es erstreckte sich über die gesamte erkennbare Breite und war höher als alle Häuser, die sie bisher gesehen hatte.

»Ist das die Stadtmauer?«, fragte sie Terzio.

Er nickte stolz. Kurz davor machte die Straße einen Knick. Die letzten Häuser in Alea standen unmittelbar vor dem gewaltigen Bollwerk. Lara stellte fest, dass sich ein Gasthaus neben das andere drängte, die alle acht bis zehn Stockwerke maßen. Die Stadtmauer im Hintergrund überragte die höchsten Gebäude um etwa das dreifache.

»So viele Gasthäuser«, sagte sie erstaunt.

»Alea hat zwei Ein- und Ausgänge. Wir nähern uns gleich einem davon«, erklärte Terzio. »Die vielen Gasthäuser sind für alle, die vor den Toren Aleas arbeiten. Hauptsächlich Holzfäller. Abends kommen sie lieber zurück in die Stadt.«

Er zeigte auf eine Gruppe verwegen aussehender Männer, die lärmend durch die Straßen zog. Lara fiel auf, dass diese Männer Terzio keinen Platz machten, stattdessen musste Terzio mit seinem Pferd auf die andere Straßenseite ausweichen und Laras Pferd folgte selbstständig, wie sie glücklich feststellte. Außerdem bemerkte sie zufrieden, dass ihr diesmal keine finsteren Blicke entgegengeworfen wurden. Die Holzfäller grüßten sowohl Terzio als auch sie freundlich und prosteten ihnen fröhlich, mit randvoll gefüllten Kelchen, zu. Terzio schaute streng zurück, aber Lara konnte es sich nicht verkneifen, ihnen ein lautes »Prost!« zuzurufen, als sie an ihnen vorbeiritt. Daraufhin drehten sich die Holzfäller noch einmal um und hoben ihre Kelche in ihre Richtung.

Die Wege wurden belebter. Viele Holzfäller, aber auch Händler und Soldaten kamen ihnen entgegen. Terzio zügelte sein Pferd und brachte es dazu, stehen zu bleiben. Laras Pferd tat dasselbe.

»Es ist relativ spät. Wie wäre es, wenn wir heute in einem der Gasthäuser übernachten?«, schlug er vor. »Oder möchtest du unbedingt zurück in dein Krankenzimmer?«

Ihr beengtes Zimmer vermisste Lara nicht. »Dürfen wir das denn einfach? Muss ich nicht im Krankenhaus erscheinen?«

Terzio winkte ab. »Wehras wird nicht allzu sauer sein«, sagte er. »Ich bringe dich morgen zurück.«

Lara hatte nichts dagegen, irgendwo einzukehren. Außerdem war sie froh, von diesem Pferd herunterzukommen. Sie spürte ihr Steißbein und ihr Hintern kribbelte. Sie war eben total aus der Übung. Als sie abstieg, wurde es beinahe noch schlimmer. Sie hatte Schwierigkeiten, zu gehen. Ein Junge nahm ihnen die beiden Tiere ab und führte sie zu einem Stall direkt neben dem Gasthaus.

»Setz dich hin und bestell uns einen Eintopf«, sagte Terzio, als sie im Haus waren. »Ich werde mich um die Unterkunft kümmern.«

Das Gasthaus war gemütlich eingerichtet. An den Wänden hingen Holzschnitzereien und auf jedem Tisch standen zwei große Kerzen. Der Junge von eben kam zu ihrem Tisch und zählte auf, was die Speisekarte hergab. Als Getränk gab es ausschließlich Waldwasser. Lara orderte Brot und eine Käseplatte.

»Sag mal«, fragte der Junge anschließend schüchtern, »bist du Ehrengast von Waldhes oder hast du eine besonders heldenhafte Tat begangen?«

»Nein, nein«, sagte sie lachend, »weder noch.«

»Aber du bist mit einem Hauptschutzmeister hereingekommen.«

»Ja, er zeigt mir die Stadt. Ich bin neu in Alea.«

Der Junge starrte Lara fassungslos an. »Er zeigt dir die Stadt? Dann musst du eine wichtige Persönlichkeit sein!«, beharrte er und verschwand hinter dem Tresen.

Minuten später war Terzio bei ihr. Er erzählte, dass er zwei nebeneinanderliegende Zimmer unter dem Dach organisiert hatte. Da der Abend noch jung war, bestellten sie einen Krug Waldwasser. Lara stellte fest, dass es sich mit Waldwasser ähnlich verhielt, wie mit vielen Getränken aus ihrer eigenen Welt: Je häufiger man es trank, umso besser schmeckte es. Der Krug leerte sich schnell und wurde ebenso flink erneut gefüllt. Es war bereits tiefe Nacht in Alea, als Terzio sie leicht antippte.

»Ich denke, wir sollten es gut sein lassen für heute«, schrie er, denn inzwischen hatte eine Gruppe Holzfäller angefangen, lauthals zu singen.

Sie gingen eine knarrende, steile Holztreppe hinauf. Terzio öffnete eine Tür und winkte Lara hinein. Das Zimmer war nicht viel größer als ihr Raum im Krankenhaus. Immerhin verfügte es über zwei breite Fenster und eine Waschgelegenheit. Direkt neben der Tür standen zwei Schüsseln mit lauwarmem Wasser. Terzio gähnte herzhaft.

»Die Wände sind nicht dick. Ich bin im Raum nebenan. Wenn etwas ist, klopfe einfach an die Wand.«

Lara nickte und sie wünschten sich eine gute Nacht. Als Lara in ihrem Bett lag, merkte sie, wie viel Kraft der heutige Tag gekostet hatte. Es dauerte wenige Augenblicke, bis sie tief und fest schlief.

5. Die Tore in den Wald

Als sie am nächsten Morgen die Augen öffnete, schien die Sonne bereits durch die Fenster. Kurze Zeit später klopfte es.

»Guten Morgen, du Schlafmütze. Ich habe mit dem Frühstück extra auf dich gewartet«, hörte sie Terzios gut gelaunte Stimme durch die Tür.

»Ich bin gleich fertig«, rief Lara. »Geh ruhig mal vor.«

Als Lara wenig später den Gastraum betrat, saß Terzio an einem Tisch in der Ecke. Mehrere Krüge und Schüsseln standen vor ihm.

»Heute kommt der zweite Teil der Stadtbesichtigung«, verkündete er unternehmungslustig.

Lara hatte ein zwiespältiges Gefühl. Einerseits war sie gespannt darauf, mehr von Alea kennenzulernen. Andererseits würde sie wohl unweigerlich auf Rotuniformierte treffen. Das dämpfte ihre Stimmung. Sie hatte genug von den Soldaten.

Nach dem Frühstück machten sie sich auf den Weg. In den Gassen war ähnlich viel los wie gestern Abend. Nur zogen die Menschen diesmal in die entgegengesetzte Richtung. Unzählige Gruppen von Holzfällern gingen Richtung Tor. Sie scherzten und lachten, wie Lara es von ihnen gewohnt war. Soldaten waren heute vermehrt zu sehen, wie Lara verunsichert feststellte. Allerdings schlenderten sie diesmal nicht aufreizend langsam in der Mitte des Weges umher, sondern marschierten jeweils in Zwölfer-Gruppen stramm hintereinander weg. Dieser Weg mündete, wie alle bisherigen, in einen Platz, der anders war als die vorherigen. Der Weg, der links von ihnen zur Stadtmauer führte, war fast so gewaltig wie der Platz selbst. Lara schätzte seine Breite auf knapp einhundert Meter. In der Stadtmauer befanden sich drei imposante Stadttore. Alle drei waren geöffnet und zahllose Menschen strömten hindurch. Während ihr auf den Wegen im Inneren der Stadt wenige Pferde begegnet waren, waren hier jede Menge Reiter unterwegs. Manche trugen die Uniformen der Schutztruppen, viele aber hatten zivile Kleidung an. Auch Hopies waren reichlich zu sehen. Sie wurden von Männern geritten, die ähnlich schwere Hemden und Hosen trugen wie die Holzfäller. Lara stellte zufrieden fest, dass es ihnen augenscheinlich nicht unangenehm war, auf den Hopies zu reiten. Im Gegenteil, sie hatten viel Freude daran. Belustigt beobachtete sie, dass die Reiter sich öfter vorbeugten und den Tieren dabei lachend etwas ins Ohr flüsterten. Obwohl sie Hunderte Meter von den Toren entfernt waren, konnte Lara weitere Einzelheiten erkennen. Auf der Stadtmauer direkt über den Toren standen jede Menge Soldaten, die aufmerksam die Menschenmengen vor und hinter der Stadtmauer im Auge behielten. Dort schien die Mauer breiter zu sein. Mehrere stabile Holztreppen führten hinauf.

Lara zeigte auf die Soldaten. »Die sehen grimmig aus«, bemerkte sie.

»Das müssen sie«, stellte Terzio klar. »Schließlich hängt die Sicherheit Aleas davon ab, wen die Soldaten durchlassen.«

»Lassen sie uns durch?«, fragte Lara halb im Spaß.

»Na klar. Raus kommt man immer!«, lachte Terzio, beugte sich vor und gab Lara einen leichten Klaps auf die Schulter. »Allerdings müssen wir nicht unbedingt den für dieses Tor zuständigen Befehlshaber treffen«, bemerkte er eher beiläufig.

Lara schaute ihn fragend an.

»Balter«, sagte er lediglich.

Bei diesem Namen wäre sie am liebsten auf der Stelle umgekehrt. Dennoch blieb sie auf ihrem Pferd sitzen.

»Und wenn schon. Du bist bei mir«, sagte sie achselzuckend und betont gelangweilt.

Er schaute sie grinsend an. »Eben!«

Nicht nur auf der Stadtmauer standen unzählige Soldaten, auch auf der Straße direkt vor und neben den Toren befanden sich ganze Hundertschaften von Rotuniformierten. Während die Holzfäller ohne Kontrollen das Tor passierten, beobachtete Lara, wie andere Menschen von der Straße gewinkt und durchsucht wurden. Die Vorstellung, mit Balter zusammenzutreffen, nahm sie längst nicht so leicht wie Terzio. Immerhin hatte sie Balter direkt in die Augen geschaut, als er mit erhobenem Schwert auf sie zukam. Sie hatten irre gefunkelt. Lara vermied es jetzt, die Soldaten direkt anzusehen, sondern richtete ihren Blick direkt auf das Tor. Zu ihrer Erleichterung nahm niemand besondere Notiz von ihnen.

Die Stadttore waren aus Holz und mehrere Meter dick. Sie waren nach innen geöffnet und mit Dutzenden armdicken Seilen an der Stadtmauer befestigt. Die Seile standen unter Spannung und Lara vermutete, dass die Tore sich automatisch schlossen, sobald man sie kappen oder losbinden würde. Sie war froh, als sie die Befestigungsanlage endlich hinter sich ließen. Hier, außerhalb von Alea, säumten hohe Bäume die Straße. Es waren Nadelbäume, vermutlich Tannen, und sie waren unglaublich riesig. Etwa doppelt so groß wie die Bäume, die sie kannte. Sie standen dicht nebeneinander. Wenig Licht drang zwischen den mächtigen Ästen hindurch und tauchte den Boden in ein schummeriges Grau. Der Weg, den sie entlangritten, bestand aus demselben Sand wie die Straßen innerhalb Aleas. Er verengte sich nun zusehends. War er kurz hinter den Toren ebenso breit wie innerhalb der Stadtmauern gewesen, wurde er jetzt Meter um Meter schmaler. Dicht um sie herum drängten sich Holzfäller, Soldaten und andere, für Lara nicht näher zu bestimmende Bürger Aleas. Nach einer Weile zweigten von beiden Seiten immer wieder Wege ab. Viele Holzfällergruppen bogen ab und sorgten so für eine erhebliche Entspannung der Verkehrssituation. Als sie eine halbe Stunde später an eine Wegkreuzung gelangten, waren nur noch vereinzelt Menschen zu Fuß oder beritten unterwegs. Lara entdeckte einen, lediglich durch festgetretene Erde, markierten Weg, der zu beiden Seiten abging. Sie sah Wasser durch kleine Bäume hindurchschimmern.

»Ist das ein See?«

»Oh ja!«, lachte Terzio. »Und es ist der einzige See, den wir kennen. Er versorgt die Stadt mit Wasser. Komm mit!«

Er ritt durch die Bäume auf den See zu, Laras Pferd trabte hinterher. Minuten später standen sie am Ufer. Lara war beeindruckt. Für sie sah der See aus wie ein Meer. Er zog sich tief und breit bis zum Horizont hin. Das Wasser war klar und grünlich.

»Wenn wir ihn umrunden wollten, wären wir gut und gerne 50 Tage unterwegs«, erklärte Terzio. »Das ist allerdings nicht zu empfehlen, denn gerade auf der gegenüberliegenden Seite gibt es viele Feinde«, fuhr er fort, »unter anderem Raubwehre.«

Sie betrachteten eine Weile schweigend das Wasser, bis Terzio in die Hände klatschte. »Hier endet meine kleine Führung«, lachte er. »Wir werden durch den Wald und über die Felder zurück zum anderen Stadttor reiten.« Er grinste Lara breit an. »Dort hat Balter nicht das Kommando.«

Obwohl sie nicht weit von der Stadt entfernt sein konnten, wusste Lara nach einer Weile nicht mehr, in welcher Richtung Alea lag. Ständig waren sie um große Bäume herumgegangen und hatten teilweise stachelige Buschgruppen umrunden müssen. Die Sonne war nicht zu sehen. Dennoch schien Terzio keine Probleme mit der Orientierung zu haben. Zielsicher führte er sein Pferd durch den Wald. Sie waren bereits mehr als drei Stunden unterwegs, als die Umgebung sich merklich veränderte. Jede Menge Baumstümpfe ließen erahnen, wie gründlich die Holzfäller gearbeitet hatten. Lara blickte zur anderen Seite und sah mehrere Kilometer flaches Land. Hier waren selbst die mächtigen Baumstümpfe entfernt worden. Mehrere Wege führten durch rechteckig angelegte, bestellte Felder.

»Willkommen in Aleas Vorratskammer«, sagte Terzio.

Sie ritten an Feldern voller Salatköpfen vorbei. Dahinter wuchsen Wurzeln und anderes Gemüse. Weit entfernt erkannte Lara goldbraunen Roggen. Jeweils eine Handvoll Menschen war auf den unterschiedlichen Feldern damit beschäftigt, die Ernte einzubringen.

Der Weg, der durch die Äcker zurück nach Alea führte, war schmal. Deswegen gab es hier wahrscheinlich nur zwei Tore in der Mauer, die nach Laras Auffassung kleiner zu sein schienen. Trotz der geringeren Größe standen vor diesem Durchgang jede Menge Soldaten. Glücklicherweise wurden sie nicht aufgehalten, als sie die Tore passierten und in die lebendigen Straßen von Alea eintauchten. In der Ferne entdeckte Lara den Turm von Alea. Sie kamen diesmal aus der entgegengesetzten Richtung auf ihn zu. Über eine lang gezogene Kurve führte der Weg nahe an den Palästen von Waldhes und den Großmeistern vorbei. Nach einer Weile kamen Lara die Straßen bekannt vor. Hier waren sie gestern Richtung Turm und Gefängnis abgebogen.

»Es ist nicht mehr weit bis zum Krankenhaus«, stellte Terzio fest.

Die Sonne stand tief am Horizont. Sie schien ihnen direkt ins Gesicht und Lara genoss die schwache Wärme auf ihrer Haut. Der Gedanke, bald in ihrem engen und dunklen Zimmer zu sitzen, machte sie ein wenig schwermütig. Außerdem hatte sie keine Lust, auf die übellaunigen Soldaten im Krankenhaus zu treffen. Sie erzählte Terzio von den abfälligen Blicken, die sie von den Soldaten zugeworfen bekam.

Er hörte ernst zu und sagte: »Die Soldaten sind gewohnt, dass man sie mit Respekt behandelt. Wahrscheinlich hast du deinen Kopf bei eurer Begegnung nicht rechtzeitig geneigt.«

»Nein, habe ich nicht. Ich bin keine Sklavin. Ich werde meinen Kopf wegen solcher Leute ganz gewiss nicht senken«, gab Lara erbost zurück.

Sie erwartete Protest, doch Terzio nickte verständnisvoll. Als das Krankenhaus auf der linken Seite auftauchte, war die Sonne fast untergegangen. Der klare Himmel leuchtete herrlich rot und Lara konnte die ersten Sterne funkeln sehen. Vor dem Krankenhaus herrschte lebhaftes Gedränge. Holzfäller standen lachend herum und scherzten miteinander. Sie hatten kleinere Verbände und Bandagen an Armen oder Händen. Einer von Ihnen hatte einen Kopfverband, der Lara an einen Turban erinnerte.

Sie stiegen ab und gingen ins Innere. Zahlreiche Menschen belagerten den Vorraum. In mehreren Reihen standen sie vor verschiedenen Tischen an, hinter denen Ärzte saßen. Meist hatten die Betroffenen kleinere Blessuren zu beklagen, die ambulant behandelt wurden. Lara entdeckte Wehras hinter einem der Tische, der gerade einen Holzfäller verband, der sich am Arm verletzt hatte. Manche der Wartenden wurde weiter in andere Räume geschickt. Lara beobachtete das Treiben einige Minuten lang.

»Die Soldaten im Krankenhaus gehören zu Balters Truppe«, sagte Terzio unvermittelt. »Ich werde versuchen, einen von Gerats Leuten für dich abzustellen. Die sind in Ordnung.« Er sah ihr besorgt in die Augen. »Heute Nacht beginnt mein Dienst. Deshalb kann ich dich die nächsten Tage nicht besuchen kommen.«

»Das ist schade«, sagte Lara aufrichtig.

Als sie vor ihrer Zimmertür standen, umarmte Lara Terzio fest. »Vielen Dank, dass du mir deine Stadt gezeigt hast. Es hat mir viel Spaß gemacht.«

Terzio errötete leicht. »Das war selbstverständlich. In drei Tagen habe ich frei und wir können wieder herumreiten.«

6. Die Widerstandsbewegung

Das Erste, was Lara bemerkte, als sie am nächsten Morgen aufwachte, war ihr schmerzender Rücken. Der gestrige Tag auf dem Pferd hatte seine Spuren hinterlassen. Hinzu kam die wenig komfortable Matratze. Mit Wehmut dachte sie an das Bett im Wirtshaus zurück. Obwohl dort die Matratze fest gewesen war und beim Hinlegen kaum nachgeben hatte, war sie im Vergleich zu dieser weich wie Butter gewesen. Stöhnend setzte sie sich auf. Ein eigentümliches Gefühl überkam sie. Sie war wie elektrisiert von dieser neuen Welt. Aber so spannend sie es in Alea auch fand, so befremdet war sie von den Erfahrungen der letzten Tage. Es befanden sich ständig Soldaten auf den Straßen, vor denen nicht nur sie großen Respekt hatte, sondern auch alle anderen Einwohner Aleas. Warum gab es diese derart umfangreiche Militärpräsenz in der Stadt? Lediglich um Alea vor Feinden zu schützen? Oder musste man sich vor den eigenen Bürgern schützen? Von den Feinden war Laras Meinung nach einzig der Raubwehr wirklich bösartig und gefährlich. Sie konnte sich nicht vorstellen, dass die Schutztruppen existierten, um die Stadt gegen Waldmenschen oder gegen die Zott zu verteidigen. Steckte mehr dahinter? Es missfiel ihr, dass sich jeder Soldat aufführen konnte, wie er wollte. Konsequenzen hatte wohl keiner von ihnen zu befürchten. Plötzlich wurde die Tür zu ihrem Zimmer geöffnet. Ein breitschultriger, durchtrainierter Soldat betrat den Raum mit einem Tablett in der Hand.

»Ich bringe dein Frühstück«, sagte er. Zu Laras Überraschung lachte er dabei und schaute vergnügt zu ihr herüber. »Du hast sogar einen ganzen Krug Waldwasser bekommen«, sagte er, als er das Tablett auf den kleinen Tisch stellte.

»Danke«, bemerkte Lara knapp und betrachtete gelangweilt ihr Frühstück, das aus trockenem Brot mit ein wenig Butter und einem Stück Käse bestand. Daneben stand der große Krug mit Waldwasser. Er war bis oben hin gefüllt. Gut und gerne drei Liter befanden sich nach ihrer Vermutung in dem Gefäß. Während sie sich vornahm, Wehras zu fragen, ob sie zukünftig stattdessen einfaches, klares Wasser bekommen könnte, beobachtete sie, wie der Soldat den Stuhl an den Tisch rückte.

»So!«, brummte er und winkte Lara heran.

»Hat dich Terzio hergeschickt?«, fragte Lara, obwohl sie sicher war, die Antwort bereits zu kennen.

»Oh ja. Ich musste gestern Nacht meinen Posten am Tor verlassen, um hierher zu eilen und auf dich aufzupassen«, erzählte er. »Außerdem hat er mir etwas für dich mitgegeben.«

Lara hob fragend die Augenbrauen, während sie vom Brot abbiss.

»Hier ist Geld für dich.« Der Soldat zog aus einer seiner Jackentaschen einen kleinen Beutel hervor und warf ihn auf den Tisch.

»Damit kannst du dir ordentliche Sachen zum Anziehen kaufen«, sagte er und musterte befremdet Laras T-Shirt und ihre Jeans.

Lara betrachtete nachdenklich den Beutel, der direkt neben dem Käse lag. Sie dachte daran, dass Terzio nirgendwo bezahlt hatte, während sie unterwegs gewesen waren. Weder in dem Gasthaus vor den Toren der Stadt noch im Wirtshaus an der Stadtmauer.

»Ich hoffe, dir sagt dieser Vorschlag zu?«, fragte der Soldat beunruhigt.

Lara nickte. Sie hatte nichts gegen eine neue Garderobe einzuwenden. Bestimmt würde sie nicht mehr so interessiert gemustert werden, wenn sie auf den Straßen unterwegs war.

»Das ist eine gute Idee«, sagte sie deshalb.

Der Soldat schien sichtlich erleichtert. »Ich heiße übrigens Karlus«, sagte er.

»Karlus, du hast doch bestimmt Lust auf einige Becher Waldwasser.«

Nachdem Karlus den Krug in einer erstaunlichen Geschwindigkeit geleert hatte, wartete er ungeduldig, bis Lara ihr Brot aufgegessen hatte. Dann stand er auf und öffnete die Tür.

»Der Marktplatz ruft«, sagte er fröhlich.

»Ich weiß nicht, ob Wehras nach mir schauen will.«

Karlus winkte ab. »Bestimmt nicht. Wenn der Arzt bis jetzt nicht bei dir war, kommt er frühestens heute Abend«, erklärte er.

»Na, dann lass uns gehen.«

Sofort machten sie sich auf den Weg. Einen Moment lang erwartete Lara, erneut zwei sattelfertige Pferde zu sehen. Doch als Karlus die Straße hinabschlenderte, nahm sie erfreut zur Kenntnis, dass sie diesmal zu Fuß unterwegs sein würden. Gemütlich gingen sie nebeneinander her. Sie fand Karlus sympathisch. Er schien zwar ein wenig einfältig zu sein, aber er hatte ein sonniges Gemüt. Sobald sich einer der vorbeihuschenden Bürger traute, ihn anzuschauen, wünschte er ihm launig einen guten Morgen. Lara wusste inzwischen, dass die Straße in Kürze eine kleine Biegung machen und wenige Minuten später auf einen der Plätze münden würde.

Es war voll auf dem Marktplatz. Lara kaufte sich zwei ärmellose Shirts und zwei dünne Hosen. Die Händler hatten gar keine dickeren Kleidungsstücke im Angebot und kurz fragte sich Lara, ob es in Alea immer so heiß war oder ob es auch kältere Jahreszeiten gab. Sie würde Terzio das nächste Mal danach fragen. Da sie Geld übrig hatte, erstand sie ein Paar Schuhe, das sie gleich anbehielt. Von innen fühlten sich die Schuhe weich und kuschelig an, von außen waren sie aus festem Leder gearbeitet. Lara befand sich mittlerweile fast am anderen Ende des Platzes. Da sie nicht durch das Gedränge zurückgehen wollte, verließ sie den Platz und schlenderte hinter den Ständen, direkt an den Häusern vorbei, auf Karlus zu. Hier war es ruhiger, vereinzelt standen Menschen herum und unterhielten sich. Händler hatten hier Depots aufgebaut und füllten ihre Waren nach. Gerade als sie an einer großen Eingangstür vorbeikam, tauchten wie aus dem nichts zwei Männer auf. Blitzschnell packten sie Lara an den Armen und schubsten sie ins Innere des Gebäudes. Sie ließ es widerstandslos geschehen. Sie war viel zu überrascht, um sich zu wehren. Die Fenster waren verhangen und der Raum war relativ dunkel. Einen Moment blinzelte Lara, bevor sie Einzelheiten erkennen konnte. Mehrere Dutzend Bürger Aleas saßen auf Stühlen in einem Halbkreis. Es waren Männer, Frauen und Kinder dabei. Ein Mann mit einer auffallend hellgrünen Jacke stand in der Mitte. Alle sahen ihn gespannt an.

»Ist sie das?«, fragte der Mann mit der grünen Jacke.

»Ganz sicher!«, antwortete einer der Männer, die Lara festhielten, wobei sich ihre Griffe inzwischen gelockert hatten.

Wenn sie schnell wäre, könnte sie sich losreißen, aus der Tür stürzen und im Getümmel des Marktplatzes untertauchen. Allerdings sahen die Menschen, die sich hier versammelt hatten, alles andere als böse oder gar gefährlich aus.

»Es tut uns furchtbar leid, dass wir dich derart unsanft in diesen Raum bringen mussten«, entschuldigte sich der Grünbejackte, »aber unsere Treffen sind streng geheim und die Soldaten dürfen uns nicht entdecken. Sie verfolgen uns.«

Während er das sagte, wurden drei weitere Stühle hinzugestellt und man bedeutete Lara, sich hinzusetzen. Die beiden Männer, die sie draußen gepackt hatten, setzten sich rechts und links neben sie. Sie hielten Lara nun nicht mehr fest.

»Nicht alle Menschen in Alea sind damit einverstanden, wie die Soldaten diese Stadt beherrschen«, begann der Mann mit der grünen Jacke zu erzählen. »Seit Jahrzehnten schanzen sich die Großmeister untereinander die Macht zu. Alle Versuche, die Stadt auf andere Weise zu regieren oder dieses Machtsystem infrage zu stellen, werden mit äußerster Härte unterdrückt.« Lara dachte an die Waldmenschen im Gefängnis. »Trotzdem versuchen einige Bürger Aleas, neue Wege des gemeinsamen Miteinanders zu entwickeln. Es muss ohne viele Soldaten und ohne Angst und Einschüchterungen gehen.«

Lara vernahm zustimmendes Gemurmel aus der Gruppe. Der Mann mit der grünen Jacke schaute sie forsch an. Lara hatte das Gefühl, irgendetwas sagen zu müssen.

»Ich habe gemerkt, dass die Soldaten sich benehmen, als würde ihnen die Stadt gehören.«

Erneut ertönte zustimmendes Geflüster. Der Mann mit der grünen Jacke nickte. »Wir haben von deinem Einsatz in dem Gasthaus gehört. Die Nachricht, dass sich eine Fremde gegen die Soldaten stellte, als sie einen Familienvater hängen wollten, hat sich in Windeseile in der Stadt verbreitet.«

Lara lachte. »Hat sich denn auch verbreitet, dass ich bestimmt längst tot wäre, wenn ich nicht in Begleitung gewesen wäre?«

»Oh, natürlich. Und jeder fragt sich jetzt, warum der Hauptschutzmeister dich unterstützt hat.« Er machte eine kurze Pause. »Nur wir nicht!«, sagte er dann triumphierend. »Wir wissen, dass du nicht aus Alea stammst. Du kommst von weit her und hast augenscheinlich gute Verbindungen zu den Schutztruppen. Deshalb wollen wir dich um etwas bitten.« Er schien verlegen und suchte nach den richtigen Worten. »Wir möchten, dass du für uns Augen und Ohren offen hältst. Vielleicht erfährst du Dinge, die für uns wichtig sein könnten.«

Lara verstand nicht. »Habt ihr an etwas Bestimmtes gedacht?«, fragte sie.

»Nein, haben wir nicht. Alle Informationen über die Schutztruppen oder über ungewöhnliche Vorkommnisse können wichtig sein. Egal was.«

Ratlos sah Lara in die Runde.

»Aber ich kenne die ganzen Zusammenhänge in dieser Stadt gar nicht richtig. Ich glaube nicht, dass ich mich daher gleich eurem Widerstand anschließen möchte«, sagte sie langsam und überlegt.

Der Mann mit der grünen Jacke schaute sie verwundert an. »Das verlangt doch auch keiner. Du sollst nicht Teil unserer Gruppe werden, sondern uns auf dem Laufenden halten, falls du das Gefühl hast, Informationen könnten für unseren Widerstand hilfreich sein.« Er machte eine Pause und rieb seine Handflächen aneinander. »Du musst dich nicht sofort entscheiden. Lass dir Zeit bis morgen. Wir sind am Vormittag in diesem Raum und besprechen unser weiteres Vorgehen. Wenn du zu uns stößt, kannst du uns deine Entscheidung mitteilen.« Er verharrte einen Moment. »Und wenn du uns nicht helfen willst, weil du dir dabei falsch vorkommen würdest, werden wir das selbstverständlich respektieren.«

»Vielleicht kann ich morgen nicht kommen. Ich werde bewacht und womöglich lässt man mich nicht gehen«, bemerkte Lara.

In diesem Moment trat ein Mann aus einer Ecke hervor. Lara hatte ihn bisher nicht wahrgenommen.

»Das regeln wir schon!«, sagte Wehras fröhlich und grinste ihr zu.

Mit einem unwirklichen Gefühl verließ Lara wenig später das Haus. Karlus stand nach wie vor am Anfang der Straße und ließ sich die Sonne ins Gesicht scheinen. Als Lara ihn antippte, schnaufte er zufrieden und auf dem Rückweg begutachtete er neugierig Laras Einkäufe.

Am nächsten Morgen wachte Lara auf, weil es vor ihrer Tür schepperte. Sie hörte Karlus draußen fluchen, ehe er ihr Zimmer mit einem Tablett betrat, auf dem sich ihr Frühstück befand. Vorsichtig stellte er es auf den Tisch und schlich sich hinaus. Er nahm wohl an, dass Lara schlief. Lara hatte die Nacht über an die Versammlung gedacht. Sie konnte diese Menschen verstehen. Sie selbst fühlte sich nicht wohl, wenn sie durch die Straßen Aleas ging und auf schlecht gelaunte Soldaten traf. Dabei war sie gerade erst einige Tage hier. Wie mochte es da den Bürgern von Alea gehen, die ihr Leben lang von den Soldaten schikaniert wurden? Es bereitete ihr dennoch Sorge, in diesen Konflikt hineingezogen zu werden. Sie hatte vorgehabt, ihre Zeit in dieser Welt so angenehm wie möglich zu gestalten. Die Begegnungen mit Balter und den Soldaten im Wirtshaus hatten ihrer Unbeschwertheit erste Dämpfer verpasst. Und nun musste sie sich entscheiden, ob sie den Gegnern dieses Systems eine Absage erteilen oder ihnen helfen sollte. Welche Wahl sie auch treffen würde, ganz unbeschwert wie erhofft würde ihr Aufenthalt nicht mehr sein.

Plötzlich kam Wehras wie immer durch die Tür gehetzt. »Hallo, Lara!«, rief er laut und fügte leiser hinzu: »Bist du bereit? Die anderen warten.«

Lara nickte und sie verließen das Zimmer. Direkt vor der Tür hatte es sich Karlus auf einem wackligen Stuhl gemütlich gemacht. »Lass dich vom Arzt nicht quälen!«, rief er gut gelaunt.

»Sie bekommt nur eine Infusion«, sagte Wehras.

Unbehelligt passierten sie die anderen Wachen und standen schließlich auf der Straße. Lara spürte die trockene Luft auf ihrer Haut. Es schien noch wärmer zu sein als in den letzten Tagen, doch die neue Kleidung, die sie trug, hielt die Hitze angenehm in Schacht. Ohne Hast schlenderten sie die Straße entlang.

»Das war gar kein Problem«, stelle Wehras fest. »Wie gut, dass dein Aufpasser kein scharfer Hund ist.«

»Karlus ist in Ordnung. Der sympathischste Soldat, der mir bisher untergekommen ist«, sagte Lara.

»Mit Ausnahme von Terzio«, bemerkte Wehras beiläufig.

Lara lächelte. »Kann sein … Du bist also Mitglied des Widerstands?«, wechselte sie das Thema.

»Widerstand?«, wiederholte Wehras. »Das klingt gewalttätig. Das trifft nicht auf uns zu. Wir sind Bürger, die versuchen, die Macht der Soldaten einzuschränken.«

»Und wie wollt ihr das erreichen?«

»Ausschließlich mit gewaltfreien und subtilen Mitteln. Die Bürger sollen sich gegen die selbstherrlichen Soldaten zur Wehr setzen. Aber nicht körperlich oder mit Worten, denn das würde zu eskalierenden Situationen führen, bei denen die Soldaten stets die Oberhand behalten würden. Der Protest verläuft eher … unaufdringlich. In Wirtshäusern und auf den Marktplätzen werden die Soldaten nur sehr schleppend bedient. Überall wollen wir den Soldaten zeigen, dass sie mit den Bürgern dieser Stadt nicht so respektlos umgehen können. Dabei gehen wir nicht auf Konfrontationskurs. Das wäre zu gefährlich.«

Lara atmete laut aus. »Ich glaube nicht, dass ihr mit dieser Taktik irgendetwas ändern werdet«, bemerkte sie vorsichtig.

»Zumindest machen wir Waldhes und die Großmeister nervös. Einige von uns wurden verhaftet. Daher halten wir unsere Treffen geheim.«

Auch wenn Lara diese Art von Widerstand nicht besonders effektiv fand, hatte sie sich inzwischen entschieden, den Leuten zu helfen. Sie würde ihre Augen und Ohren offen halten und interessante Nachrichten weiterleiten. Obwohl sie stark bezweifelte, dass man ihr je solche Nachrichten mitteilen würde. Warum sollte man auch? Sie war schließlich lediglich die Schülerin eines Internates, die streng genommen nicht einmal die Aufnahmeprüfung bestanden hatte und zu allem Überfluss durch ein mysteriöses Dimensionstor gestolpert war.

Inzwischen hatten sie den Platz erreicht, auf dem das übliche Gedränge herrschte. Sie nährten sich der unscheinbaren Tür und gingen hinein. Lara fiel auf, dass deutlich mehr Stühle als gestern aufgestellt waren. Hinter dem Halbkreis waren vier weitere Sitzreihen untergebracht worden. Viele der Stühle waren besetzt. In einer Ecke spielten Kinder mit geschnitzten Holzfiguren. Es roch muffig in dem Raum.

Der Mann mit der grünen Jacke begrüßte sie freundlich. »Wie auch immer du dich entscheiden wirst, wir werden deinen Beschluss respektieren«, sagte er zu Lara.

Ein paar Nachzügler betraten den Raum: ein älteres Ehepaar und eine junge Familie mit einem Baby.

Man begrüßte sich leise, aber herzlich. Lara war mulmig zumute.

»Sind die alle wegen mir gekommen?«, fragte sie besorgt.

Wehras klopfte ihr beruhigend auf die Schulter. »Nein. Einmal im Monat haben wir eine Zusammenkunft, bei der die nächsten Aktionen besprochen werden. Da sollten möglichst alle Mitstreiter anwesend sein. Deine Entscheidung ist lediglich ein Punkt auf der Tagesordnung.«

Lara atmete erleichtert aus.

Minuten später bat eine Frau die Anwesenden, Platz zu nehmen. Da Wehras noch in ein Gespräch vertieft war, setzte Lara sich allein in die Mitte der zweiten Reihe, neben einen kräftigen Mann, der ihr freundlich zunickte. Auf der anderen Seite hatte eine junge Mutter alle Hände voll zu tun, ihren kleinen Sohn auf dem Schoß zu behalten.

»Ich würde viel lieber spielen«, sagte der Junge trotzig.

»Du weißt, wie Mami sich auf diese Versammlung gefreut hat. Wir gehen nachher auf den Markt und du kannst dir ein neues Spielzeug aussuchen.«

Die Aussicht auf eine Belohnung wirkte. »Au ja!«, freute er sich.

Der Mann mit der grünen Jacke schlängelte sich durch die Stuhlreihen. »Herzlich willkommen zu unserer Monatssitzung«, begrüßte er die Anwesenden.

Es folgte eine kurze Aufarbeitung der Aktionen des letzten Monats. Lara erfuhr, dass sich weitere Händler an einem Soldatenverkaufsboykott beteiligten. Außerdem hatte man einen anonymen Beschwerdebrief an die Großmeister abgeschickt, in dem das Fehlverhalten verschiedener Soldaten aufgelistet wurde. Mehrere Mütter berichteten stolz von ihrem Boykott, keine Gasthäuser zu besuchen, in denen Soldaten bevorzugt bedient wurden. Alles in allem war es keine sehr effiziente Truppe, die sich hier gegründet hatte, stellte Lara fest. Als die Versammelten zum zweiten Tagespunkt übergehen wollten, flog unvermittelt die Eingangstür auf. Ein Schrei ertönte und ein Mann wankte in den Saal. Entsetzt drehten sich alle Anwesenden um und blickten ihn an. Er hielt sich mühsam an einem Stuhl fest. Dem Mann steckte ein Messer im Bauch. Sein Umhang war bereits rot verfärbt und aus seinem Mund tropfte Blut. Einige der Bürger Aleas schrien auf, Lara zitterte am ganzen Körper.

»Soldaten! Eine Falle!«, rief der Mann mit letzter Kraft und sackte zusammen.

Sofort brach Panik aus. Kinder fingen an zu kreischen und Mütter sprangen von ihren Sitzen auf. Bevor Lara den nächsten Gedanken fassen konnte, wurde die Tür erneut aufgestoßen. Brüllende Soldaten rannten in den Raum. Ihre Gesichter waren hasserfüllt und in ihren Augen funkelte Vorfreude, als ob sie es gar nicht erwarten könnten, diesen Saal zu stürmen. Ohne innezuhalten oder sich einen Überblick über die Lage zu verschaffen, zückten die ersten Rotuniformierten ihre Schwerter und ließen sie auf die Versammelten niedersausen. Einen Mann, der wie angewurzelt auf seinem Stuhl saß, traf die breite Klinge eines Schwertes am Hals. Leblos sank er auf den Boden. Einer Frau, die über die Stuhlreihen flüchten wollte, traf eine andere Klinge in den Rücken. Sie gab einen keuchenden Laut von sich und sackte ebenfalls zu Boden. Inzwischen hatte sich ein

Großteil der Versammelten an die gegenüberliegende Wand geflüchtet. Lara spürte eine Hand auf ihrer Schulter, Wehras schob sie ebenfalls dorthin. Sie sah, dass etwa 20 Soldaten den Raum gestürmt hatten. Einige der Versammelten, die nahe bei der Tür gestanden oder auf den äußeren Stuhlreihen gesessen hatten, schafften es nicht zu ihnen. Wer zu langsam war und nicht rechtzeitig vor den Klingen der Soldaten flüchten konnte, wurde ohne zu zögern getötet. Lara lief der Schweiß in kleinen Tropfen von der Stirn. Die Luft war heißer geworden. Ihr war schwindelig. Die Kinder weinten jämmerlich und viele der Erwachsenen schluchzten ebenfalls. Die Soldaten hatten sich an der Eingangstür aufgestellt. Vereinzelt hörte man sie heiser lachen. Einen Augenblick lang war Lara davon überzeugt, die Besinnung zu verlieren. Was könnte es jetzt Befreienderes geben, als in die süße Welt der Träume abzugleiten? Kein Leid und keine Schreie würden mehr zu ihr durchdringen. Aber sie wurde nicht ohnmächtig. Den Gefallen tat ihr Körper ihr nicht. Stattdessen füllten sich auch ihre Augen mit Tränen und ihre Umgebung verschwamm. Könnten die Tränen doch alle Soldaten einfach wegspülen! Sie spürte Wehras Hand, die tröstend durch ihre Haare strich. Erst jetzt merkte sie, dass sie laut weinte. Ihr Blick irrte umher. Es gab keinen Ausweg mehr. Eng aneinandergepfercht, pressten sich die Menschen an die Wand wie eine verschreckte Herde Schafe, während die Soldaten auf der anderen Seite des Raumes anscheinend nur auf einen Befehl warteten, um vorzustoßen und noch mehr von ihnen zu töten. Lara erwartete, dass sich der blutrote Koloss jeden Augenblick in Bewegung setzen würde. Doch nichts geschah. Stattdessen wurde die Eingangstür erneut geöffnet und ein Mann mit einem roten Umhang trat ein. Er schaute die Soldaten zufrieden an. Langsam schritt er zur Mitte des Raumes und wäre dabei fast ausgerutscht. Knurrend versetzte er daraufhin einem auf dem Boden liegendem Körper einen Tritt. Neben dem blauen Dreieck auf den Schultern zierten mehrere goldfarbene Nadeln die linke Brusttasche seiner Uniform.

»Ihr seid alle verhaftet. Eure Leben gehören nun Alea. Ein paar von euch kommen in die Lager, die anderen werden exekutiert. Wen welches Schicksal trifft, werde ich mir überlegen«, sagte er und schaute dabei gelangweilt auf den Boden. »Wer als Letzter bei den Transportwagen ist, verliert sein Leben«, fügte er wie beiläufig hinzu. »Beeilt euch also lieber.«

Einen Moment war es still im Raum. Dann stürmte eine junge Frau mit angstverzerrtem Gesicht in Richtung Ausgang. Plötzlich kam Bewegung in die Gruppe. Einige wollten sich den Weg frei schubsen, um schnell zum Ausgang zu gelangen. Lara bereitete sich auf eine Panik vor, bei der jeder, der nicht flink genug war, überrannt werden würde, als plötzlich ein energisches »Halt!« zu hören war. Der Mann mit der grünen Jacke stellt sich vor seine Mitstreiter und hob die Hände.

»Lasst uns nicht zu Tieren werden und uns gegenseitig zu Boden trampeln«, sagte er ruhig. »Geht geordnet und mit Würde zu den Wagen. Es ist immerhin euer letzter Gang in Freiheit.« Er machte eine kleine Pause. »Ich werde als Letzter folgen. Insofern besteht keine Eile.«

Manche der Soldaten knurrten ärgerlich. Sie hatten sich wahrscheinlich darauf gefreut, zu sehen, wie sich die Meute in Panik durch die schmale Tür quetschen würde.

»Das musst du nicht tun«, hörte Lara eine Frau murmeln, doch der Mann nickte nur energisch mit dem Kopf. »Es ist besser so. Und jetzt geht nach draußen.«

Augenblicklich setzte sich die Gruppe in Bewegung. Geordnet und ohne Hast. Lara war froh, als sie das Freie erreichte. Vor dem Eingang warteten weitere Soldaten, die den Fußweg weiträumig absperrten. Direkt davor standen drei Karren, die entfernt an Kutschen erinnerten. Sie hatten jeweils eine Achse und waren doppelt so hoch wie Lara. Es schien, als wäre jeder von ihnen aus einem einzigen Baum gefertigt worden. Ein schweres Eisengitter am Ende gab den Blick auf einen Hohlraum im Inneren frei. Als habe man den Baum einfach ausgehöhlt. Gezogen wurden die Karren von je sechs Hopies. Sie schnauften leise und schauten mit ihren mandelbraunen Augen unruhig umher. Ein Soldat befahl Lara und den anderen Gefangenen, einzusteigen. Sofort wurden sie unsanft in die Karren getrieben. Dabei wurde nicht zwischen Männern, Frauen und Kindern unterschieden. Als zwei Soldaten Lara an den Armen packten, um sie in einen der Gefängniswagen zu befördern, war er praktisch voll. Es gab keine Sitzbänke. Auf dem Boden quetschten sich die Gefangenen dicht aneinander. Trotzdem wurden Lara und sechs weitere Männer sowie Frauen in den Karren geschoben. In der hinteren Ecke entdeckte Lara Wehras, der einen Jungen auf seinem Schoß hatte.

»Die Männer setzen sich eng aneinander auf den Boden, die Frauen und Kinder setzen sich auf die Männer«, gab Wehras Anweisung.

Seine Stimme klang ruhig und gefasst. Alle Anwesenden befolgten seinen Rat. Lara konnte sich lebhaft vorstellen, dass es nicht immer so zivilisiert zuging, wodurch man sich gegenseitig erheblich verletzen könnte. Wenn nur eine einzige Person angstvoll um sich schlagen und treten würde, käme es zu einer Panik. Die Eisentür wurde geschlossen. Lara beobachtete, wie die restlichen Gefangenen in die anderen beiden Wagen gebracht wurden. Zufrieden wachte der Anführer im roten Umhang über die Verladung. Gerade wurden die Türen der anderen Karren geschlossen.

»Ihr werdet zunächst alle ins Gefängnis gebracht. Wer Glück hat, überlebt die Nacht«, rief der Anführer. »Einer von euch überlebt die Nacht allerdings garantiert nicht.« Er gab einem seiner Männer ein flüchtiges Zeichen. Blitzschnell zog der Soldat seinen Dolch und rammte ihn mit ganzer Kraft in den Rücken des Mannes mit der grünen Jacke. Seine Kleidung färbte sich augenblicklich dunkel. Lara hörte die Soldaten heiser lachen.

»Das war ein guter Stoß«, lobte einer von ihnen.

»Fast so gut wie im Training«, bemerkte ein anderer.

»So sieht die Realität in Alea aus«, sagte Wehras niedergeschlagen.

Der Wagen setzte sich in Bewegung. Eine ganze Weile sprach niemand mehr. Viele der Männer, Frauen und Kinder weinten. Auch Lara musste sich immer wieder ihre Tränen wegwischen.

»Was passiert mit uns?«, fragte sie schließlich ängstlich.

»Sie bringen uns ins Gefängnis. Wollen wir hoffen, dass wir nicht alle hingerichtet werden«, sagte Wehras.

Lara dachte an das dunkle Gebäude direkt neben dem Turm der Schutztruppen. »Terzio hat mir das Gefängnis gezeigt. Außer einem Zott, zwei Waldmenschen und einem Raubwehr war es komplett leer.«

Wehras fuhr sich durch die Haare und nickte. »Oh, natürlich! Du hast nur die Zellen der sogenannten Feinde gesehen. Die Zellen für die eigenen Leute, die Bürger Aleas, hat er dir nicht gezeigt.«

»Haben die wirklich einen Raubwehr gefangen?«, fragte ein Mädchen ungläubig.

Lara erzählte von ihrer Begegnung mit dem Ungetüm und nicht nur die Kinder hörten aufmerksam zu. Sie schmückte ihre Erzählung detailreich aus, denn es tat ihr und den anderen Gefangenen gut, eine Weile nicht über die Ereignisse von eben nachdenken zu müssen.

Die Wagen hielten im Gefängnishof, den Lara zwei Tage zuvor noch als freier Mensch betreten hatte. Sie mussten einzeln aussteigen und sich hintereinander aufstellen. Dann wurden sie durch verschiedene Gänge geleitet, die Lara nicht kannte. Hinter einer Biegung fing der Zellentrakt an. Der Gang hatte eine Länge von über hundert Metern, schätzte sie. Auf beiden Seiten schloss sich eine Zelle an die nächste an, getrennt von massiven Eisenstäben. Der Geruch von Schweiß und schimmligem Essen brannte in ihrer Nase. Trotzdem war die Luft besser als in dem Trakt, den sie mit Terzio besucht hatte. Sie schienen sich nicht unter der Erde zu befinden. Lara entdeckte kleine Luftschlitze an den hinteren Mauern der Zellenwände. Nachdem sich ihre Augen an die Dunkelheit gewöhnt hatten, sah sie, dass viele Zellen belegt waren. Sie konnte im Vorbeigehen flüchtig hineinschauen, die Gefangenen sahen nicht besonders auffällig aus. Es waren gewöhnliche Bürger Aleas. Was sie wohl verbrochen hatten? Als sie etwa die Mitte des Ganges erreicht hatten, wurden mehrere Zellen aufgeschlossen. In eine davon wurde sie hineingeschubst. Laras Kopf begann zu hämmern. War es in dem Gefängniswagen still gewesen, schwoll hier unten der Geräuschpegel rapide an. Frauen und Kinder schluchzten, eine Gruppe von Männern diskutierte erregt durch die Zellengitter hindurch und zwei ältere Männer hatten angefangen zu singen, wahrscheinlich um sich Mut zu machen. Laras Beine fühlten sich merkwürdig schwer an. Sie ließ sich auf den kalten Steinboden sinken.

»Das alles tut mir furchtbar leid.« Wehras setzte sich neben sie. »Wenn ich gewusst hätte, dass die Soldaten uns so dicht auf den Fersen sind, hätte ich dich niemals mitgenommen.« Er lächelte freudlos und schaute Lara an. »Du bist blass. Fehlt dir etwas? Wurdest du verletzt?«

»Nur der Schreck«, sagte Lara.

Wehras starrte auf den Boden. »Ich hätte nicht zulassen dürfen, dass Eldar sich freiwillig opfert«, sagte er gequält. »Ich hätte mich auch melden müssen. Dann wären wir schon zu zweit gewesen, die als Letzte zu den Wagen gegangen wären. Hand in Hand. Vielleicht hätten sie uns nicht getötet.«

»Sie hätten euch beide umgebracht«, widersprach Lara. »Mach dich bloß nicht verrückt. Genau das wollen sie.«

Wehras sah sie unglücklich an. »Du hast recht«, sagte er todtraurig.

Lara wusste, dass er sich trotzdem ungeheure Vorwürfe machte. »Was passiert nun mit uns?«, fragte sie, um das Gespräch in eine andere Richtung zu lenken. »Werden wir in die Labors gebracht?«

Wehras schüttelte den Kopf. »Nein, so weit gehen sie nicht. Warum auch? Unsere Anatomie ist bestens bekannt. Und wenn ein paar Arztlehrlinge einen Übungskörper brauchen, wird einfach jemand hingerichtet«, sagte er bitter. »Uns wird man in die Lager bringen.«

Wehras erzählte ihr von den Lagern. Weit vor den Toren Aleas war die Arbeit für die Holzfäller zu gefährlich. Da der Weg in die schützende Stadt zu weit war, mussten sie die Nächte im Freien verbringen. Freiwillig hatte dazu niemand Lust. Und so war entschieden worden, solche Arbeiten von Inhaftierten ausführen zu lassen. Auf Laras Frage, wie lange man dort bleiben müsse, nahmen Wehras' Augen einen sehr traurigen Ausdruck an. Er habe noch niemanden getroffen, der zurückgekehrt sei. Sie wurden unterbrochen durch das Brüllen eines der Soldaten.

»Esst! Morgen früh werdet ihr zu den Fällgebieten transportiert«, verkündete er. »Während des Transportes gibt es kein Essen. Also macht euch über das Brot her.«

Er stellte eine große Schale vor die Zellentür. Wehras nahm sich zwei Brote und reichte ihr eines.

Missmutig drehte Lara das Brot in ihren Händen. Es war knochenhart und trocken. Mit Mühe brach sie ein Stück ab und steckte es sich in den Mund. Es schmeckte eigenartig bitter. Sie musste es mehrere Minuten lang lutschen, bis es weich genug war, dass sie es kauen konnten. Wehmütig dachte sie an die Schokoriegel in ihrem Zimmer. Während es um sie herum langsam ruhig wurde, lehnte sie sich mit offenen Augen gegen die Zellenwand. Warum musste sie ständig von einer brenzligen Situation in die andere stolpern? So unzufrieden sie mit der Matratze im Krankenzimmer auch war, so gerne hätte sie jetzt diesen harten Steinfußboden gegen sie eingetauscht. Die Wut kochte in ihr hoch, als sie an die Soldaten dachte. Nur Terzio schien nicht in dieses Schema vom primitiven Rohling zu passen. Oder hatte er sich verstellt, als sie zusammen gewesen waren? Brachte er in diesem Augenblick jemanden um, der zu langsam vom Tisch aufgestanden war? Sie erschrak über ihre eigenen Gedanken. Obwohl sie Terzio erst wenige Tage kannte, wollte sie nicht glauben, dass er sich benahm wie die anderen Soldaten. Ob er wusste, was mit ihr passiert war? Hatte Karlus Alarm geschlagen, weil sie und Wehras nicht mehr aufgetaucht waren? Lara war zuversichtlich, mit Terzios Hilfe bis morgen aus dem Gefängnis entlassen zu werden. Und sie würde anschließend alles in Gang setzen, um Wehras und seine Mitstreiter auf freien Fuß zu bekommen. Vielleicht konnte Heimer helfen? Oder sollte sie sich direkt an die Großmeister wenden? Was sie auch unternehmen würde, sie hatte jedenfalls nicht vor, unbeteiligt in der Gegend zu stehen. Was sie heute in dem Versammlungsraum gesehen hatte, ging an Brutalität weit über ihr Vorstellungsvermögen hinaus. Sie wollte alles daran setzen, dass die beteiligten Soldaten und insbesondere dieser schleimige Kommandant zur Rechenschaft gezogen würden.

Lara hatte das Gefühl, sie wäre gerade erst eingeschlafen, als mehrere Soldaten den Gang hinunterkamen und mit ihren Schwertern an die Gitterstäbe schlugen. Die Zellen wurden aufgesperrt und sie mussten sich hintereinander aufstellen. Anschließend wurden sie in den Hof geführt. Der Himmel war dunkel, doch ein warmes, flackerndes Licht erhellte die Umgebung. Lara schaute zur Spitze des Turms von Alea und konnte dort die riesigen Fackeln brennen sehen. Im Hof standen mehrere Karren. Sie sahen nicht wie die Gefängniswagen aus, sondern erinnerten mit ihrer großen Ladefläche an die Gefährte der Händler. Zwei Soldaten gingen durch die Reihen und riefen alle Kinder zu sich. Es gab tränenreiche Abschiedsszenen, aber die Mütter schienen auch seltsam erleichtert zu sein.

»Ihnen geschieht nichts. Sie kommen in ein Ausbildungslager der Soldaten«, erklärte der Mann hinter Lara.

Dann waren sie an der Reihe und stiegen auf die Karren. Mit Lara saßen fünf Männer, drei Frauen und ein Junge auf den schmalen Holzbänken. Der Junge zitterte am ganzen Körper und war einige Jahre jünger als sie. Dennoch schien er für das Ausbildungslager der Schutztruppen bereits zu alt zu sein.

»Werden wir nicht festgekettet?«, fragte sie in die Runde. »Wir könnten doch fliehen.«

Erneut antwortete ihr der weißhaarige Mann, der inzwischen neben ihr saß. »Wozu denn? Die Soldaten werden uns auf ihren Pferden ein ganzes Stück begleiten, und wenn wir im tiefen Wald sind, kannst du gerne abspringen. Ohne Waffen und die Fähigkeit, dich im Wald zu orientieren, überlebst du keine zwei Tage. Du könntest natürlich den befestigten Weg zurück folgen, den wir fahren werden, aber gerade dort lauern viele Gefahren.«

»Woher weißt du so gut Bescheid?«, fragte Lara.

Der Mann lächelte sie verschmitzt an, antwortete jedoch nicht. Kurz darauf setzte sich der Konvoi in

Bewegung. Sechs Karren, gezogen von je vier Hopies, und etliche berittenen Soldaten bogen in die menschenleere Straße ein. Lara kannte die Strecke. Sie fuhren an dem Gasthaus vorbei, in dem Terzio und sie übernachtet hatten, durch Balters Stadttor und hinaus zum großen See.

7. Das Gefangenenlager

An der Kreuzung, an der Lara und Terzio durch das Buschwerk zum See geritten waren, bogen sie ab. Langsam vertrieben die ersten Sonnenstrahlen die dunkle Nacht und tauchten die Baumwipfel in ein gelbliches Licht, während es unten auf dem Weg schattig und neblig war. Die Fahrt wurde zunehmend unbequemer. Der schlecht ausgebaute Weg war eher für Pferde oder von Hand gezogene Karren geschaffen. Lara spürte jedes Schlagloch und jede Wurzel, über die sie fuhren. Bereits nach wenigen Stunden brannte ihr Rücken bei jeder unsanften Bewegung. Ihren Mitfahrern erging es ähnlich. Manch einer versuchte aufzustehen, um den Schlaglöchern besser begegnen zu können. Da es jedoch keine Möglichkeit zum Festhalten gab, war dies eine extrem gefährliche Art des Reisens. Eine Frau verlor das Gleichgewicht und wäre fast aus dem Wagen gefallen, wenn der alte Mann sie nicht beherzt aufgefangen hätte. Zunächst hatten sie auf Pausen gehofft, bei denen man sich erholen konnte. Aber wie der Soldat im Zellentrakt erwähnt hatte, gab es keinerlei Verpflegung während des Transportes und daher keinen Grund, anzuhalten.

Wie Lara feststellte, mussten die Soldaten ihre Marschverpflegung während des Reitens zu sich nehmen. Den einzigen Zwischenstopp machten sie, als die Sonne bereits ihren höchsten Stand überschritten hatte. Die Soldaten versammelten sich und der Anführer zeigte entlang des Weges. Kurz darauf ritt die Mehrzahl von ihnen zurück in Richtung Alea. Die Karren setzten sich erneut in Bewegung. Sie wurden jetzt nur noch von einer Handvoll Soldaten begleitet.

»Diese feigen Hunde wollen vor Einbruch der Nacht in Alea sein«, stellte der Weißhaarige nüchtern fest.

Obwohl sie mehr als zwölf Stunden unterwegs waren, veränderte sich die Landschaft um sie herum nicht. Lara konnte hin und wieder auf der rechten Seite den See durch die eng stehenden Bäume erblicken. Auch der Wald bestand weiterhin aus mächtigen, kerzengerade gewachsenen Tannen. Als Lara sich fragte, ob sie die Nacht hindurch weiterfahren würden, gab einer der Soldaten einen kurzen Befehl. Die Landschaft fiel auf der Seeseite leicht ab. Hier standen kleinere Büsche, die den Blick auf den See freigaben. Lara sah weder das Ufer auf der gegenüberliegenden Seite noch konnte sie seitwärts das Ende des Sees erkennen. Die Soldaten stiegen von ihren Pferden ab und gingen den Hang hinunter. Das Gras gab unter ihren Füßen schmatzende Geräusche von sich. Nach einer Weile durften die Gefangenen von dem Wagen herunterklettern. Beim Sprung vom Karren auf den festen Boden fuhr Lara ein stechender Schmerz in den Rücken. Alle ihre verspannten Muskeln schrien auf und protestierten laut.

Sie mussten sich in Zweiergruppen hintereinander aufstellen.

»Also gut. Hier legen wir unsere Nachtruhe ein«, erklärte einer der Soldaten. »Nachts kann es gefährlich werden. Also entfernt euch in eurem eigenen Interesse nicht zu weit vom Schlafplatz.«

Lara fand die Situation grotesk. Etwa 40 Gefangene wurden von fünf Soldaten in Schach gehalten. Wenn die Gruppe ganz allmählich in verschiedene Richtungen auseinanderstreben würde, könnten die Soldaten sie nicht aufhalten. Aber wo sollten sie hin? Dennoch hatte sie den Impuls, einfach wegzulaufen. Der Wald schien Lara das geringere Übel zu sein, wenn sie zwischen den Soldaten und den Bäumen wählen sollte. Doch sie schien erstaunlicherweise als Einzige so zu denken. Sie schaute hinüber zu dem Weißhaarigen. Er hatte sich die Schuhe ausgezogen und massierte seine Füße. Ihr Blick suchte Wehras, der auf einem anderen Wagen gesessen hatte. Sie fand ihn auf der Wiese neben einer Buschgruppe hockend. Gedankenverloren starrte er auf den See hinaus. Die anderen Gefangenen machten sich bereits auf die Suche nach einem geschützten Nachtlager. Schnell erkannte Lara, dass niemand eine ähnliche Idee zu haben schien wie sie. Selbst die Gruppe der Mütter nicht, die von ihren Kindern getrennt wurde und niedergeschlagen gegen Bäume lehnte. Weglaufen schien also kein besonders guter Einfall zu sein. Vielleicht könnten die Gefangenen die Soldaten überwältigen? Sie blickte auf einen Soldaten in ihrer Nähe. Aufmerksam beobachtete er die Gruppe und hatte dabei ständig seine Hand am Schwertknauf. Man könnte sie sicherlich überwältigen, aber einige der Gefangenen würden dabei getötet werden. Lara dachte daran, wie schnell sie ihre Dolche und Schwerter ziehen konnten. Und nach den Vorfällen des letzten Tages bezweifelte sie, dass jemand aus der Gruppe Kraft hatte, sich gegen die Soldaten aufzulehnen. Schließlich betrat Lara die sumpfige Wiese. Sie fragte sich, wie sie einen geeigneten Platz zum Schlafen finden sollte. Bei jedem Schritt quoll Wasser aus der Erde und ihre Schuhe versanken im Morast. Sie ging hinüber zu Wehras. Direkt neben den Büschen war die Erde trockener. Wehras schaute auf und lächelte matt, als sich Lara neben ihn auf den Boden fallen ließ. Dann sah er wieder auf den See hinaus.

Als es dunkel war, machten zwei Soldaten die Runde und verteilten Brotrinden und Wasser aus dem See. Lara kämpfte mit der Müdigkeit und schloss unmittelbar im Anschluss an das karge Mahl ihre Augen. Die anderen Gefangenen schienen ebenso erschöpft zu sein, denn beim Abendessen verebbten die Gespräche.

Es war eine finstere, mondlose Nacht, als Lara plötzlich hochschreckte. War da ein Geräusch gewesen oder hatte sie einfach nur schlecht geträumt? Sie horchte einen Augenblick in die Dunkelheit hinein. Gerade, als sie sich wieder hinlegen wollte, ertönte ein lautes Jaulen im Wald. Es war ein heiserer, lang gezogener Ton, der Lara an eine alte Autohupe erinnerte. Sie wollte sich erheben, um in den dunklen Wald zu spähen, als sie eine Hand auf ihrer Schulter spürte.

»Steh lieber nicht auf«, flüsterte Wehras neben ihr.

»Was war das?«, fragte Lara.

»Ich weiß es nicht. Es ist besser, wenn wir uns vollkommen ruhig verhalten.«

Wehras schaute besorgt in Richtung der Karren, doch sie hörten das Geräusch nicht noch einmal. Lara wusste nicht, wann sie wieder eingeschlafen war – geweckt wurde sie von Tritten gegen ihre Beine.

»Aufstehen! Wir fahren weiter«, sagte einer der Soldaten, der inzwischen bei Wehras die gleiche unsanfte Methode anwandte.

Nachdem sie erneut mit trockener Brotrinde versorgt worden waren, mussten sie sich hintereinander aufstellen. Einer der Soldaten zählte durch und ging anschließend kopfschüttelnd zu seinen Kameraden. Weiter hinten in der Reihe hörte Lara verschiedene Gefangene flüstern.

»Es scheint, dass heute Nacht zwei von uns geflohen sind«, raunte Wehras ihr zu.

Also hatte sie doch nicht als Einzige diesen Gedanken gehabt! Die Soldaten beratschlagten sich kurz, schienen jedoch nicht sonderlich verärgert über den Verlust zu sein. Nachdem alle ihre alten Plätze eingenommen hatten, setzte sich der Konvoi in Bewegung. Auf Laras Wagen sorgte die Flucht der Männer für Gesprächsstoff.

»Ich kannte die beiden jungen Burschen kaum«, stellte der Weißhaarige fest. »Sie waren noch nicht lange bei uns.« Ratlos schüttelte er seinen Kopf.

»Was haben die sich dabei gedacht?«, fragte eine Frau in die Runde.

»Sie haben die günstige Gelegenheit ergriffen, die sich bot«, stellte Lara fest. »Ich habe gestern Abend mit einem ähnlichen Gedanken gespielt. Ich wollte mich im Wald verstecken und bei Tagesanbruch den Weg zurück nach Alea gehen.«

Ihre Mitfahrer starrten sie ungläubig an.

»Wie gut, dass du es nicht gemacht hast«, sagte der Alte.

»Warum?«

»Weil du die Nacht im Wald mit Sicherheit nicht überlebt hättest.«

Nachdenklich kaute Lara auf ihrer Unterlippe. Hatte Terzio nicht erwähnt, das Gebiet der Raubwehre fing erst auf der anderen Seite des Sees an? Wovor hatten die Menschen solche Angst?

Sie waren erst eine kurze Weile gefahren, als der Konvoi unvermittelt anhielt. Hier war der Weg besonders schmal und die Äste der Bäume ragten über sie hinweg. Alle fünf Soldaten versammelten sich unter einem Ast und sahen fasziniert nach oben. Lara folgte ihren Blicken. An einem der oberen Äste hingen zwei menschliche Körper. Lara sah, dass sie mit schweren Stricken um den Hals an den Ast geknotet worden waren. Während ihre Köpfe nahezu unversehrt aussahen, war von den restlichen Körpern nicht mehr viel übrig. Es sah aus, als ob jemand das Fleisch abgenagt habe. Lediglich Sehnen- und Muskelfetzen hielten die frei liegenden Knochen zusammen. Lara überkam ein gewaltiger Brechreiz. Sie lehnte sich über den Wagen und spürte die brennende Magenflüssigkeit, die sich den Weg durch ihren Hals bahnte. Jemand fragte, ob das die beiden Ausreißer waren. Ein anderer bejahte.

»Wer macht so etwas?«, fragte sie, als sich ihr Magen beruhigt hatte. »Ein Raubwehr?«

Der alte Mann schüttelte den Kopf. »Ich weiß nicht, wer das getan hat«, sagte er, »aber ich weiß, das Raubwehre keine Knoten binden können.«

Unwillkürlich sahen sie alle dorthin, wo die Stricke fein säuberlich an den Ast geknüpft worden waren. Ein Soldat zog sein Schwert und kappte sie. Wie Mehlsäcke fielen die Körper auf den Boden. Es gab ein knirschendes Geräusch, als sich die Knochen ineinander verhakten. Zwei andere Soldaten schoben die Überreste vom Weg, direkt neben einen Baum.

»Ihr könnt sie nicht liegen lassen«, schimpfte jemand aus dem Wagen hinter ihnen.

»Die haben selber Schuld. Außerdem sind wir spät dran«, sagte einer der Soldaten und stieg auf sein Pferd.

Unmittelbar danach fuhren sie weiter. Lara vermied es, noch einmal neben den Baum zu schauen, als sie die Stelle passierten.

Die Luft war drückender und schwüler als in den letzten Tagen. Noch bevor die Sonne senkrecht am Himmel stand, spürte Lara, wie ihr Shirt langsam feucht wurde. Es kam ihr vor, als schwitzte sie aus sämtlichen Poren. Vom See her wehte ein lauer, feuchter Wind zu ihnen herüber. Die Hopies gingen langsamer. Lara schaute nach vorn, wo der Weg kurz vor ihnen plötzlich endete. Direkt dahinter standen dichte Bäume und einzig ein Trampelpfad, der nach Laras Schätzung keinen Meter breit war, kämpfte sich durch den dunklen Wald. Ihr kam es vor, als hätten sie das Ende dieser Welt erreicht. Am Rande des Waldes standen mehrere Holzhütten. In einem Kreis darum waren weiße Zelte aufgebaut. Mehrere Dutzend Arbeiter waren damit beschäftigt, Sand vom Ufer des Sees an den Rand des Weges zu schleppen. Bewacht wurden sie von Soldaten.

Sie waren also nicht die einzigen Gefangenen in diesem Lager, stellte Lara fest. Ein dicker, behäbig wirkender Mann kam ihnen entgegen.

»Alles herhören!«, rief er mit dunkler und bedrohlicher Stimme. »Wer nicht fleißig arbeitet, wird getötet. Wer unerlaubt redet, wird getötet, wer morgens zu lange schläft und abends zu lange wach ist, wird getötet. Und wer einem von uns jemals ins Gesicht schaut, weil er den Blick nicht senkt, wird getötet.« Er strich sich mit den Händen über seinen Bauch und wippte auf den Zehenspitzen auf und ab. Sie durften von ihrem Wagen absteigen und wurden zu den Zelten gebracht. Es waren einfache Stoff-Konstruktionen, die aus zwei miteinander verbundenen, eckigen Laken bestanden. Jeweils sechs Gefangene mussten sich ein Zelt teilen, sodass der Platz gerade ausreichen würde, um sich dicht nebeneinander hinzulegen. Lara achtete darauf, dass sie in dasselbe Zelt wie Wehras kam. Nachdem jeder einen Platz zugewiesen bekommen hatte, mussten sie sich in Reihe aufstellen. Auch die Arbeiter, die den Sand geschleppt hatten, standen jetzt unter ihnen. Die Soldaten nahmen direkt gegenüber Aufstellung.

Der unangenehme, dicke Kommandeur stellte sich in der Mitte auf und musterte zuerst seine Soldaten und anschließend die Gefangenen. »Es wird ein Bruchteil von euch die ersten Wochen überleben«, sagte er. »Für uns seid ihr Geschöpfe, die das Recht zum Leben verloren haben. Wir werden euch nicht einweisen, wie ihr eure Arbeit zu verrichten habt. Lasst euch alles von den Glücklichen erklären, die bisher überleben durften. Wenn jemand von euch mich oder einen der Soldaten anspricht, wird er augenblicklich getötet.« Er strich sich erneut über seinen Bauch und verschwand in der Holzhütte im Zentrum des Lagers. Ein anderer Soldat kam auf sie zu.

»Wie ihr gesehen habt, endet der Weg aus Alea an dieser Stelle. Doch wir haben die Aufgabe, ihn weiterzubauen. Bäume müssen gefällt und zum See geschafft werden. Der See besitzt eine leichte Strömung, die nach Alea führt. Alle vier Tage rollen wir die Stämme ins Wasser. In Alea nehmen Holzfäller die Bäume entgegen und verarbeiten sie. Der Weg muss ebenfalls gebaut werden. Die Aufteilung nehmen wir noch vor. Heute gibt es eine Sonderaufgabe. Wir wollen den Wall um unser Lager erneuern.«

Lara bekam eine Spitzhacke in die Hand gedrückt und war den restlichen Tag damit beschäftigt, verfaulte Holzstämme aus dem Wall zu schlagen. Sie war körperliche Arbeit nicht gewohnt, da sich die Soldaten aber nicht um die Neuankömmlinge kümmerten, konnte sie hin und wieder unbemerkt kleine Pausen einlegen.

Am Abend verkündete ein Soldat das Ende der Arbeit.

Lara ging zu dem ihr zugewiesenen Zelt. Auf dem Weg sah sie, wie der Lagerkommandant einem der Soldaten einen Tritt in den Bauch versetzte. Selbst die eigenen Soldaten schienen vor dem Jähzorn des Dicken nicht sicher zu sein.

Die übrigen fünf Gefangenen, die in diesem Zelt schlafen sollten, waren bereits anwesend und richteten sich so gut wie möglich ein. Neben Wehras gehörte auch der weißhaarige Mann zu ihrer Gruppe.

Als Lara das Zelt betrat, sagte er: »Jetzt, wo wir vollständig sind, sollten wir uns vorstellen. Ich bin

Ben, Händler für feine Gewänder und seit ein paar Tagen Aussätziger.« Die letzten Worte flüstert er und grinste dabei verwegen. Es tat gut, jemanden wie ihn um sich zu haben. Anschließend stellte sich Wehras vor. Freudig vernahmen diejenigen, die ihn nicht kannten, dass er Arzt war.

»Das ist sehr nützlich. Im Lager passieren öfter Unfälle. Gerade letzte Woche hat sich eine Frau ihren Fuß verdreht«, berichtete ein kräftiger Mann mit kurzen dunklen Haaren, einer wuchtigen, eckigen Nase und buschigen Augenbrauen. Er stellte sich als Altus vor und erzählte, dass er bereits seit vier Wochen im Lager arbeitete.

»Was passierte mit der Frau?«, fragte ein junger Mann mit Lockenkopf, Koteletten und einem verträumten Blick.

Altus blickte wütend auf seine Hände. »Die Soldaten forderten sie zweimal auf, weiterzugehen. Aber sie konnte nicht mehr auftreten.« Er brach ab und schüttelte den Kopf.

»Und haben sie sie umgebracht?«, vermutete der Lockenkopf.

Altus nickte. Der Lockenkopf hieß Talus. Er sagte, er habe an dem Herrschaftssystem in Alea etwas ändern wollen. Mehr gab er nicht von sich preis. Auf Lara wirkte er scheu. Die einzige Frau außer ihr im Zelt hieß Sina. Sie hatte kurze blonde Haare und aufgeweckte braune Augen. Sie hatte auf einem der Marktplätze den sanften Widerstand gegen die Soldaten organisiert, wie sie es nannte.

Auch Lara erzählte ihre Geschichte.

»Was hat ein Mädchen wie du beim Widerstand verloren? Wo kommst du her?«, hakte Talus nach, als Lara nichts weiter zu sich sagte.

»Nicht aus Alea. Das muss dir genügen.«

»Das genügt mir nicht«, protestierte Talus.

Wehras mischte sich ein. »Das ist dein Problem. Keiner wird gezwungen, irgendetwas von sich preiszugeben«, erwiderte er bestimmt und fixierte Talus.

»Schon gut, schon gut«, sagte Talus beleidigt, beließ es dennoch dabei.

Lara wandte sich an Altus. »Ich habe vorhin gesehen, wie der dicke Befehlshaber einen der eigenen Soldaten geschlagen hat«, sagte sie.

Altus nickte wissend. »Soldaten, die ins Lager geschickt werden, haben meistens ebenfalls etwas ausgefressen. Sie haben Befehle missachtet, ihre Aufgaben nicht zufriedenstellend erledigt und so weiter. Zur Strafe müssen sie ihren Dienst eine Weile in dieser abgelegenen Gegend ableisten. Es ist gefährlich hier draußen. Wer zurückkommt, wird sicherlich nicht noch einmal einen Befehl infrage stellen.«

»Und was hat der Dicke angestellt?«, fragte Lara.

»Der Kommandant, Helas, hat als Einziger nichts angestellt. Er wird schneller befördert, wenn er ein paar Monate Dienst im Lager leistet«, antwortete Altus. Er wiederholte, dass es im Wald gefährlich sei.

Sina erzählte ihm von den beiden unglücklichen Männern, die einen Fluchtversuch unternommen hatten.

»Das ist der Grund, warum das Lager kreisförmig aufgebaut ist«, erklärte Altus. »Sollten irgendwelche Kreaturen aus dem Wald über das Lager herfallen, trifft es zunächst alle Gefangenen, die mit ihren Zelten den äußeren Kreis bilden. Die Soldaten in ihren Holzhütten in der Mitte des Lagers haben bei solchen Überraschungsattacken nichts zu befürchten.«

»Wann gibt es Essen?«, fragte Talus.

Altus antwortete, dass die Abendmahlzeit in Kürze verteilt werden würde. Eine Person von ihnen müsste sie abholen und anschließend hätten sie etwa eine halbe Stunde Zeit, bis sie sich hinlegen mussten.

»Morgen werden wir früh geweckt«, stellte er fest.

Altus hatte nicht übertrieben. Sie wurden sehr zeitig geweckt. Es war noch dunkel, als ein Soldat seinen Kopf in das Zelt steckte und sie zum Aufstehen drängte. Sie hatten zehn Minuten Zeit, um sich am See zu waschen und ihr karges Brot zu essen. Anschließend folgten sie Altus, der den morgendlichen Ablauf kannte, und stellten sich vor dem Zelt auf. Ein Soldat kam herüber und teilte sie für die Aufgaben dieses Tages ein. Sie mussten Sand aus der Uferzone des Sees hinauf zum Wegesrand tragen.

»Der Sand wird mit Erde vermischt und bildet die Grundlage für den Weg«, erklärte Altus. Wir müssen die Baumstümpfe abhobeln, den Sand auftragen und den neu angelegten Weg befestigen.«

Die Arbeit war schwer und mühselig. Mit Leinensäcken mussten sie knietief in den See waten und sie mit Sand vom Grund des Gewässers prall füllen. Ein Soldat achtete darauf, dass sie nicht mit zu geringer Menge den Rückweg antraten. Die Wiese am Seeufer war sumpfig und feucht. Bei jedem Schritt versank Lara knöcheltief im Morast. Bereits nach wenigen Transporten war sie außer Atem und spürte, wie ihre Muskeln protestierten.

Die Soldaten suchten sich willkürlich Gefangene aus, die sie besonders drangsalierten. Sie füllten in die Säcke ihrer Opfer zusätzlichen Sand und scheuchten sie den Hang hinauf. Am Ende des Tages kroch Lara völlig geschafft und ausgelaugt ins Zelt. Den anderen Gruppenmitgliedern ging es offensichtlich nicht besser. Nach einigen belanglosen Gesprächen kehrte schnell Ruhe im Zelt ein. Als Altus abschließend bemerkte, sie würden tags darauf mit den Arbeiten für den Weg beginnen, schlief Lara erleichtert ein. Alles war besser, als schwere Sandsäcke zu tragen.

Wie sich jedoch herausstellte, waren die Wegearbeiten keineswegs angenehmer, als Sand zu schleppen. Sie mussten Baumstümpfe ausgraben und kleine Sträucher kappen. Anschließend wurde der Sand mit bloßen Händen auf der Wegfläche verteilt und festklopft. Werkzeuge hatten sie nicht. Einige Meter entfernt gab es plötzlich einen Zwischenfall. Ein Mann mit strohblonden Haaren und einer krummen Nase warf wütend einen Ast auf den Boden. Bevor die Soldaten jedoch auf ihn aufmerksam wurden, eilte eine stämmige Frau mit feuerroten Haaren zu ihm. Sie hielt mit ihren Händen sein Gesicht umklammert und redete beruhigend auf ihn ein. Dann gab sie ihm einen Kuss und zog ihn zurück. Lara atmete erleichtert aus. Wie gut, dass niemand diesen Wutausbruch mitbekommen hatte.

Als das Abendessen verteilt wurde und Lara im Zelt saß, waren ihre Beine und Knie durch das ständige Bücken und Umherrutschen rot und angeschwollen.

»Hier, kühl sie lieber«, sagte Altus und reichte ihr zwei feuchte Stofftücher. »Nach einigen Wochen gewöhnt sich dein Körper an die Schufterei.«

Auch für sich selbst hatte Altus gesorgt. Er zog sein schmutziges Hemd aus und warf sich mehrere Tücher über die Schulter. Wohlig stöhnte er auf. »Mein Rücken macht mir zu schaffen«, erklärte er und setzte sich hin.

Lara schaute ihn an. Altus war in bester körperlicher Verfassung. Sein Brustkorb war mächtig, die Bauchmuskeln traten deutlich hervor und seine Arme sahen aus wie Hügellandschaften. Wenn sogar jemand wie er nach einigen Wochen Lagerarbeit mit ersten Gebrechen zu kämpfen hatte, war das nicht sehr ermutigend. Nach einer Weile drehte Altus ihr den Rücken zu und nahm das Tuch ab. Erstaunt sah Lara, dass er auf seinem Schulterblatt die gleiche Tätowierung trug wie Vivian auf dem Oberarm! Sie schluckte und versuchte, sich ihre Überraschung nicht allzu sehr anmerken zu lassen.

»Woher stammt deine Tätowierung? Ich habe sie schon einmal gesehen«, fragte sie, so ruhig sie konnte.

Altus drehte sich interessiert um. »Bei wem? Wessen Rücken hast du gesehen?«

Lara lachte. »Keinen Rücken. Sie trug es gut sichtbar auf dem Oberarm.«

Altus nickte anerkennend. »Dieses Zeichen wird in Alea nicht gern gesehen. Je deutlicher man es zeigt, umso mehr Probleme kann man bekommen. Deine Bekannte scheint sehr mutig zu sein.« Er lachte. »Oder sehr verrückt.«

»Ich glaube nicht, dass sie verrückt ist. Sie kommt von dort, wo ich herkomme«, erklärte Lara umständlich. Sie machte eine kurze Pause. »Vielleicht hat sie dieses Zeichen zufällig ausgewählt?«

»Das kann ich mir nicht vorstellen«, sagte Altus. »Das Zeichen des alten Volkes lässt man sich nicht zufällig auf den Arm tätowieren.«

»Altes Volk?«, wiederholte Lara.

»Nun, wir stammen von einer sehr alten Linie ab«, erklärte Altus lachend. »Und wir betrachten nicht alle Lebewesen im Wald als Feinde. Im Gegenteil. Früher lebten wir mit den Waldmenschen zusammen in Dörfern. Doch die Soldaten Aleas bekämpfen die Waldmenschen und viele von uns zogen lieber in die sichere Stadt. Dort wurden wir zwar nicht gerade herzlich aufgenommen, aber immerhin geduldet. Meine Eltern blieben allerdings bei den Waldmenschen. Ich habe Alea nie aus der Nähe gesehen.«

Laras Gedanken überschlugen sich. Was hatte Vivian mit dem alten Volk aus dieser Welt zu tun? Warum trug sie dessen Symbol? Inzwischen waren auch Sina, der weißhaarige Ben und Wehras ins Zelt gekommen.

»Wie hat es dich eigentlich in dieses Lager verschlagen, Altus?«, fragte Ben, während er sich erschöpft auf den Boden legte.

»Ich habe mich mehreren Soldaten in den Weg gestellt, als sie eine Herde Hopies einfangen wollten.«

»Du hast dein Leben für eine Herde Hopies riskiert?«, fragte Sina nach.

Altus lächelte nachsichtig. »Hopies sind es wert«, sagte er lediglich und schwieg.

Es war Wehras, der das Thema wechselte. »Wie hattest du dich eigentlich entschieden, Lara? Hättest du uns geholfen?«

Lara wusste erst nicht, wovon er sprach. Die Ausführungen von Altus waren sehr spannend gewesen. Sie hätte nicht geglaubt, dass es Menschen auf dieser Welt gab, die nie in Alea gewesen sind. Außerdem kreisten ihre Gedanken um Vivian. Könnte sie nur mit ihr sprechen! Dass Vivian Alea kannte, war offensichtlich. Schließlich hatte sie Lara besucht, als sie in ihrem Krankenzimmer lag. Sie konzentrierte sich auf Wehras' Frage und erinnerte sich langsam an die Bitte, auf die er anspielte. »Ja, ich hätte für euch Augen und Ohren offen gehalten«, sagte sie. »Und ich werde es tun, sobald sich die Gelegenheit ergibt.«

Sina seufzte traurig. »Für uns wird sich wohl nie mehr irgendwo eine Gelegenheit ergeben.«

Wehras, der sich über Laras Antwort sichtlich freute, robbte zu Sina und legte ihr den Arm um die Schulter. »Gib die Hoffnung nicht auf«, sagte er eindringlich. »Ich glaube, dass unser Aufenthalt im Lager nicht die letzte Station in unserem Leben sein wird.«

Sina lehnte ihren Kopf dankbar an Wehras' Schulter und schluchzte mehrmals. Er nahm sie fest in seine Arme.

»Ich finde es toll, dass du uns unterstützen wolltest«, sagte er dann zu Lara.

Auch Ben nickte. »Wir hätten jede Hilfe brauchen können, sei sie noch so klein. Wenn die Gerüchte über Waldhes, den Herrscher der Stadt, stimmen, besitzt er die Macht seit Jahrzehnten.«

Ben erzählte, dass Waldhes, seit er mit 17 Jahren den Thron bestieg, immer wieder durch die Großmeister in seinem Amt bestätigt worden war.

»Auch Waldhes' Vater und Großvater hielten sich ein Leben lang als Herrscher über Alea an der Macht.« Er machte eine Pause und blickte einen nach dem anderen an. »Man sagt, dass nie jemand aus einer anderen Sippe Oberhaupt der Stadt war. Waldhes soll einen Sohn haben, den er versteckt hält. Bisher hat ihn niemand zu Gesicht bekommen. Vielleicht bereitet sich sein Sohn längst auf die Nachfolge vor? Das ist jedenfalls alles ziemlich merkwürdig.«

»Das ist Geschwätz!«, protestierte Talus, der gerade ins Zelt kam.

»Geschwätz? Wie würdest du es denn nennen, wenn sich eine Familie seit Generationen auf dem Herrscherthron hält?«, fragte Ben.

»Hervorragendes strategisches Geschick«, sagte Talus, legte sich hin und schloss die Augen.

»Vielleicht ist es so, wie du sagst«, stimmte Ben zu, »vielleicht spielen aber auch andere Gründe eine Rolle.«

»Man sagt, Waldhes habe magische Fähigkeiten«, flüsterte Sina und rückte bei diesem Gedanken enger an Wehras heran.

Ben brummte zustimmend. Talus ließ sich zu keiner Reaktion mehr hinreißen. Lara vermutete, dass er bereits eingeschlafen war. Auch sie fand es zu weit hergeholt, von magischen Kräften zu sprechen, nur weil sich die Familie von Waldhes seit langer Zeit an der Macht hielt. Eher hätte sie Talus' Erklärung zugestimmt.

Sie saßen neben einem Baumstumpf und ruhten sich aus. Ohne Hilfsmittel war es fast unmöglich, die mächtigen Stümpfe samt Wurzeln aus der Erde zu bekommen. Sie drückten und stemmten so gut es ging dagegen, doch der Stumpf bewegte sich nur Millimeterweise aus dem Erdreich.

»Was sitzt ihr untätig herum?«, schimpfte plötzlich jemand hinten ihnen.

»Wir haben uns lediglich einen Moment ausgeruht«, erklärte Ben.

»Das kann wohl nicht wahr sein«, schrie der Soldat. »Hier wird sich nicht ausgeruht.« Grob nahm er Bens Hand und drückte sie gegen den Baumstamm. »Los, weiterarbeiten«, brüllte er.

»Gleich sind wir bei Kräften. Dann geht es weiter«, sagte Altus lächelnd und verschränkte seine Arme vor der Brust.

»Wie kannst du es wagen?«, knurrte der Soldat und sein Gesicht lief vor Ärger rot an. Lara rechnete damit, dass der Soldat auf Altus einschlagen würde, aber er blieb einfach stehen. Womöglich hatte er keine Befugnis, ohne Befehle handgreiflich zu werden. Fluchend ging er weg. Während Wehras, Ben und Sina über den Vorfall scherzten, war sich Lara nicht sicher, ob es keine Konsequenzen geben würde. Als sie kurz hochschaute, sah sie den Soldaten mit Helas reden. Dabei zeigte er auf sie. Altus bemerkte das Gespräch ebenfalls und wirkte besorgt.

»Das hätte mir nicht passieren dürfen«, flüsterte er Lara zu. »Ich habe mich provozieren lassen. Hoffentlich bestrafen sie dafür mich und nicht euch alle.«

Bis zum Nachmittag ließ sich kein Soldat blicken. Als die Gruppe den meterbreiten Stamm endlich aus der Erde gehievt hatte, räusperte sich jemand hinter ihnen. Sie drehten sich um und sahen Helas vor dem Baumstumpf stehen.

»Seid ihr fertig?«, fragte er scheinbar freundlich und musterte dabei Altus.

»Ja, wir wollten gerade zum nächsten Baum gehen«, antwortete Ben.

»So, so.«

Helas kniete sich nieder und strich mit der Hand über den Stumpf. »Teile der Wurzeln sind abgeknickt und befinden sich noch immer in der Erde«, stellte er fest. Er stand auf. »Ihr glaubt nicht allen Ernstes«, schrie er jetzt, »dass ich so eine lausige Arbeit gutheißen kann!« Er winkte zwei Soldaten heran. »Wenn jeder der Arbeiter dermaßen pfuschen würde, könnten wir die Bäume ja gleich stehen lassen«, brüllte er und funkelte Altus böse an.

Als einer der Soldaten zwei splitterige Äste aufhob, stand Altus wütend auf. »Wenn du unbedingt jemanden bestrafen willst, nimm mich. Ich habe deinen Soldaten provoziert. Die restliche Gruppe hat damit nichts zu tun.«

Helas grinste breit und entblößte sein lädiertes Gebiss, in dem eine Handvoll schiefer und gelber Zähne ihr Dasein fristete. »Nun, ich hab mich daher genau für die andere Variante entschieden«, sagte er strahlend. »Du darfst zugucken, wie deine Gruppenmitglieder ihre gerechte Strafe bekommen.«

Er holte aus und schlug Sina mit der flachen Hand ins Gesicht. Die Attacke kam unerwartet, dass sie nur erstaunt japste, als die Wucht des Schlages sie zu Boden warf. Sekunden später sprang Wehras auf. Sein Gesicht war wutverzerrt und Lara hörte ihn knurren. Es gelang ihm, Helas umzustoßen. Beide fielen zu Boden. Augenblicklich stürzten sich die zwei anwesenden Soldaten auf Wehras und zogen in von Helas herunter. Inzwischen waren weitere Soldaten herbeigeeilt. Während zwei auf Altus losgingen, bemerkte Lara, wie sich ein weiterer von hinten an sie heranschlich. Als sie sich umdrehen wollte, spürte sie einen heftigen Schmerz in ihrer Brust. Ihr wurde schwindelig und sie merkte, wie ihre Augenlider schwer wurden.

Eine vertraute Stimme holte sie aus ihrem Dämmerzustand. »Alles in Ordnung mit dir?«, flüsterte Altus.

Sie richtete sich mühsam auf. Ihr Kopf brummte und sie konnte Altus kaum verstehen. »Ja, geht schon«, sagte sie mühsam.

Lara schaute sich um. Sie musste kurz ohnmächtig gewesen sein. Wehras lehnte an einem Baum, sein Gesicht war blutüberströmt. Eine tiefe Wunde unterhalb des Kinns färbte seinen Hals hellrot. Ben und Sina schauten ihn besorgt an. Ben hatte viele Schürfwunden, Sina schien keine Verletzungen zu haben. Altus war ebenfalls unversehrt.

»Sie haben sich auf euch gestürzt und mich in Ruhe gelassen. Diese Bastarde.«

»Wo ist Helas jetzt?«, fragte Lara.

»Er holt Talus. Dann will er uns sagen, was er mit uns vorhat.«

Talus hatte früher in Alea ein Gasthaus besessen. Daher hatte Helas ihn für den Küchendienst eingeteilt. Nicht, dass es für die Gefangenen anderes als Brotrinde zu essen gegeben hätte, die Soldaten hingegen gönnten sich einen reichhaltigeren Speiseplan, und Talus durfte für sie kochen. Lara wusste, wie stolz Talus darauf war. Doch er gehörte zu ihrer Gruppe und wurde deshalb wohl ebenfalls bestraft. Lara sah ihn sich mit zwei Soldaten im Schlepptau nähern. Er hatte ein blutunterlaufenes Auge. Helas kam aus einer anderen Richtung zu ihnen und baute sich vor der Gruppe auf.

»Ihr wollt sicherlich wissen, was mit Arbeitern passiert, die ihre Aufgaben nicht ordnungsgemäß ausführen.« Er grinste seine Soldaten an und Lara hörte mehrere von ihnen lachen. »Ich werde es euch zeigen«, sagte er und hob seinen Arm.

Genau in diesem Augenblick kam ein Reiter den Weg entlanggeschossen. Er galoppierte ins Lager und stieg ab. »Ich habe eine Nachricht für Helas, den Kommandanten«, rief er.

Helas brummte ärgerlich und ließ seinen Arm sinken. »Was will der Kerl?«, fragte er genervt, drehte sich dennoch um und schlenderte zu ihm.

Der Reiter trug ebenfalls eine Soldatenuniform. Er redete gestenreich auf Helas ein. Lara beobachtete, wie Helas mehrmals den Kopf schüttelte und schließlich abwinkend zurückkehrte. Als er vor ihnen stand, bemerkte Lara, wie Helas sie ausgiebig musterte.

»Wir werden die gerechte Strafe auf morgen früh verlegen«, sagte er. »Ein Bote will tatsächlich jemanden aus eurer Gruppe zurück nach Alea bringen.« Während er das sagte, schaute er Lara an. »Ich werde mir also heute Abend anhören, was er zu sagen hat. Danach entscheide ich, ob ich die Person gehen lasse.« Er spielte mit den Händen an seinem Gürtel herum und begann, breit zu grinsen. »Unabhängig davon werden die anderen Gruppenmitglieder natürlich trotzdem gerecht bestraft. Eigentlich müssten sie sogar härter bestraft werden, da einer aus ihrer Mitte sich drückt, aber härter geht in diesem Fall gar nicht.«

Helas prustete laut los, als ob er einen ungemein guten Witz erzählt hätte. Die anderen Soldaten stimmten in sein heiseres Lachen ein.

Zwei Soldaten begleiteten sie zu ihrem Zelt. Altus stützte Wehras, der erleichtert aufatmete, als sie es erreichten.

»Essen gibt es heute für euch nicht«, sagte einer der Soldaten.

»Nee, das lohnt sich gar nicht mehr«, kicherte der zweite Soldat und verließ das Zelt.

Lara wusste nicht, ob sie lachen oder weinen sollte. Wahrscheinlich suchten Heimer und Terzio nach ihr und hatten den Boten geschickt. Sie bezweifelte, dass Helas bestimmen konnte, ob er sie gehen ließ oder nicht. Aber sie zweifelte nicht daran, dass Helas die restliche Gruppe zur Verantwortung ziehen würde. Sie konnte sich doch nicht aus dem Staub machen, während die anderen bestraft wurden.

»Was hatte das zu bedeuten?«, fragte Altus, als sie alle auf ihren Plätzen lagen.

»Ich stehe unter dem Schutz eines Hauptschutzmeisters«, sagte Lara.

»Warum denn das?«, fragte Altus erstaunt. »Und wieso bist du trotzdem in diesem Lager?«

Lara entschied sich, die erste Frage zu überhören. Sie würde nichts von ihrer Herkunft erzählen. Zu unwirklich klang das alles. Außerdem wusste sie selbst nicht, welche Rolle sie eigentlich spielte. Und Wehras, der Einzige unter ihnen, der die Geschichte kannte, war eingeschlafen und kurierte seine Verletzungen aus.

»Er hat zu spät davon erfahren. Wahrscheinlich hat man mich jetzt erst gefunden.«

Altus nickte langsam und gab sich damit zufrieden.

»Ich werde nicht gehen«, sagte Lara bestimmt. »Ich kann euch nicht zurücklassen.«

»Du kannst nicht nur, du musst«, sagte Ben. »Wenn du nicht zurückkehrst, wird niemand von dem Unrecht hier erfahren.«

Sina schaute sie an. Ihre Augen waren feucht. »Und niemand wird meiner Tochter erzählen können, wie tapfer ihre Mutter war«, sagte sie und versuchte, ihre Tränen zurückzuhalten.

Lara sah sie bestürzt an und merkte, dass auch die anderen Gruppenmitglieder bis eben nicht gewusst hatten, dass Sina ein Kind hatte.

»Ala heißt sie und sie ist letzte Woche elf geworden.« Sina legte sich seufzend hin.

Sie alle waren niedergeschlagen. Lara war überhaupt nicht müde. Warum war Terzio nicht persönlich vorbeigekommen? Sie war sicher, dass sie ihn bewegen hätte können, sämtliche Widerständler freizulassen, wenn er nur die Hintergründe kannte. Sie seufzte. Was brachten diese Gedanken? Er war nun mal nicht hier. Sie atmete schwer aus. Das war befreiend, sie fühlte sich bereits zuversichtlicher. Es würde alles ein gutes Ende nehmen, sagte eine beruhigende Stimme in ihrem Kopf. Irgendwie löst sich alles auf. Und Helas war wahrscheinlich gar kein derart schlechter Mensch, wie er vorgab. Mit Sicherheit würde er die anderen nicht zu hart bestrafen. Eventuell würde er ihnen überhaupt nichts tun. Lara zog sich die Decke vom Körper. Ihr war warm. Aber es war eine angenehme Wärme. Es fühlte sich an, als würde sie in der Nachmittagssonne am Strand liegen. Alle Probleme waren irgendwie nichtig. Leise hörte sie eine Stimme in ihrem Kopf. »Achtung«, flüsterte sie, doch Lara nahm sie kaum wahr. Zu schön war es, einfach in diesem Zelt herumzuliegen und die letzte Nacht in diesem Lager zu genießen. »Gefahr!«, meldete sich die Stimme jetzt eindringlicher. Hatte sie sich je im Leben dermaßen wohlgefühlt? Wenn sie das Gefühl nur in Ruhe genießen könnte. Aber es war kaum möglich, die innere Stimme brüllte jetzt förmlich in ihrem Kopf: »Achtung! Gefahr!« Verträumt schaute sie hinüber zu Wehras, der gerade die Augen aufschlug und leicht japste.

»Wie geht es dir?«, fragte sie leise.

»Prima!«, gab Wehras zurück. »Ich habe gar keine Beschwerden mehr. Mir ist warm und ich habe mich nie wohler gefühlt.«

Zwei Dinge fielen Lara auf, als Wehras sprach. Der Verband, den ihm Sina notdürftig um den Hals gewickelt hatte, war bereits rot gefärbt und etwas Blut tropfte auf seine Schulter. Wehras sah absolut nicht gesund aus. Und Laras rechte Schulter schmerzte ebenfalls grausam bei jeder Bewegung. Ein Soldat musste ihr einen Fußtritt dorthin verpasst haben. Trotzdem war das Einzige, woran sie denken konnte, der Wunsch, das wohlige Gefühl zu genießen. Sie erinnerte sich an Terzios Backpfeife. Lara ballte ihre linke Hand zur Faust und schlug mit aller Kraft auf ihre Schulter. Der Schmerz war gewaltig und ließ ihren ganzen Körper erzittern. Aber das trügerische Gefühl der Sicherheit war schlagartig verschwunden. So schnell es ging, setzte Lara sich auf.

»Aufwachen, schnell! Wir werden angegriffen!« Während sie rief, robbte sie durchs Zelt und rüttelte die Schlafenden wach.

»Was ist los?«

Altus saß sofort kerzengerade auf dem Boden.

»Wir werden gleich von Raubwehren angegriffen!«, warnte Lara.

Während Sina Lara verstört anblickte, brummte Talus leise. »Du hast schlecht geträumt. Kein Wunder, nach diesem Tag«, sagte er und schloss die Augen.

Altus schien nachzudenken.

»Ich fühle mich geborgen und warm, du hast recht, Lara!«, sagte er schließlich und stand hastig auf.

Auch Ben interpretierte das Gefühl richtig. Eilig zog er seine Schuhe an. Altus erwies sich als hervorragender Organisator. Während er die restlichen Gruppenmitglieder aufweckte, packte er seine Tasche und gab klare Anweisungen.

»Wir rennen aus dem Zelt, genau auf den See zu. Keiner schaut zurück. Falls uns Soldaten rufen, achten wir nicht darauf. Wir müssen bloß schnell zum See kommen.«

Sina und Talus zogen verschlafen ihre Schuhe an. Lara schaute zu Wehras, der inzwischen weggedöst war. »Er wird nicht laufen können«, stellte sie fest.

Altus nickte. »Ben und ich werden ihn tragen.«

Sie nahmen Wehras zwischen sich, legten seine Arme und ihre Schultern und hielten ihn an der Hüfte fest.

»Seid ihr bereit? Es muss schnell gehen«, ermahnte Altus.

Sina schlug die Zeltplane zur Seite und sie rannten sofort los. Der See lag ruhig vor ihnen. Der Mond spiegelte sich auf der stillen Wasseroberfläche und die Luft war feucht und kühl. Kurz bevor sie den See erreichten, hörte Lara einen Raubwehr heulen. Sie hatte das Gefühl, als würde sich das Heulen durch ihren ganzen Körper fressen. Das Geräusch war noch intensiver als der Schrei, den der Raubwehr im Gefängnis von sich gegeben hatte. Sina zuckte zusammen. Kurz darauf heulte ein weiterer Raubwehr. Und dann noch einer.

»Wir müssen in den See, damit die Raubwehre uns nicht mehr wittern können«, rief Altus. »Lauft da lang!« Er zeigte in Richtung des Waldes, wo die Arbeiter die Schneise für den Weg geschlagen hatten. Als Lara den See erreichte, hörte sie die ersten Schreie im Lager. Soldaten riefen aufgeregt durcheinander. Zwischendurch ertönten Laute, die nicht menschlichen Ursprungs waren. Es klang wie ein tiefes Gurgeln, nur viel bedrohlicher und kraftvoller. Sina schaute verstört die Anhöhe hinauf. Man konnte das Lager von hier unten nicht einsehen. Als ihnen das Wasser bis zu den Oberschenkeln stand, rief Altus, dass sie tief genug waren. Die trockene Luft und die permanent hohen Temperaturen hatten den endlos wirkenden See aufgeheizt. An Unterkühlung würden sie jedenfalls nicht sterben. Während sie längsseits des Ufers durch das Wasser schritten, wurden die Geräusche im Lager lauter. Lara hörte mehrere der Gefangenen schreien. Soldaten riefen aufgeregt durcheinander. Sie verstand die Wörter »Zu spät« und »Rettet euch«. Es hörte sich wie Helas' Stimme an. Kurz darauf heulte ein Raubwehr. Es war lauter als vorhin, er musste mitten im Lager stehen. Danach ertönten keine Schreie und Rufe mehr.

Schweigend gingen sie hintereinander her. Der sandige Grund des Sees machte jeden Schritt schwer. Inzwischen war es gespenstisch still geworden. Kein Laut drang mehr vom Lager zu ihnen herüber, welches nun ein ganzes Stück entfernt lag. Direkt am Ufer befand sich ein schmaler Streifen sumpfiger Wiese. Gleich dahinter begann der Wald. Altus schaute sich ab und zu um und horchte in die Nacht hinein. Plötzlich lächelte er. Lara sah ihn fragend an.

»Sie sind weg«, erklärte Altus.

»Sicher?«

»Ganz sicher kann man sich bei einem Raubwehr nie sein. Aber ich denke, sie sind wieder dorthin verschwunden, wo sie herkamen.«

»Was machen wir jetzt?«, fragte Sina.

»Zur Sicherheit sollten wir eine Weile im Wasser warten, ehe wir an Land gehen. Wenn es hell ist, können wir zurück ins Lager schleichen und schauen, ob jemand unsere Hilfe benötigt. Wir müssen allerdings vorsichtig sein. Raubwehre kommen zurück zu den Plätzen, an denen sie Beute gemacht haben. Allzu lange dürfen wir uns dort also nicht aufhalten.«

Talus sah ihn erstaunt an. »Woher weißt du das alles?«, fragte er.

»Wenn man im Wald aufwächst, lernt man das Verhalten der Raubtiere schnell kennen«, antwortete Altus.

Sina wirkte sehr ängstlich. »Also können wir nicht beim Lager warten, bis Hilfe aus Alea kommt«, stellte sie fest.

»Nein. Die Raubwehre werden morgen garantiert noch einmal dort vorbeischauen und wenn jemand aus Alea eintreffen sollte, dann sind es Soldaten. Und denen möchtest du wohl auch nicht gerade begegnen, oder?«

Sina schüttelte den Kopf.

»Wehras braucht ärztliche Hilfe«, gab sie zu bedenken.

»Wir werden versuchen, ein Dorf der Waldmenschen zu erreichen«, sagte Altus. »Dort kann man uns ebenfalls helfen.«

Lara empfand es als Hohn, dass sie einen fähigen Arzt in ihren Reihen hatten, der nun selbst einen Arzt gebraucht hätte. Sie standen noch mehrere Stunden im warmen Wasser des Sees. Wehras kam nach einiger Zeit zu Bewusstsein. Er betastete sich sorgfältig und lachte gequält.

»So schlimm, wie es aussiehst, ist es nicht«, sagte er und bestand darauf, auf seinen eigenen Beinen zu stehen.

Altus und Ben ließen ihn herunter und, gestützt von Sina, hielt er sich auf den Beinen. Erst als sich am Horizont zaghaft die erste Morgendämmerung ankündigte, wateten sie ans Ufer und ließen sich müde ins Gras fallen.

»Schlaft ein paar Stunden«, sagte Altus. »Ich halte die Augen offen.«

Als Lara erwachte, stand die Sonne bereits am Himmel und ein schwacher Wind wehte vom Wasser herüber.

»Bin ich froh, dass diese Biester aus dem Wald kamen«, hörte sie Wehras sagen, »sonst wären wir alle jetzt tot.«

Lara setzte sich auf. Wehras saß mit Sina und Altus auf einem Baumstamm. Es freute sie, ihn reden zu hören. Er sah zwar nach wie vor wie ein Zombie aus, denn an seinem Hals klebten Krusten von vertrocknetem Blut und tiefe Kratzer durchzogen sein Gesicht, aber er wirkte schon viel fitter als gestern und konnte auch wieder schimpfen. Inzwischen waren Ben und Talus ebenfalls aufgewacht.

»Jetzt, wo wir alle wach sind, würde ich wirklich gerne zurück zum Lager gehen. Vielleicht gibt es Überlebende, die unsere Hilfe brauchen«, sagte Sina.

Altus, Sina, Talus und Lara machten sich daraufhin auf den Weg. Wehras und Ben blieben am Ufer und warteten. Kaum betraten sie den dichten Wald, war die Sonne schlagartig verschwunden. Nur ein fahles Licht fiel auf den Boden. Obwohl sie von der Schneise, die die Arbeiter schlugen, keine 200 Meter entfernt waren, hätte sich Lara hoffnungslos verlaufen. Bereits nach kurzer Zeit konnte sie nicht mehr erkennen, in welcher Richtung sich das Lager befand oder wo der See war. Die Bäume standen so dicht, dass sie nur wenige Meter weit sehen konnte. Erleichtert bemerkte sie, dass Altus sich bestens zurechtfand. Er unterhielt sich mit Talus und schaute nur gelegentlich auf, um eine andere Richtung einzuschlagen. Nach einer Weile endete der Wald abrupt. Die Luft roch nach frischem Holz und die Sonne konnte ungehindert auf den Boden scheinen. Lara trat aus dem grünen Dickicht heraus und bemerkte erst jetzt, dass sie am Ende der Schneise mit den Baumstümpfen standen. Sie folgten den Stümpfen zurück zum Lager und schon bald erreichten sie das Ende des regulären Weges. Gleich müssten sie das Lager einsehen können – oder das, was davon übrig war.

Altus blieb stehen und drehte sich zu ihnen um. »Wartet hier. Ich sehe nach, ob keine Gefahr besteht.«

Gebückt schlich er am Rand der Bäume auf den Weg, wo er einen Augenblick verharrte, ehe er die anderen zu sich winkte.

Von dem Lager war nicht mehr viel übrig. Die Zelte der Gefangenen waren vollständig zerstört. Vereinzelt lagen Planen herum. Die Holzhütten der Soldaten sahen aus, als ob ein vernichtender Wirbelsturm gewütet hätte. Die Dächer waren teilweise abgedeckt, Türen waren herausgerissen worden. Zwei Hütten waren komplett zerstört. Überall lagen Waffen der Soldaten, Werkzeuge und andere Gegenstände verstreut herum.

Lara versuchte zunächst, möglichst nicht so sehr auf Einzelheiten zu achten, da sie befürchtete, tote und entstellte Gefangene oder Soldaten zu entdecken. Wie sich aber herausstellte, war das Lager menschenleer. »Haben die Raubwehre alle mitgenommen?«, fragte sie.

»Oh ja, sie sind gründlich«, stellte Altus bitter fest. »Jeder Mensch bedeutet ein Festschmaus für diese Kreaturen und wer nicht sofort gegessen wird, kommt in deren Speisekammer.«

Lara lief es bei diesem Gedanken kalt den Rücken herunter.

»Wir sollten so schnell wie möglich verschwinden«, sagte Talus.

Altus nickte. »Wenn wir uns durch den Wald kämpfen wollen, brauchen wir Nahrung. Ich schlage vor, wir durchsuchen das Lager nach Essbarem.« Er hob einen ledernen Beutel auf. »Und nehmt die Trinkbeutel der Soldaten mit. Wasser werden wir dringend brauchen.«

Sie verteilten sich, achteten jedoch darauf, stets in Sichtweite zu bleiben. Lara fand in einer der zerstörten Hütten einen Korb voller Brotrinden. Außerdem sammelte sie mehrere Trinkflaschen ein. Sina präsentierte stolz eine Kiste, die sie in einer anderen Hütte gefunden hatte. Sie war gefüllt mit getrocknetem Fleisch, Käse und einem Körnermix, der Lara an Müsli erinnerte. Zufrieden kehrten sie erst zum Ufer und dann zu den anderen zurück.

»Wir sollten aufbrechen. Lasst uns vorher alle Trinkbeutel im See auffüllen.«

»Und du weißt, wohin wir gehen müssen?«, fragte Wehras.

Altus blickte in den Wald. »Die Waldmenschen ziehen mit ihren Dörfern alle paar Jahre weiter«, erklärte er. »Aber wenn wir nach Norden gehen und uns nicht allzu weit vom See wegbewegen, müssten wir in einigen Tagen auf Siedlungen von ihnen stoßen. Also lasst uns losgehen, bevor die Raubwehre zurückkommen.«

8. Die Waldmenschen

Altus verteilte die Vorräte auf zwei Tragetaschen, die er im Lager gefunden hatte und nun über der Schulter trug. Die anderen füllten die Trinkbeutel auf. Sie hatten einige gefunden und so konnte jeder von ihnen sechs Beutel mitnehmen. Mit gemischten Gefühlen betraten sie den Wald. Während Altus zuversichtlich voranschritt, ging es Ben und Sina nicht schnell genug. Sie wollten so weit wie möglich vom Lager entfernt sein, bevor die Dunkelheit hereinbrach. Lara vertraute auf Altus' Fähigkeiten, den Weg zu den Waldmenschen zu finden. Doch wenn sie an die Raubwehre dachte, wäre sie am liebsten in Ufernähe geblieben und hätte auf Hilfe gewartet. Im Gegensatz zu den restlichen Gruppenmitgliedern musste sie nicht mit weiteren Strafen rechnen, sondern war durch Heimer, Terzio oder wen auch immer geschützt. Lara beschäftigte außerdem die Frage, wer die anderen beiden Ausreißer bis auf die Knochen abgenagt und sie fein säuberlich an einem Baum aufgehängt hatte. Diese Kreaturen mussten sich ebenfalls im Wald befinden. Sie sah an den Mienen von Wehras und Talus, dass sie ähnliche Gedanken hatten.

Sie gingen tiefer in den Wald und Lara verlor einmal mehr jegliche Orientierung. Der Waldboden war moosbedeckt und kräftige Farne wucherten an vielen Stellen. Die Schritte der Gruppe erzeugten nahezu keine Geräusche. Da keine Vögel zu hören waren und nicht der leichteste Wind durch die Äste wehte, kam Lara die Umgebung furchtbar unwirklich vor. Einzig der modrige Geruch alter auf dem Boden liegender Äste und Baumreste erinnerte sie daran, in freier Natur zu sein. Selbst wenn sie miteinander sprachen, klang es stumpf und tonlos. Hervorstehende Wurzeln durchzogen den Boden. Talus, der gedankenverloren als Letzter folgte, stolperte zum wiederholten Mal. Sina und Wehras gingen vor Lara. Obwohl die Bäume so dicht standen, dass zwei Menschen Schwierigkeiten hatten, nebeneinanderher zu gehen, taten sie es. Sie hielten sich an den Händen. Nach einiger Zeit machten sie Rast. Während Altus für jeden ein Stück Käse und Brot austeilte, wies er darauf hin, dass die Sonne in etwa drei Stunden untergehen würde.

»Wir werden in der Nacht lagern«, sagte er. »Wir alle brauchen unseren Schlaf und es ist besser, nachts nicht zu viele Geräusche zu verursachen.«

Und so blieben sie Stunden später dort stehen, wo sie gerade waren, und bereiteten sich auf die Nacht vor.

Talus sah sich besorgt um. »Was ist, wenn uns die Raubwehre angreifen?«

»Wir können nur hoffen, dass in dieser Gegend momentan keine Raubwehre herumschleichen«, sagte Altus. »Falls aber doch, werden wir nicht wirklich eine Chance gegen sie haben.«

Innerhalb weniger Minuten war es finster geworden. Lara war überzeugt, dass über dem See nun ein herrliches Abendrot am Himmel leuchtete, während der Wald bereits in Dunkelheit lag.

»Du hältst nicht die ganze Nacht Wache, oder?«, fragte Ben. »Wir brauchen deine volle Konzentration für den Weg durch den Wald.« Altus wollte antworten, aber Ben ließ ihn nicht. »Ich fühle mich relativ fit. Weck mich bitte in einigen Stunden, damit ich dich ablösen kann.«

Ben sah tatsächlich wenig mitgenommen aus. Seine Augen ruhten aufmerksam auf Altus und sein Gesicht war längst nicht so blass wie das von Wehras, Sina oder Talus. Er hatte für sein Alter eine erstaunlich gute Kondition. Altus stimmte seinem Vorschlag zu und Lara hörte heraus, wie dankbar er darüber war. Er hatte bereits die letzte Nacht am Ufer über sie gewacht. Lara schlief sofort ein.

Als Lara geweckt wurde, stellte sie fest, dass es noch immer dunkel war. Blitzschnell richtete sie sich auf, da sie mit irgendeiner Gefahr rechnete. Altus legte ihr jedoch sofort beruhigend seine Hand auf die Schulter.

»Entspann dich«, sagte er in normaler Lautstärke. »Bald geht die Sonne auf. Wir sollten uns auf den Weg machen.«

Erst eine knappe Stunde später wurde es heller im Wald. Sie redeten an diesem Tag nicht viel. Altus ging zügig voran und die Gruppe folgte. Die Nacht verbrachten sie in einer Gegend, die für Lara genauso aussah wie der Lagerplatz tags zuvor. Als sie sich am nächsten Abend bereit für die dritte Nacht machten, verteilte Altus das Trockenfleisch mit ernstem Gesicht.

»Das sind unsere letzten Vorräte. Wie viel Wasser haben wir?«

Sie zählten ihre Flaschen durch und kamen zu der Erkenntnis, dass das Wasser für zwei weitere Tage reichen würde.

Erschrocken bemerkte Lara, dass ihr schon wenige Stunden nach dem Aufstehen der Magen knurrte. Trockenfleisch war kein Lebensmittel, das über lange Zeit sättigte. Sie fragte sich gerade, ob es den anderen ähnlich ging, als Altus abrupt stehen blieb und ihnen mit einer Geste zu verstehen gab, dass sie es ihm gleichtun sollten. Lara horchte in den Wald hinein. Zunächst hörte sie nichts. Es war still wie in den letzten Tagen. Aber dann brach irgendwo ein Zweig. Kurz darauf raschelte etwas und sie hatte das Gefühl, als würde der Boden leicht vibrieren. Sina schrie ängstlich auf. Doch Ben drehte sich zu ihr um und lachte über das ganze Gesicht.

»Keine Gefahr«, flüsterte er ihr zu. »Jedenfalls nicht für uns.«

Altus war inzwischen ein paar Schritte weiter gegangen und versteckte sich zwischen Farnen. Lara schaute Ben fragend an.

»Wenn wir Glück haben, fängt Altus unser Abendessen«, erklärte er.

Das Rascheln wurde lauter. Ein Ast ganz in ihrer Nähe zerbrach. Lara konnte nichts erkennen. Die eng stehenden Bäume ließen es nicht zu, weiter als zehn Meter zu sehen. Direkt vor ihnen tauchten unvermittelt mehrere Umrisse auf. Lara zählte sechs Tiere, die wie Rehe aussahen, allerdings nicht größer als Wildschweine waren. Sie rannten hintereinander durch den Wald, zwischen den dicht stehenden Bäumen hindurch. Sie waren unheimlich schnell und wendig. Die Mini-Rehe galoppierten an Farnen vorbei, aus denen plötzlich Altus blitzschnell hochschoss und eines von ihnen an den Beinen fasste. Es strauchelte und fiel hin. Geschmeidig wie ein Tiger hechtete Altus hinterher. Er landete auf dem rehartigen Tier und seine Hände legten sich um dessen Hals.

»Was für eine ausgefeilte Jagdtechnik!«, staunte Ben.

Sie gingen auf ihn zu. Altus stand auf und klopfte sich den Dreck von seiner Hose. Er sah bedrückt aus.

»Alles in Ordnung mit dir?«, fragte Lara.

»Ich töte ungern Tiere. Nur, wenn es unbedingt sein muss.« Altus schaute auf das im Farn liegende Tier. »Und hier handelte es sich um einen solchen Fall. Ich weiß nicht, ob wir unser Ziel ohne zusätzliche Nahrung erreichen werden.« Sanft, fast liebevoll, hob er das Tier auf und legte es einige Meter weiter neben einem Baum ab. »Wir sollten es gleich zerlegen«, sagte er.

Ben sammelte Äste und schichtete sie übereinander auf. Er hatte zwei geeignete Zweige beiseitegelegt und hantierte mit ihnen herum. Lara hatte zwar oft im Fernsehen gesehen, wie man durch schnelles Reiben Wärme erzeugte, hier im Wald, abseits jeglicher Zivilisation, kam es ihr dennoch fantastisch vor. Zunächst glühte das Gras, welches Ben in dicken Schichten zwischen das Holz gestopft hatte, kurz danach fingen die ersten Äste Feuer. Schnell glühte das Holz und es entwickelte sich eine gewaltige Hitze. Altus schlug derweil zwei mächtige Äste gegeneinander. Das trockene Holz splitterte ab und es entstand am Ende des einen Astes tiefe, spitze Einkerbungen. Mit einer fließenden Bewegung führte Altus den Ast am Bauch des Rehs entlang. Mühelos öffnete sich die Haut und Blut trat heraus. Lara war erstaunt, wie schnell man einen Baumstamm in eine scharfe Waffe verwandeln konnte. Altus griff in den Bauch des Rehs und seine Hände verschwanden zwischen all dem Blut. Lara hatte noch nie etwas Ähnliches gesehen. Sie merkte, wie ihr Magen flau wurde. Schnell drehte sie sich um und atmete tief durch.

»Was ist mit dir?«

Sina stand hinter ihr und musterte sie besorgt.

»Mir ist ein wenig schlecht geworden«, sagte Lara und zeigte auf Altus.

»Isst man da, wo du herkommst, kein Fleisch?«, fragte Sina.

»Doch, nur sind wir selten direkt bei der Schlachtung dabei«, erklärte Lara.

Sina wirkte für einen Moment amüsiert und verkniff sich jede weitere Bemerkung, wie Lara glaubte. Als Lara den herzhaften Geruch von gegrilltem Fleisch wahrnahm, drehte sie sich um. Altus hatte das Mini-Reh so gut zerlegt, wie es ohne Messer kaum möglich schien. Etliche Fleischstücke hingen bereits über der Feuerstelle an einem Ast, der durch alle Scheiben gebohrt worden war. Altus und Ben standen an beiden Seiten neben dem Feuer und drehten den Ast langsam, um ein gleichmäßiges Grillen zu garantieren. Als sie eine halbe Stunde später zusammensaßen und jeder mit Heißhunger die erste Ration verspeiste, besserte sich ihre Stimmung allmählich.

»Wir sollten weitergehen«, ermahnte Altus kurze Zeit später.

Schnell aßen sie auf und machten sich auf den Weg, nachdem sie das Feuer sorgfältig gelöscht hatten. Altus verstaute die restlichen Rehstücke in seinem Beutel.

»Damit kommen wir mindestens zwei weitere Tage aus«, stellte er zufrieden fest.

Der folgende Tag war bereits zur Hälfte vorüber, als Altus innehielt und angestrengt in den Wald lauschte.

»War da ein Geräusch?«, fragte Sina ängstlich.

»Ich dachte, ich hätte etwas gehört«, antwortete Altus. »Ich habe mich wohl getäuscht.«

Er wollte gerade weitergehen, als jemand kicherte. Talus, der wie an allen Tagen zuvor, das Schlusslicht der Gruppe bildete, fuhr erschrocken herum. Hinter ihm standen mehrere kleine Männer mit schneeweißen Haaren. Sie gingen barfuß und trugen leichte Fellumhänge.

»Arr-Hu! Also wirklich, Altus«, sagte einer von ihnen lachend. »Du hast uns viel zu spät gehört. Das haben wir dir besser beigebracht.«

»Begus!«, rief Altus freudig aus und stürmte auf ihn zu. Er breitete seine Arme aus und umschlang den Waldmensch. »Bin ich froh, euch gefunden zu haben. Wie lange verfolgt ihr uns schon?«

»Erst seit ein paar Stunden«, sagte Begus. »Ihr wart auf gutem Wege, direkt auf eines unserer Dörfer zu treffen. Arr-Hu! Jetzt seid ihr ein wenig vom Kurs abgekommen und da wollten wir euch Hilfe anbieten.«

Die Waldmenschen kicherten. Es klang allerdings nicht vorwurfsvoll oder hämisch, sondern sehr sympathisch, fand Lara. Altus stellte die einzelnen Gruppenmitglieder vor und erzählte vom Lager und dem Angriff der Raubwehre.

»Ihr seid großer Gefahr entkommen«, stelle Begus fest. »Folgt uns. Wir bringen euch in unser Dorf. Ihr habt Ruhe und Geborgenheit verdient. Arr-Hu!«

»Vielen Dank«, sagte Altus glücklich.

Sie folgten den Waldmenschen etwa eine Stunde lang, bis unvermittelt vor ihnen eine Befestigungsanlage auftauchte. Sie standen vor einem etwa zwei Meter hohen Holzwall. Direkt vor ihnen befand sich ein schmaler und niedriger Eingang. Sie mussten sich tief bücken, um durch die unbewachte Öffnung zu gelangen. Lara sah Holzhütten, die aus einfachen, unbearbeiteten Baumstämmen errichtet worden waren. Alle Hütten hatten einen quadratischen Grundriss und waren nicht mehr als fünf Meter lang. Die Dächer waren flach und bestanden ebenfalls aus Baumstämmen, auf denen eine Schicht Erde lag. Als Lara direkt neben einer Hütte stand, merkte sie, dass diese nur unwesentlich höher war als sie selbst. Die Bauten schienen in keiner festen Anordnung zu stehen, sondern waren bunt durcheinandergewürfelt. Obwohl einige Bäume offensichtlich aus Platzgründen hatten weichen müssen, hatten die Waldmenschen nur so viele Stämme gefällt, wie unbedingt notwendig. Überall zwischen den Hütten standen daher unzählige Bäume und versperrten die Sicht. Lara vermutete, dass sie sich selbst hier im Dorf verlaufen könnte. Begus führte sie herum.

»Arr-Hu! Dort vorne versammeln wir uns«, sagte er und zeigte auf einen runden Platz.

In dessen Mitte brannte ein Feuer, das von einem der Waldmenschen beaufsichtigt wurde. Sitzbänke waren in mehreren Reihen aufgestellt.

»Hier bereiten wir unser Essen zu. Oder wir kommen einfach her, um uns zu entspannen«, erzählte Begus.

Sie überquerten den Platz und tauchen auf der anderen Seite erneut in den Wald zwischen den Hütten ein. Wenig später erreichten sie eine Lichtung, auf der saftiges Gras wuchs. Etwa 20 Hopies rannten vergnügt hin und her und musterten die Gruppe neugierig.

»Wie sind die Hopies in eure Siedlung gekommen?«, fragte Talus. »Der Eingang am Schutzwall ist viel zu schmal für sie.«

Begus lächelte schelmisch. »Das stimmt, Arr-Hu! Deshalb ist der Schutzwall mit einer kleinen Tür ausgestattet. Bei Bedarf wird sie geöffnet und die Hopies können unser Dorf bequem betreten oder verlassen«, sagte er.

Lara strich über das Fell eines der Tiere.

Begus beobachtete sie aufmerksam. »Du magst Hopies?«

»Ja. Sie haben ein unglaublich weiches Fell. Ich bin zwar erst einmal auf einem von ihnen geritten, aber ich habe es genossen. Bei uns gibt es solche Tiere nicht.« Sie verstummte und hätte sich für den letzten Satz am liebsten die Zunge abgebissen.

»Hopies gibt es überall«, antworte Talus besserwisserisch.

Begus hingegen lächelte Lara lediglich an und sagte: »Wenn du den richtigen Umgang mit ihnen lernen möchtest, gebe ich dir gern Tipps. Arr-Hu!«

»Das wäre fantastisch!«

Sie hatten das Dorf einmal durchquert. Die Hütten direkt vor der Schutzanlage hier unterschieden sich in

Größe und Breite von den anderen. Sie waren deutlich länger und höher.

»Dort wohnen die Abtrünnigen?«, fragte Altus nicht ganz ernst gemeint.

Begus lachte. »Stimmt. Und es sind in letzter Zeit mehr geworden.«

»Abtrünnige?«, fragte Sina verwundert.

»Ja. Menschen, die Alea untreu geworden sind. Arr-Hu!«, erklärte Begus und pfiff einmal laut.

Die Tür einer Hütte ging auf und ein breitschultriger Mann kam heraus. Nicht nur wegen seines typischen Hemdes war Lara sich sicher, dass es sich um einen Holzfäller handelte. Er lächelte fröhlich in die Runde. »Ah! Neuankömmlinge!«, sagte er erfreut. »Woher kommt ihr?«

Begus hob abwehrend die Hand. »Sie haben einen langen Weg hinter sich, Hartang. Lass sie erst zu Kräften kommen.« Er ging zu einer anderen Hütte. »Arr-Hu! Hier könnt ihr euch ausruhen. Ich hole euch zum Abendessen ab.«

Die Hütte war mit verschiedenen weichen Fellen ausgelegt. Weitere Felldecken lagen sorgfältig auf einem niedrigen Tisch. Sina bekam leuchtende Augen.

»Nach all den Nächten im Lager und im Wald ohne jeglichen Komfort werde ich mich jetzt in das weiche Fell einrollen und bestimmt wunderbar schlafen«, sagte sie freudig.

»Mach das. Ihr alle könnt Erholung gebrauchen«, sagte Altus. »Ich werde mich ein wenig mit Begus unterhalten.« Er lächelte erschöpft, aber zufrieden vor sich hin und verließ die Hütte.

Lara fühlte sich erholt und fit, als Begus sie fröhlich weckte. »Arr-Hu! Ihr müsst Hunger haben«, sagte er.

»Außerdem wollen die anderen Dorfbewohner euch kennenlernen.«

Rund um die Feuerstelle herrschte rege Betriebsamkeit. Zahlreiche Waldmenschen hatten es sich auf den Bänken gemütlich gemacht und unterhielten sich. Zwischen ihnen saßen Holzfäller und andere Menschen. Über dem Feuer hing ein Topf in der Größe einer halben Hütte. Es duftete nach Fleisch und scharfen Gewürzen. Ein weißer Dampf stieg auf. Direkt neben der Feuerstelle lagen mehrere dunkle Brote in einer Schale. Sie dampften und verströmten einen Geruch wie auf dem Marktplatz in Alea. Lara entdeckte Altus auf einer der Bänke, der sie zu sich winkte.

Begus schlenderte zum Feuer und räusperte sich. »Freunde. Wir wollen heute Abend unsere Neuankömmlinge begrüßen. Arr-Hu! Sie wurden von Waldhes' Soldaten gefangen gehalten und mussten Wege bauen. Sie konnten vor einem Raubwehr-Angriff fliehen und sind, dank Altus hervorragender Führung, zu uns gestoßen. Ich freue mich ganz besonders, dass Altus bei uns ist. Seit er von Waldhes' Soldaten aufgegriffen wurde, hatte ich nur wenig Hoffnung auf ein Wiedersehen.«

Die Waldmenschen um sie herum klopften Altus auf die Schulter.

»Zu Ehren unserer Neuankömmlinge gibt es heute frisch gebackenes Brot und unseren Fleischeintopf. Arr-Hu!« Begus verharrte und sah betont lange in den Topf neben sich. »Ach ja und wie immer gilt: Wer zuerst kommt, kriegt die großen Fleischstücke ab.«

Blitzschnell nahm er sich eine Schale und tat unter dem Gelächter der anderen Waldmenschen so, als würde er sich gierig von dem Eintopf schöpfen.

Einen Moment hatte Lara Bedenken, dass es zu einem Riesengedränge kommen würde. Schnell merkte sie aber, dass Begus Spaß gemacht hatte und keiner der Waldmenschen nach vorn zum Eintopf stürzte. Altus füllte schließlich mehrere Schalen und brachte sie seinen Freunden. Nach einer Weile gesellte sich Begus zu ihnen.

»Habt ihr darüber nachgedacht, wie es weitergehen soll?«, fragte er.

Ben schüttelte den Kopf.

»Wir könnten euch zurück nach Alea bringen. Arr-Hu!«, schlug Begus vor.

Wehras brummte. »Das wäre keine gute Idee. Man würde uns sofort einsperren. Wir sind jetzt kriminelle Elemente.«

Lara bemerkte, dass alle seine Wunden sorgfältig behandelt wurden. Sein Gesicht glänzte von einer wohlriechenden Salbe.

»Wenn wir es schaffen durch die Eingangskontrolle zu kommen, könnten wir in der Stadt untertauchen«, entgegnete Sina. »Es gibt unzählige Versteckmöglichkeiten. Man würde uns nicht finden.«

Wehras nahm sie sanft in die Arme. »Früher oder später würden uns die Soldaten entdecken«, widersprach er. »Außerdem kannst du deiner Tochter auf diese Weise nicht helfen. Du wirst sie nicht sehen können, wenn sie im Ausbildungslager der Schutztruppen lebt.«

Sina kämpfte mit den Tränen und ballte ihre Hände zu Fäusten. »Ich weiß. Immerhin wäre ich in ihrer Nähe«, sagte sie verzweifelt.

»Wenn wir wirklich etwas ändern wollen, dürfen wir nicht zurück nach Alea«, gab auch Ben zu bedenken.

»Was können wir denn gegen die Schutztruppen Aleas ausrichten?«, mischte Talus sich ein und beantwortete seine Frage gleich selbst. »Nichts. Wir sind ein Haufen entflohener Gefangener.«

Hartang, der Holzfäller, hatte das Gespräch verfolgt und trat auf sie zu. »Noch werden wir nichts ausrichten können, das ist wohl wahr«, sagte er mit seiner dunklen Stimme. »Aber wir werden immer zahlreicher. Allein letzten Monat sind sechs meiner Kollegen und verschiedene andere Bürger Aleas, darunter Händler und sogar Soldaten, zu uns gestoßen.«

»Und die sind alle in dieser Siedlung?«, fragte Talus.

»Nein, sie wurden auf die umliegenden Dörfer verteilt.«

»Warum bist du geflüchtet?«, fragte Lara.

»Ich hatte die ewigen Kommandos satt. Wir Holzfäller sind freie Leute, die eine gefährliche Arbeit haben. Unsere Freiheit wird aber mehr und mehr eingeschränkt. Wenn wir uns Befehlen widersetzen, landen wir dafür im Gefängnis. Als ich mich weigerte, einen Baum zu fällen, der einem Zott gehörte, sollte ich mich bei meinem zuständigen Befehlshaber melden. Ich wusste, was das bedeutete.«

Talus lachte mürrisch. »Und trotzdem genießt ihr Holzfäller einen sehr guten Ruf bei den Schutztruppen.«

»Offiziell fliehen sehr wenige Holzfäller. Auch ich bin nicht geflüchtet, sondern in Ausübung meiner Pflicht gestorben. Meine Kollegen haben gemeldet, dass ich von einem Baum erschlagen wurde.«

»Und was habt ihr vor?«, wollte Ben wissen.

Hartang zuckte mit seinen Schultern. »Ich weiß nicht. Zunächst wollen wir einfach in Freiheit leben. Doch wenn wir weiterhin stetig mehr werden, ergeben sich andere Möglichkeiten. Wir könnten eine eigene Stadt gründen.«

»Das würden die Soldaten Aleas nie zulassen«, sagte Ben.

»Vielleicht werden sie es irgendwann nicht mehr verhindern können.«

Begus schlürfte seinen Eintopf aus und lächelte aufmunternd. »Wenn ihr vorerst bleiben möchtet, bauen wir eine Hütte für euch«, schlug er vor. »Dann könnt ihr in Ruhe über eure Situation nachdenken und Pläne schmieden. Arr-Hu!«

Wehras schaute Sina an. Sie hatte sich wieder gefasst und nickte.

Bereits am nächsten Morgen begannen die Arbeiten an einer neuen Hütte für Lara, Sina, Altus, Talus, Ben und Wehras.

»Sie wird zwei Geschosse bekommen«, verkündete Hartang. »Oben werden die Frauen wohnen und unten die Männer.«

Die Hopies wurden vor das Dorf geführt. Einer der Waldmenschen gab ein Signal und die Tiere setzten sich in Bewegung.

»Tief im Wald haben die Holzfäller bereits mehrere Bäume geschlagen. Die Hopies werden jetzt die Stämme ins Dorf ziehen«, erklärte Begus.

»Begleitet sie niemand?«, fragte Lara verwundert. »Finden sie denn von allein den Weg?«

Begus lachte. »Arr-Hu! Du verstehst wirklich nicht viel von Hopies. Wird Zeit, dass du ein bisschen mit ihnen trainierst.«

Der Aufbau der Holzbehausung dauerte nicht lange. Mit atemberaubender Geschwindigkeit arbeiteten die Holzfäller und die Waldmenschen Hand in Hand. Ein Stamm nach dem anderen wurde verbaut. Als es begann, dunkel zu werden, breitete Begus mehrere zentimeterdicke, weiche Felldecken auf den Holzböden aus.

»So, jetzt habt ihr es kuschelig«, freute er sich und klopfte gegen die Wand der fertigen Hütte.

Die folgenden Tage arbeitete Lara ebenso schwer wie im Lager der Schutztruppen. Die Waldmenschen wollten einen zweiten, höheren Schutzwall vor den bereits vorhandenen setzen.

»Die Zeiten sind unsicher«, erklärte Begus lediglich.

Tagelang war Lara damit beschäftigt, Bäume zu zerteilen und den neu angelegten Holzwall mit einem Gemisch aus Harz und Sand zu bestreichen. Die Mixtur wurde nach einigen Stunden fest wie Zement und verlieh der ohnehin stabilen Holzmauer zusätzliche Stärke. Keiner von ihnen wurde zur Arbeit gezwungen. Wenn Lara eine Pause machen wollte oder am Nachmittag erschöpft war, konnte sie zurück in ihre Hütte gehen oder sich am stets brennenden Feuer ausruhen. Zusammen mit Begus und Altus besuchte sie eine andere Siedlung der Waldmenschen, zu der sie knapp eine Stunde unterwegs waren. Wie Lara vermutet hatte, gab es keinerlei erkennbare Wege zwischen den Siedlungen. Die Dörfer selbst sahen fast identisch aus. Und auch in dieser Siedlung lebten geflohene Holzfäller und andere Bürger Aleas. In einer Hütte wohnten sogar drei desertierte Soldaten der Schutztruppen. Wasser bezog das Dorf von einem unscheinbaren Bach, der träge durch den Wald floss.

Ganz besondere Freude bereitete Lara das Training mit den Hopies. Zunächst lernte sie, die Hopies zu pflegen. Es waren robuste Tiere, die eigentlich keiner besonderen Behandlung bedurften. Dennoch hatten die Waldmenschen verschiedene Bürsten, mit denen das Fell der Tiere regelmäßig gestriegelt wurde. Laras Aufgabe in den ersten Tagen bestand darin, bei allen Hopies die Fellpflege zu übernehmen.

»Das mag vielleicht langweilig sein«, sagte Begus zu Beginn, »aber auf diese Weise können sich die Tiere an dich gewöhnen.«

Lara fand es überhaupt nicht langweilig. Sie staunte bei jedem Tier aufs Neue, wie weich und flauschig das Fell war. Selbst die Decken, mit denen ihre Hütte ausgestattet war, konnten mit dem seidigen Fell der Hopies nicht mithalten. Als sie Tage später bei Sonnenaufgang zur Weide schlenderte, war Begus bereits auf der Wiese. Neben ihm stand ein Hopie.

»Arr-Hu! Heute werden wir das Reiten üben«, sagte Begus zu Lara. »Das ist keine große Angelegenheit, du setzt dich auf das Hopie, wie es dir bequem ist.«

Lara streichelte dem Hopie zur Begrüßung durch das weiche Fell.

»Es weiß Bescheid, dass du keine Erfahrung im Umgang mit ihnen hast. Es hat sich freiwillig gemeldet, dir behilflich zu sein«, erklärte Begus.

»Du kannst die Sprache der Hopies gut lesen«, sagte Lara lachend.

Begus schüttelte den Kopf. »Das ist nicht schwierig. Arr-Hu! Auch du wirst sie bald verstehen.«

Lara schwang sich auf das Hopie und legte ihre Hände auf die Mähne des Tieres. Sie schaute Begus aufmerksam an. »Und jetzt?«

»Wohin willst du denn?«, fragte Begus.

»Erst einmal vorwärts. Wie bringe ich das Hopie zum Gehen?«

»Du beugst dich vor und sagst ihm deine Wünsche ins Ohr. Arr-Hu!«, erklärte Begus. Als er Laras ungläubigen Gesichtsausdruck sah, musste er herzlich lachen. »Probier es einfach mal aus«, ermunterte er sie. »Arr-Hu! Benutze kurze Sätze und das Tier wird dich verstehen.«

Lara fiel es schwer, das zu glauben. Sie beugte sich vor und flüsterte in das Ohr des Hopies: »Lauf!« Es geschah nichts. Das Hopie schnaubte einmal kräftig, blieb jedoch stehen. Unsicher blickte Lara zu Begus, der leise kicherte.

»Also wirklich, Lara«, sagte er, »würdest du dich bewegen, wenn jemand ›Lauf‹ zu dir sagt? Ein wenig genauer muss es schon sein. Wohin soll es denn laufen?«

Lara beugte sich erneut vor und sagte: »Lauf einmal um die Weide.« Sie rechnete nicht damit, dass irgendetwas passieren würde, doch kaum hatte sie ihren Satz ausgesprochen, setzte sich das Hopie langsam in Bewegung. Es ging geradeaus bis zum Ende der Weide, wo es einen Moment zögerte, als ob es sich erst entscheiden müsste, welche Richtung nun einzuschlagen wäre. Schließlich drehte es nach links ab und umrundete die Weide, wo es erneut einen Moment unentschlossen stehen blieb, ehe es zurück zur Mitte der Wiese trottete.

»Arr-Hu! Gar nicht schlecht«, bemerkte Begus fröhlich. »Du hast sicherlich gemerkt, dass das Hopie zweimal gezögert hat. Daran erkennst du, dass dein Wunsch nicht gut ausformuliert war.« Er nickte aufmunternd. »Probiere es noch einmal.«

Lara konnte nicht glauben, dass dieser Befehl zu einfach gewesen sein sollte. Sie beugte sich vor. »Lauf geradeaus bis zum Ende der Weide. Biege rechts ab und umrunde einmal die Weide. Gehe dann zurück in die Mitte.«

Das Hopie trabte los und verlangsamte diesmal seinen Schritt nicht. Es bog am Ende der Weide nach rechts ab und umrundete sie diesmal in anderer Richtung. Anschließend kehrt es zur Mitte zurück. Lara war begeistert. Sie strahlte Begus an. »Das ist ja fantastisch!«

»Ja, du hast das Prinzip verstanden«, freute sich Begus.

»Es hat meine Befehle komplett richtig ausgeführt.«

Begus hob die Hand. »Hopies lassen sich nichts befehlen«, sagte er warnend. »Wir können unsere Wünsche vortragen und wenn das Hopie möchte, wird es sie befolgen. Doch wenn es merkt, dass wir ihm unseren Willen aufzwingen wollen, wird es stur und verweigert jede Hilfe. Arr-Hu!«

»Das gefällt mir«, sagte Lara. »Es ist also ein partnerschaftliches Miteinander.«

»Das hast du gut gesagt. Genau das ist es. Natürlich darfst du die Hopies nicht überfordern. Mehr als drei Wünsche auf einmal solltest du nicht erbitten.«

»Die Soldaten in Alea ritten auf den Hopies, ohne mit ihnen zu sprechen«, stellte Lara fest.«

Begus brummte und kurz verdüsterte sich sein so freundliches Gesicht.

»Die armen Hopies in dieser furchtbaren Stadt«, sagte er. »Die Tiere haben gelernt, auf Zügel und Beinbewegungen der Reiter zu achten. Aber das entspricht nicht ihrer Natur. Sie werden von den Soldaten versklavt.«

In der Nacht wachte Lara durch ein Geräusch in der Hütte auf. Sina neben ihr schlief tief und fest. Sie robbte zu der kleinen Treppe und sah hinunter, wo sie Talus entdeckte, der dabei war, einige Dinge in Tüchern zu verstauen. Anschließend schlich er zur Tür und stellte ein Bündel vor die Hütte. Dann ging er zurück zu seinem Platz und rollte eine der Decken zusammen.

»Was machst du?«, fragte Lara verschlafen.

Talus drehte sich erschrocken um. »Oh, hallo, Lara«, gluckste er nervös. »Mir fällt hier drinnen die Decke auf den Kopf. Ich werde beim Feuer schlummern.« Er klemmte sich die Decke unter den Arm. »Schlafe noch. Es wird morgen anstrengend werden.«

Mit schnellen Schritten verließ er die Hütte. Lara wollte antworten, aber sie merkte bereits, wie sie vom Schlaf erneut übermannt wurde. Sie schaffte es gerade, zurück zu ihrer Decke zu kriechen, ehe ihre Augen zufielen.

Als sie am nächsten Morgen aufwachte, waren Sina, Altus und Ben bereits angezogen und tuschelten miteinander. Das war ungewöhnlich, denn oft war sie die Erste, die aufstand, da sie vor dem Frühstück stets zu den Hopies ging.

»Hallo, Lara. Hast du mitbekommen, wo Talus hin ist?«, fragte Altus und zeigte auf Talus' verwaiste Schlafecke.

»Ich bin in der Nacht aufgewacht. Er sagte, er wolle beim Feuer übernachten.«

»Dort habe ich nachgesehen. Ich habe ihn nicht gefunden«, sagte Altus.

»Vielleicht ist ihm etwas zugestoßen?«, vermutete Lara.

Sie informierten Begus und kurz danach wurde das gesamte Dorf abgesucht. Es gab jedoch keine Spur von Talus. Später entdeckten sie, dass außerdem eines der Hopies fehlte. Wie die Waldmenschen anhand der Hufspuren feststellen konnten, war Talus zurück in die Richtung geritten, aus der sie einst gekommen waren, nachdem sie das Lager verlassen hatten.

»Was hat er vor?«, fragte Sina ungläubig.

»Womöglich will er zurück nach Alea?«, vermutete Wehras.

Begus rieb sich die Stirn. »Das hätte er sagen können. Arr-Hu! Wir hätten ihn jederzeit zurück zu dem breiten Weg gebracht, den Aleas Soldaten durch den Wald stampfen«, sagte er. »So bezweifle ich, dass er je dort ankommen wird.«

Ben nickte. »Er wird sich hoffnungslos verirren«, stellte er fest.

»Kennt das Hopie nicht den Weg?«, fragte Lara.

Begus verneinte. »Wir waren mit den Hopies nie in der Nähe des Weges. Unsere Hopies waren nie in der Nähe Aleas.«

»Dann müssen wir ihn suchen«, sagte Altus. »Er hat zwar einen großen Vorsprung, aber wir können ihn nicht allein im Wald herumirren lassen.«

Sie bildeten mehrere Suchtrupps, die jeweils aus vier Waldmenschen bestanden. Altus begleitete Begus' Gruppe. Während sich die Holzfäller der

Arbeit für den Schutzwall widmeten, blieben Ben, Wehras, Sina und Lara im Dorf zurück und warteten auf Neuigkeiten von den Suchtrupps oder darauf, dass Talus einfach zurückkehren würde. Doch er kehrte nicht zurück. Erst als die Dunkelheit sich allmählich wie ein schweres, schwarzes Tuch über den Wald senkte, kamen die Suchtrupps zurück. Sie hatten Talus nicht gefunden. Altus setzte sich zu ihnen.

»Die Waldmenschen sind gute Spurenleser. Talus hat tatsächlich versucht, zurück zum Lager zu gelangen. Und die Richtung, in die er ritt, stimmte sogar«, erzählte er. »Aber sein Vorsprung ist im Laufe des Tages noch gewachsen. Wir haben ihn nicht mehr einholen können.«

Sie rätselten in den folgenden Tagen, warum Talus plötzlich die Siedlung verlassen hatte, kamen allerdings zu keinem Ergebnis. Als Lara eines Morgens zu den Hopies ging, erwartete Begus sie bereits ungeduldig. Er schwenkte einen Fellbeutel in seinen Händen.

»Heute musst du beweisen, dass du Vertrauen zu ihnen hast«, sagte er und reichte ihr den Beutel. »Hier sind Felldecken, die wir für unsere Freunde aus den anderen Dörfern hergestellt haben. Deine Aufgabe ist es, diesen Beutel zum Dorf von Bagi zu bringen. Natürlich kennst du den Weg nicht, aber dein Hopie weiß die Richtung. Instruiere es und genieße den Ritt. Arr-Hu!«

Lara beugte sich vor und strich ihrem Hopie zunächst durch die Mähne, ehe sie aufsaß. Es hob den Kopf und schnaubte freundlich. »Ich möchte zum Dorf von Bagi. Ich weiß nicht, wo es liegt. Finde den schnellsten Weg für uns.«

Gemächlich trottete das Hopie los. Begus hatte bereits die unscheinbare Tür im Schutzwall geöffnet und winkte ihnen hinterher. Es war ein komisches Gefühl, allein durch den Wald zu reiten. Lara dachte daran, dass sie bisher stets in Gesellschaft unterwegs gewesen war. Geschickt suchte sich das Hopie einen Weg zwischen den Bäumen hindurch und Lara stellte fest, dass es lieber auf Moos als über Farne ging. Dies hatte zur Folge, dass es oft die Richtung wechselte. So kam das Tier vielleicht nicht auf dem schnellsten Wege ans Ziel, aber auf alle Fälle auf dem bequemsten. Wie Lara erwartet hatte, wusste sie nach wenigen Minuten nicht mehr, in welcher Richtung Begus' Dorf lag. Sie dachte an die Raubwehre und wunderte sich, dass Begus sie allein in den Wald hatte reiten lassen. War es nicht viel zu gefährlich? Als irgendetwas ganz in ihrer Nähe knackte, wäre sie vor Schreck fast heruntergefallen. Ihr Hopie schaute ebenfalls kurz in die Richtung, aus der das Geräusch ertönt war. Es schnaubte einmal und ging entspannt weiter. Das war beruhigend. Begus hatte ihr erzählt, dass Hopies gefährliche Tiere genauso gut orten konnten wie die Waldmenschen. Nach einer Weile wurde Lara ruhiger. Sie schaute hoch zu den Wipfeln der riesigen Bäume, die majestätisch aussahen. Bisher hatte sie keine Zeit gehabt, sie länger zu betrachten. Als sie zu Fuß unterwegs gewesen waren, hatte sie aufpassen müssen, wohin sie trat, und wenn sie eine Rast eingelegt hatten, war es meist dunkel gewesen. Auf einem der Wipfel bewegte sich ein Schatten und flog davon. Ein kleiner, grün gefiederter Vogel schwang sich mit hektischen Flügelschlägen in die Luft. Lara lächelte. Der Wald war ihr bedrohlich vorgekommen, da sie keine Tiere gesehen oder gehört hatte. Wahrscheinlich hatte sie bisher stets zu wenig Ruhe gehabt, um die Umgebung aufmerksam zu beobachten. Es gab in den Wäldern also nicht nur Mini-Rehe, sondern auch Vögel, die Lara mit ihrem schönen Federkleid entfernt an Papageien erinnerten. Irgendwie verlieh ihr das ein beruhigendes Gefühl. Unvermittelt erschien direkt vor ihnen das Dorf. Zwei Waldmenschen hatten bereits den Schutzwall geöffnet und winkten Lara fröhlich zu. Sie wurde von Bagi herzlich empfangen und erhielt als Dank für die Decken frisch zerlegte Rehstücke. Als Lara zurück in Begus' Dorf kam, erwartete sie Hartang am Schutzwall.

»Hat alles geklappt?«, fragte er.

»Alles bestens«, freute sich Lara. »Obwohl mir zwischendurch schon etwas mulmig wurde, als ich Geräusche im Wald gehört habe.«

»Du warst die ganze Zeit über in Sicherheit. Glaubst du, Begus hätte dich auch nur einen Schritt in den Wald gehen lassen, wenn irgendwo eine Gefahr gelauert hätte? Seine Leute sind die Strecke vorher extra abgegangen. Aber das sollte ich dir wahrscheinlich gar nicht sagen.«

»Das Hopie war die ganz Zeit über ruhig und entspannt«, sagte Lara nickend.

»Ja, Hopies sind fabelhafte Tiere«, erwiderte Hartang. Dann schaute er Lara ernst an. »Schick dein Hopie zurück auf die Weide und komm zur Feuerstelle. Begus hat eine Versammlung einberufen. Es gibt beunruhigende Neuigkeiten.«

Als Lara die Feuerstelle erreichte, war bereits das ganze Dorf versammelt. Sie entdeckte Begus, der mit Altus und einigen Waldmenschen diskutierte. Sie sahen nicht glücklich aus. Lara ging zu Ben, Sina und Wehras.

»Was ist passiert?«, fragte sie.

»Das werden wir gleich erfahren«, antwortete Ben und zeigte auf Begus. »Wenn man den Gerüchten glauben darf, sind Soldaten Aleas unterwegs hierher.«

»Können die uns überhaupt finden?«, fragte Lara.

Ben schüttelte den Kopf. »Normalerweise nicht. Die Dörfer der Waldmenschen sind gut versteckt, wie wir ja selbst gesehen haben.«

Inzwischen hatte sich Begus umgedreht und hob die Hände. »Arr-Hu! Liebe Freunde, wie Späher aus verschiedenen Dörfern berichten, sind Soldaten aus Alea aufgebrochen. Es handelt sich um wenigstens hundert berittene Soldaten. Sie folgten dem befestigten Weg bis zum ehemaligen Gefangenenlager. Dort stießen sie in den Wald und halten bisher erstaunlich direkt auf unser Dorf zu.«

Die Waldmenschen murmelten aufgeregt durcheinander. »Arr-Hu! Wie ist das möglich?«, fragte einer von ihnen. »Die Soldaten können nicht wissen, wo unser Dorf liegt.«

»Das stimmt«, sagte Begus. »Kein Soldat Aleas ist bisher weiter vorgedrungen als bis zum Gefangenenlager. Sie meiden in der Regel die Wälder.«

»Vielleicht ist es einfach nur Zufall, dass sie sich eurem Dorf näheren?«, gab Sina zu Bedenken.

»Womöglich ändern sie noch ihre Richtung und reiten weit an unserem Dorf vorbei«, sagte Begus, »aber das glaube ich nicht.«

Hartang warf aufgeregt die Hände in die Luft. »Was machen wir jetzt?«

»Unsere besten Späher sind im Wald und begleiten die Soldaten aus sicherer Entfernung. Arr-Hu! Sie informieren uns ständig. Drehen die Soldaten nicht ab, werden sie uns übermorgen erreichen«, sagte Begus.

Altus war inzwischen zu ihnen auf die Bank gekommen.

»Wie gefährlich ist es?«, fragte Sina ihn.

»Sehr gefährlich. Die Soldaten hätten die Waldmenschen gerne schon vor langer Zeit angegriffen. Es gab stets vereinzelte Übergriffe, da sie nicht wussten, wo sie nach ihnen suchen sollten. Alle Begegnungen zwischen Waldmenschen und Soldaten waren zufällig. Sollten sie wirklich wissen, wo sich die Dörfer der Waldmenschen befinden, werden sie diese Gelegenheit ergreifen.«

»Kann es sein, dass sie nach mir suchen? Vielleicht bin ich der Grund ihres Erscheinens«, fragte Lara nachdenklich.

»Das glaub ich nicht«, sagte Altus. »Sicherlich wird es ein Nebeneffekt sein, dich zurückzubringen. Allerdings nicht der Hauptgrund. Dafür sind es zu viele Soldaten.«

»Es wird also nichts nutzen, wenn ich den Truppen entgegenreite und mit ihnen zurück nach Alea kehre?«

Altus schüttelte heftig den Kopf. »Nein. Wenn sie tatsächlich wissen, wie sie zu diesem Dorf gelangen, werden sie uns bekämpfen.«

Während des Abendessens wurde viel diskutiert. Einige Waldmenschen wollten sich dem Kampf stellen, andere fanden es klüger, das Dorf sofort zu verlassen, um in den Wäldern Schutz zu suchen. Abschließend sagte Begus, dass sie erst am nächsten Morgen eine Entscheidung treffen sollten. »Dann erhalten wir neue Informationen von den Spähern.«

Lara hatte unruhig geschlafen. Als sie am nächsten Morgen zum Versammlungsplatz schlurfte, entdeckte sie dort ihre Freunde. Begus stand mit einigen Waldmenschen zusammen, die abgekämpft und müde aussahen.

»Wir haben neue Informationen«, sagte er und trat ans Feuer. »Die Soldaten haben ihren Kurs nicht geändert. Sie kommen mit ihren Pferden schneller voran, als wir dachten, und werden heute Abend auf unser Dorf stoßen.« Er machte eine Pause und sah sich entschlossen um. »Das bedeutet, dass es zum Kampf kommen wird. Arr-Hu! Diejenigen von euch, die sich lieber in den Wäldern verstecken wollen, sollten so schnell wie möglich aufbrechen. Euer Vorsprung wird nicht groß sein.«

»Wie kommt es, dass die Soldaten weiterhin in die richtige Richtung reiten?«, fragte ein Waldmensch.

»Nach meinen Informationen werden die Soldaten von einem Mann angeführt, dessen Beschreibung auf Talus passt«, sagte Begus.

Altus, der neben Lara saß, nickte. »Das habe ich mir gedacht. Talus ist mit uns die Strecke bis zu den Waldmenschen gegangen.«

Lara zweifelte daran. »Talus konnte sich ebenso wenig orientieren wie ich«, gab sie zu bedenken. »Wie sollte er sich diesen langen Weg gemerkt haben?«

»Ich weiß es nicht. Wir werden ihn bald fragen können«, antwortete Altus grimmig.

Es herrschte eine angespannte Ruhe im Dorf. Die Waldmenschen hatten sich hinter dem Schutzwall postiert. Einige von ihnen waren in den Wald ausgeschwärmt, um das Näherkommen der Soldaten zu beobachten. Plötzlich schallten aufgeregte Rufe durch die Siedlung.

»Arr-Hu! Zwei Reiter sind erschienen. Sie stehen vor dem Schutzwall«, rief ein Waldmensch.

Sina blickte aufgeregt in Richtung Wall. »Vielleicht sind es Abgesandte der Schutztruppen? Vielleicht wollen sie mit uns verhandeln?«

Altus sprang auf. »Das glaube ich nicht. Soldaten Aleas verhandeln nicht«, sagte er gereizt und rannte los. Lara beeilte sich, hinter ihm herzukommen.

Vor dem kleinen Eingang der Siedlung standen zwei Pferde. Lara starrte die beiden Reiter ungläubig an, die beruhigend auf mehrere Waldmenschen einredeten.

»Das gibt es doch nicht …!« Die letzten Schritte rannte sie. »Vivian! Terzio!«, rief sie freudig und bemerkte erst jetzt, wie sehr sie nach deren Anwesenheit gesehnt hatte.

Vivian drehte sich um und lächelte über das ganze Gesicht. »Lara! Endlich haben wir dich gefunden.«

Sie trug eine dunkle, feste Hose und eine grüne, ärmellose Bluse, die sie zwischen all den Bäumen fast unsichtbar werden ließ. Sie umarmte Lara so fest, dass sie für einen Augenblick keine Luft mehr bekam. Dann stand auch Terzio bei ihr.

»Du hast uns einen Schrecken eingejagt«, sagte er kopfschüttelnd. Er trug seine rote Uniform. Lara überlegte nicht lange, sondern nahm ihn herzlich in die Arme.

»Was macht ihr beiden hier? Seid ihr mit den Soldaten gekommen?«

Vivian wurde ernst. »Nein. Wir haben uns durch den Wald geschlagen, um eher bei euch zu sein als die Truppen.«

»Wir wollten euch warnen«, ergänzte Terzio.

Inzwischen hatte sich fast das gesamte Dorf um die Reiter versammelt.

»Die Soldaten wollen euch vernichten. Waldhes hat den Befehl gegeben, alle Siedlungen der Waldmenschen komplett auszulöschen«, berichtete Terzio mit lauter Stimme.

Vivian nickte. »Ihr müsst euch alle in Sicherheit bringen«, sagte sie eindringlich. »Gegen die Soldaten habt ihr keine Chance.«

Altus schaute Terzio neugierig an. »Wie kommt es, dass einer von den Schutztruppen die Waldmenschen warnt?«, fragte er.

Lara hörte, dass seine Stimme skeptisch klang.

Terzio lächelte traurig. »Ich hatte Angst um Lara«, sagte er ehrlich und zupfte an seiner Uniform herum. »Aber jetzt habe ich dich gefunden. Und nun müssen wir so schnell wie möglich zurück nach Alea reiten.«

»Ihr wollt mich abholen?«, fragte Lara und ein merkwürdiges Gefühl überkam sie.

Vivian nickte. »Ich werde bei den Waldmenschen bleiben«, antwortete sie. »Jeder, der mit einer Waffe umgehen kann, wird gebraucht. Aber du sollst in Sicherheit gebracht werden. Und am sichersten bist du nach wie vor in Alea.«

Lara fielen auf Anhieb eine Menge Gegenargumente ein, aber sie blieb still. Wenn sie ausschließlich in ihrem Krankenzimmer hockte, hatte Vivian mit ihrer Aussage wahrscheinlich sogar recht. Niemand der Soldaten würde sie dort belästigen. Dennoch fühlte Lara sich hier bei den Waldmenschen viel wohler, auch wenn die Ruhe trügerisch war. Was würde passieren, wenn die Schutztruppen das Dorf fanden?

Trotzdem stellte es keine Option dar, einfach die Flucht zu ergreifen. Wie eine Verräterin würde sie sich fühlen, wenn sie ihre Freunde in dieser brenzligen Situation im Stich ließe.

»Ich glaube nicht, dass ich nach allem, was passiert ist, zurück nach Alea kann. Jedenfalls nicht, solange meine Freunde in Gefahr sind«, sagte Lara vorsichtig.

Während Terzio sie bestürzt musterte, nickte Vivian andächtig.

»Warum überrascht mich deine Antwort bloß nicht?«, fragte sie lächelnd.

»Ich würde ein furchtbar schreckliches Gewissen haben«, erklärte Lara weiter.

»Unsere Truppen werden hier ein scheußliches Gemetzel anrichten«, sagte Terzio und gestikulierte dabei wild mit den Armen. »Ihr werdet nicht die geringste Chance gegen hervorragend ausgebildete Soldaten haben.«

»Und doch kann ich nicht einfach feige verschwinden.«

»Aber du musst. Dein Leben ist in Gefahr.«

»Vivian ist bei mir. Irgendwie werden wir schon durchkommen.«

Terzio schaute ihr lange in die Augen, bis er schließlich resignierend seufzte. »Du bist nicht umzustimmen?«

»Nein. Mein Entschluss steht fest.«

Überrascht nahm Lara zur Kenntnis, dass Terzios Augen feucht wurden. Schnell rieb er sich mit dem Handrücken über das Gesicht, drehte sich um und entfernte sich einige Schritte. Lara wollte ihm hinterhergehen, als sich Vivians Hand auf ihre Schulter legte.

»Lass ihm ein wenig Zeit.« Vivian schob sie sanft in die entgegengesetzte Richtung, zwischen mehreren engstehenden Büschen hindurch. »Ich hatte mir schon gedacht, dass du deine Mitstreiter nicht einfach im Stich lässt. Und Heimer sah es ähnlich. Trotzdem mussten wir es probieren.«

Lara zog die Stirn kraus. »Was hat Heimer mit der ganzen Sache zu tun?«

»Später«, sagte Vivian, kniete sich auf den weichen Waldboden und bedeutete Lara, es ihr gleichzutun. »Es gibt da noch ein klitzekleines Problem.«

»Welches?«

»Dein Vater versucht seit Tagen verzweifelt, dich im Internat zu erreichen.« Vivian griff nach einer groben Umhängetasche und holte ein Holzkästchen heraus. »Das hat mir Heimer mitgegeben, für den Fall, dass du nicht zusammen mit Terzio nach Alea reitest.« Sie öffnete das Kästchen und Lara schaute überrascht auf ein ausgeschaltetes Smartphone, dessen Ecken und Kanten schon etwas ramponiert aussahen.

»Das gehört dem Internat«, stellte Vivian fest. »Heimer möchte gern, dass du etwas für deinen Vater draufsprichst.«

Lara betrachtete das moderne Gerät, welches in dieser Welt so vollkommen fehl am Platze wirkte. »Aber was soll ich denn auf die Schnelle …?«, fragte sie und zuckte mit den Schultern.

»Heimer hat vorgeschlagen, du sagst, du wärst auf einem Fischkutter an der Nordseeküste.«

»Wie bitte?«

Vivian lachte und erzählte Lara, dass das Internat über einen eigenen Kutter verfügte, mit dem gewisse Schuljahrgänge für einige Wochen die Nordsee umschifften.

»Das sind eine Art Projektwochen, eigentlich erst für die Abschlussklassen, aber das muss deinen Vater ja nicht interessieren. Heimer würde die aufgenommene Nachricht dann deinem Vater vorspielen und erklären, dass es auf dem Kutter, außer dem Schiffsmotor und dem Notfallhandy, keinerlei moderne Geräte und Maschinen gäbe, damit sich die Jugendlichen vollkommen frei fühlen könnten.«

»Und das soll mein Vater glauben?«

»Das hat nichts mit Glauben zu tun. Gerade in diesem Moment ist der Kutter irgendwo vor Norwegen mit dem Abschlussjahrgang unterwegs.«

Lara seufzte, während Vivian die Aufnahme startete. Dann konzentrierte sie sich auf ihre Worte. Es fiel ihr unendlich schwer, sich in dem finsteren Wald einen Kutter auf dem Meer vorzustellen. Dennoch schaffte sie es, dem Mobiltelefon zu erzählen, dass die See stürmisch sei, es ihr sonst aber ungeheuer gut auf dem Kahn gefiele. Als Lara zum Abschluss einmal auf das Mikrofon küsste, wurde ihr plötzlich melancholisch zumute.

»Du hast Heimweh, nicht?«, fragte Vivian behutsam. Als Lara nur nickte, zog Vivian sie an sich und umarmte sie fest. »Das kann ich gut verstehen. Wenn ich mir vorstelle, dass ich bei meinem ersten Besuch gleich für zwei Monate hätte hier bleiben müssen, wäre es mir nicht anders ergangen.«

Terzio lächelte ihr zu und wollte auf sein Pferd steigen, als sie sich zurück zu den anderen gesellten. Mit einer energischen Bewegung hielt ihn Lara am

Arm fest. »Was hast du vor?« Sie wollte nicht, dass er ging, denn sie fühlte sich wohl in seiner Gegenwart.

»Ich muss zurück nach Alea. Wenn man merkt, dass ich euch gewarnt habe, kann das schlimme Konsequenzen für mich haben.« Er streichelte Lara über die Wange. »Wir sehen uns in Alea«, sagte er leise. Dann stieg er auf sein Pferd, nahm das Handy in dem Kästchen entgegen und preschte zurück in den dunklen Wald. Lara sah Terzio besorgt hinterher.

»Ihm wird nichts passieren«, sagte Vivian. Sie hatte eine Hand auf Laras Schulter gelegt. »Er hat mich hergeführt. Ich weiß nicht warum, aber er kennt sich in den Wäldern bestens aus.«

Lara drehte sich zu ihrer Freundin um. »Und was ist mit dir?«, fragte sie und blickte Vivian fest in die Augen.

»Was meinst du?«

Lara strich mit ihrem Zeigefinger über Vivians Oberarm. »Dein Tattoo. Das ist das Zeichen des alten Volkes. Ich glaube, du hast mir eine Menge zu erklären.«

Vivian lächelte ihr zu. »Da hast du wohl recht. Du sollst alles erfahren. Aber erst einmal muss ich mit den Dorfoberen sprechen.«

Wenig später saß Vivian mit Begus, Altus und mehreren Waldmenschen zusammen. Sie diskutierten eifrig. Lara setzte sich dazu.

»Ich bin mir sicher, dass es sich nicht um Gerüchte handelt«, hörte sie Vivian sagen.

Altus wiegelte ab.

»Es gibt keinerlei Beweise dafür. Noch nie hat sich jemand auf den Weg dorthin gemacht«, sagte er.

»Eben«, beharrte Vivian.

Lara schaute fragend in die Runde und Altus klärte
sie auf. »Es ist überliefert, dass unser Volk eine
andere Stadt weit im Norden gründete, nachdem es
vor Jahrhunderten aus Alea auszog. Nur hat bisher
niemand diese Stadt gesehen.«

»Es haben sich nicht sehr viele auf die Suche
gemacht«, stellte Vivian fest.

»Wie dem auch sei, wenn diese Überlieferung
stimmt, könnten wir versuchen, diese Stadt zu
finden«, sagte Altus.

Vivian nickte energisch. »Wir könnten Hilfe für
die Waldmenschen organisieren.«

»Ich bin mit vielen Waldmenschen aus den unterschiedlichsten Sippen zusammengekommen«, sagte
Altus skeptisch. »Nie hat jemand etwas von einer
Stadt erwähnt. Und die Waldmenschen sind bestimmt
weit herumgekommen.«

»Anscheinend nicht weit genug«, sagte Vivian
provokant.

Altus schüttelte den Kopf und brummte leise.

Vivian stand auf. »Selbst wenn es euch gelingt, den
Angriff der Truppen Aleas abzuwehren, können wir
nicht gewinnen. Die Soldaten werden sich in den
Wäldern einnisten und uns nicht mehr aus der Siedlung lassen. Früher oder später müssen wir uns
ergeben. Die einzige Chance, die ich sehe, ist die
Suche nach der Stadt unseres Volkes. Wir müssen
wenigstens versuchen, sie zu finden, selbst wenn es
diese Stadt nicht gibt.«

Begus klopfte mit seinen Händen auf seine Oberschenkel. »Arr-Hu! Wir haben nichts zu verlieren. Wie
es aussieht, werden uns die Soldaten einfach über-
rennen. Jede kleine Möglichkeit, die uns helfen
könnte, sollten wir in Betracht ziehen. Meine Unter-

stützung habt ihr, wenn ihr euch tatsächlich auf die Suche nach der geheimnisvollen Stadt eurer Mütter und Väter machen wollt.«

Während Begus redete, trat Degas, einer der Waldmenschen, unruhig von einem Bein auf das andere. »Ich würde gern mitkommen. Arr-Hu!«, sagte er.

Begus warf ihm einen fragenden Blick zu. Zur Bestätigung nickte Degas energisch und sagte: »Wenn sie schon durch den Wald wandern, sollte auch jemand von uns dabei sein. Außerdem kommen meine Eltern ursprünglich weit aus dem Norden. Du weißt, sie starben, als ich ein kleiner Junge war. Möglicherweise finde ich dort oben Hinweise auf meine Sippe.«

»Einerseits bin ich traurig«, sagte Begus. »Einen so großen Taktiker wie dich hätte ich im Kampf gegen die Truppen Aleas gern an meiner Seite gehabt. Arr-Hu! Doch ich bin froh, dass du mit deinem Wissen Vivian und ihre Gruppe unterstützt.«

Die Nachricht von Vivians Vorhaben verbreitete sich schnell in der Siedlung. Viele der Menschen aus Alea kamen auf sie zu und gaben ihr Ratschläge, wo sie mit der Suche beginnen sollte. Jeder kannte die Überlieferung und hatte eigene Theorien darüber. Vivian hörte sich alle Thesen geduldig an. Schließlich wurde die Gruppe eingeteilt, die sich auf den gefährlichen Weg machen sollte. Neben Vivian, Altus und Degas wollten auch Wehras und Sina mitkommen.

Ben hatte sich entschieden, bei Begus und den restlichen Waldmenschen zu bleiben. »Wir werden das Dorf so lange verteidigen wie möglich«, sagte er kampfeslustig.

»Ich komme auch mit dir, Vivian«, stellte Lara kurze Zeit später klar.

Vivian schien fröhlich und traurig zugleich zu sein. »Es ist toll, dass du uns unterstützen willst«, sagte sie. »Aber du hast von den Soldaten nichts zu befürchten. Sie bringen dich zurück nach Alea. Sie werden dir nichts antun.«

Entschieden schüttelte Lara den Kopf. »Kommt nicht infrage. Ich habe so viel Unrecht in Alea gesehen. Und jetzt wollen die Soldaten meine Freunde, die Waldmenschen, vernichten. Da kann ich nicht einfach zugucken.«

Altus drückte sie fest an sich. »Willkommen in unserer Gruppe«, sagte er feierlich.

Als sie alle auf ihren Hopies saßen, trat Begus vor. »Arr-Hu! Unsere Freunde verlassen die Siedlung, um Hilfe zu holen«, rief er feierlich. »Und so wünschen wir der Gruppe, die aus Leuten des alten Volkes, Bürgern Aleas, einem Waldmenschen und aus Lara besteht, alles erdenklich Gute!« Er lachte und winkte ihnen hinterher, als sie aus dem Dorf ritten.

9. Die Suche

Die Luft war angenehm warm und die grünen Vögel auf den Baumwipfeln gaben krächzende Geräusche von sich, als ob sie der Gruppe viel Glück wünschen wollten. Sie umrundeten Begus' Dorf zur Hälfte und schlugen dann den Weg nach Norden ein. Altus und Degas ritten voraus und führten sie.

Lara freute sich, dass sie das Hopie reiten konnte, mit dem sie in den letzten Tagen geübt hatte. Ob es sich wieder freiwillig gemeldet hatte, sie zu tragen? »Welchen Weg schlagen wir eigentlich ein?«, fragte sie Altus.

»Noch kenne ich die Gegend. Aber wir alle sind niemals so weit im Norden gewesen, wie wir nun reiten wollen. Deshalb werden wir uns wieder dem See nähern und seinem Uferverlauf folgen.«

»Mir scheint langsam, der See hört überhaupt nicht auf«, sagte sie.

Degas drehte sich um. »In vier bis fünf Tagen dürften wir die Spitze des Sees erreicht haben«, erklärte er.

»Kennst du die Gegend dort?«, fragte Wehras.

Degas seufzte. »Als ich ein kleiner Junge war, haben meine Eltern am oberen Ende des Sees gewohnt. Arr-Hu!«, sagte er.

»Was ist passiert?«, fragte Vivian.

Degas blieb stehen und starrte in den Wald.

»Es muss einen Raubwehr-Überfall gegeben haben. Tage später fanden mich Jäger von Begus' Sippe in einer großen Holzkiste, die in unserer völlig zerstörten Hütte stand. Meine Eltern haben mich wohl dort versteckt, kurz bevor sie angegriffen wurden. Von ihnen und meinen drei Brüdern fehlte jede Spur. Die Jäger haben mich sofort in Begus' Dorf gebracht, wo ich wohlbehütet aufwuchs. Aber ich habe mir vorgenommen, eines Tages in die Gegend meiner Kindheit zurückzukehren. Vielleicht finde ich Spuren meiner Sippe oder andere Waldmenschen, die meine Eltern kannten.«

Als sie am Abend ihre erste Rast machten, rollte Lara müde eine der Decken aus, die ihnen die Waldmenschen mitgegeben hatten.

»Wann erreichen wir den See wieder?«, fragte sie Altus, der aufmerksam in die Dunkelheit blickte.

»Wir gehen weiter gen Norden und werden ihn in etwa zwei Tagen erreicht haben«, sagte er.

Vivian kam auf sie zu. Sie breitete sich direkt neben Lara aus und lächelte sie schüchtern an. »Bist du erschöpft?«, fragte sie vorsichtig.

Lara grinste. »Nicht so erschöpft, als dass du um eine Erklärung herumkämest.«

»Das dachte ich mir schon.« Vivian holte einen kleinen Beutel hervor, der zwei Schokoriegel und eine Tüte Weingummi enthielt. Laras Augen leuchteten.

»Wo hast du das denn her?«, fragte sie fröhlich.

»Ich habe mich im Internatsshop eingedeckt, kurz bevor ich durch das Tor ging. Ich wollte die Schokoriegel mit dir feierlich öffnen, wenn wir uns wiedersehen.«

»Na, dann mal los.«

Vorsichtig wickelten sie das Papier ab, als hielten sie einen der größten Schätze in ihren Händen.

»Wie habe ich diesen Geschmack vermisst«, stieß Lara mit vollem Mund hervor. »Die Schokolade, die du mir mitgebracht hast, liegt unangetastet in meinem Zimmer im Krankenhaus.«

»Was ist eigentlich genau passiert?«

»Es war furchtbar«, sagte Lara leise und erzählte von der Versammlung und dem Angriff der Schutztruppen. Sie berichtete von der Arbeit im Lager und den Raubwehren. »Wie gut, dass mir Terzio während seiner Stadtführung den Raubwehr gezeigt hatte. So kannte ich das wohlige Gefühl, welches sich einstellt, wenn diese Monster kurz vor einem Angriff ihre telepathischen Fähigkeiten einsetzen.«

Vivian rutschte unruhig auf ihrer Decke umher. »Meine Güte. Was für Abenteuer«, sagte sie anerkennend.

»Ich hätte gern darauf verzichtet«, antwortete Lara und musterte Vivian. »Und jetzt erzähl mir bitte, warum du das Zeichen des alten Volkes auf deinem Arm trägst. Du scheinst dich in dieser Welt bestens auszukennen. Kommst du von hier? Wieso lebst du dann im Internat?«

Vivian schnaufte. »Ich kenne Alea selbst erst seit einigen Monaten. Ich stamme wie du von der Erde und bin wirklich eine Amerikanerin, aufgewachsen in Portland, Maine.« Sie stockte und biss von ihrem Riegel ab. »Letztes Jahr wurde meine Oma plötzlich

sehr krank. Sie brach sich ein Bein und kam danach
nicht mehr zu Kräften. Irgendwie verheilte ihre
Wunde nicht, wie das oft bei alten Menschen ist, und
meine Oma wurde mit der Zeit schwächer und
schwächer.« Lara hörte gespannt zu. Sie hatte keine
Ahnung worauf Vivian hinauswollte. »Letzten Winter,
kurz bevor sie starb, holte sie mich an ihr Bett. Dort
erzählte sie mir, dass sie zwar seit langer Zeit in Amerika lebte, aber nicht aus Amerika stammte. Sie
erzählte mir von Alea und dem Internat in Deutsch-
land.«

»Deine Oma stammte aus Alea?«, fragte Lara
erstaunt.

»Ich weiß es nicht. Zumindest kannte sie Alea. Sie
hat mir von dem Tor im Internat erzählt. Ich habe ihr
die Geschichte zunächst nicht geglaubt. Als ich sie
später einmal darauf ansprechen wollte, war sie zu
schwach, um mit mir zu reden. Kurze Zeit später ist
sie gestorben.«

Lara sah, dass Vivians Augen glitzerten. Sie
umarmte ihre Freundin. »Du hast sie sehr gemocht«,
stellte sie fest.

»Ja. Obwohl ich kaum etwas über sie weiß. Sie
lebte mit ihrem Mann in Colorado. Das ist nicht
gerade ein Katzensprung von Maine. Daher habe ich
sie nicht oft gesehen.« Sie aß den Rest ihres Schoko-
riegels. »Als mein Vater in diesem Frühjahr vorschlug,
ich sollte ein oder zwei Jahre auf ein europäisches
Internat gehen, fiel mir die Geschichte meiner Oma
sofort ein.«

»Und da hast dich für das Internat an der Nordseeküste entschieden«, sagte Lara.

»Genau. Ich wollte herausfinden, ob etwas an der
Geschichte meiner Oma dran ist. Da ich Wochen vor

dem offiziellen Schulstart dorthin zog, hatte ich genügend Zeit, um mich umzusehen. Die Internatsleitung hatte mir ein provisorisches Zimmer zur Verfügung gestellt und mir freie Hand gelassen, die Schule und die Umgebung zu entdecken.« Vivian legte sich auf ihre Decke und verschränkte die Arme hinter ihrem Kopf. »Um es kurz zu machen, irgendwann bin ich auf das Tor gestoßen. Besonders schwer ist es ja nicht zu entdecken. Ich bin hindurchgegangen und fand mich plötzlich in Alea wieder.«

»Im Krankenhaus?«, fragte Lara.

Vivian lachte. »Nein. Ich bin zum Glück nicht ohnmächtig geworden. Man erreicht eine Lagerhalle, die im Norden von Alea steht, wenn man durch das Tor geht.« Sie machte eine Pause und schien ihren Gedanken nachzuhängen. »Nach und nach habe ich die Stadt erkundet. Bei meinem ersten Besuch war ich eine knappe Stunde in dieser anderen Welt, doch an den Folgetagen habe ich meine Erkundungstouren weiter ausgedehnt.«

»Und du hattest gar keine Angst?«

»Doch, aber die Neugier war größer.«

»Was ist passiert?«, fragte Lara aufgeregt und ihr Blick wanderte zu Vivians Tattoo.

»Wie du habe ich schnell gemerkt, dass die Schutztruppen die ganze Stadt unterjochen. Ich freundete mich mit einigen Leuten an, die dem alten Volk angehören. Einer von ihnen sagte, dass ihm mein Gesicht bekannt vorkäme. Ich erzählte ihnen von meiner Oma. Manche der älteren Frauen schienen sich sogar an sie zu erinnern.« Vivian setzte sich auf. »Schließlich habe ich mir aus Solidarität das Zeichen auf meinen Arm tätowieren lassen. Es war irrsinnig spannend, was ich alles über das alte Volk gehört habe.«

»Deinen Eltern hat das Tattoo bestimmt nicht gefallen. Oder hast du um Erlaubnis gefragt?«

»Habe ich nicht. Doch sie schienen mir überhaupt nicht böse zu sein. Mein Vater nahm mich sogar fest in die Arme, als er es entdeckte. Das macht er sonst eigentlich nie.«

»Und niemand hat von deinen Ausflügen erfahren?«, fragte Lara.

»Doch. Als ich in der zweiten oder dritten Woche zurück durch das Tor in unsere Welt ging, stieß ich auf Heimer, der eben durch die schwere Holztür kam.«

»Schätze, da hast du mächtig viel Ärger bekommen.«

»Nein, komischerweise nicht. Heimer musterte mich kurz und lächelte auf eine ganz sonderbare Weise. Er schaute auf das Zeichen des alten Volkes und nickte zufrieden.«

»Es gab keine Konsequenzen für dich?«, fragte Lara ungläubig.

»Nein. Heimer sagte nur, dass ich vorsichtig in Alea sein sollte.«

»Mehr nicht? Kein Verbot oder wenigstens eine Rüge, weil du ohne Erlaubnis durch das Tor gegangen bist?«

»Nein, nichts dergleichen. Wir haben auch nie wieder über Alea gesprochen. Erst, als du verschwunden warst und Terry die Schulleitung informierte, nahm mich Heimer zur Seite und sagte mir, was passiert sei. Er bat sogar darum, dass ich dich im Krankenhaus besuche, was ich ohnehin gemacht hätte.«

»Wie geht es Terry?«, fragte Lara, nachdem sie eine Weile schweigend nebeneinander gesessen hatten.

»Es muss ein ganz schöner Schock für ihn gewesen sein, als du plötzlich durch das Tor gegangen bist. Kreidebleich soll er Hilfe geholt haben.«

»Kennt er die Bedeutung des Tores?«

»Ich habe ihn und Tim ins Vertrauen gezogen«, sagte Vivian. »Sie brennen darauf, selbst einmal nach Alea zu gehen.«

Lara kräuselte die Stirn. »Wie hängt das alles zusammen? Ich meine das Internat, Heimer und Alea?«

Vivian zuckte mit den Schultern. »Ich weiß es nicht.«

Tatsächlich erreichten sie am übernächsten Tag die Uferwiesen. Die Landschaft hatte sich kaum verändert. Sie füllten ihre Wasservorräte auf und ritten die folgenden Tage auf ihren Hopies am Seeufer entlang. Nach einer Woche bemerkte Lara, dass sich die Baumfront plötzlich über den gesamten Horizont zog. Dort, wo bisher stets Wasser gewesen war, sah sie in weiter Ferne Wald aufragen. Hier war der See also wirklich zu Ende.

Viele Stunden später machten sie Rast an der Stelle, an der der See schließlich zur Seite abknickte. Lara ließ ihren Blick über das Wasser schweifen. Irgendwo am entgegengesetzten Ende lag Alea. Sie dachte daran, wie sie mit Terzio dort am Ufer gestanden und ebenfalls auf den See hinausgeschaut hatte.

Am nächsten Morgen ließen sie sich Zeit. Altus sagte, sie sollten alle noch einmal das Wasser genießen, denn ab jetzt würden sie nur mehr auf kleine Tümpel stoßen. Eine halbe Stunde später kehrten sie dem See den Rücken zu. Auch wenn Lara ihn meistens nicht hatte sehen können, war er bisher doch immer in ihrer Nähe gewesen. Es war ein merkwürdiges Gefühl, dass sie ab sofort nur noch von endlosem Wald umgeben sein würden. Lara schätzte, dass alle drei Meter ein mächtiger Stamm in die Höhe ragte. Dank der Hopies kamen sie schnell voran. Sie ritten dicht hintereinander. Es war Degas, der nach einigen Kilometern sein Hopie unvermittelt anhalten ließ.

»Hast du etwas gehört?«, fragte Sina nervös.

Degas sprang von seinem Hopie ab und ging in die Knie. »Nein, nur etwas gesehen«, sagte er. »Nichts Schlimmes. Hier gibt es eindeutig Spuren von Waldmenschen.«

Er wühlte mit den Händen zwischen dem Moos umher und hielt mehrere Stöckchen in die Höhe. Lara beobachtete ihn fasziniert. Für sie sah das Moos nicht anders aus als sonst. Sie bemerkte keine Abdrücke. Doch Degas fuhr mit der Handfläche über das Moos und brummte: »Arr-Hu! Das ist interessant!« Nach einer Weile stand er auf. »In der Nähe scheint es eine Waldmenschenkolonie zu geben. Das ist seltsam.«

»Wieso ist das seltsam?«, fragte Altus. »In dieser Gegend gab es schon immer Waldmenschen.«

»Ja, aber wir müssten bereits nah bei ihrer Siedlung sein. Eigentlich müssten uns ihre Späher längst entdeckt haben.«

Lara sah sich um. »Vielleicht haben sie uns ja längst entdeckt«, bemerkte sie.

Degas lachte kurz. »Ganz bestimmt nicht. Arr-Hu! Das wäre mir nicht entgangen.«

Sie beschlossen, nach der Siedlung zu suchen. Der Gedanke, die Nacht nicht im Freien verbringen zu müssen, war dafür Grund genug. Degas führte sie zielsicher durch den Wald. Zweimal hielt er an und begutachtete den Waldboden, worauf kleine Richtungsänderungen folgten. Ein Schutzwall tauchte vor ihnen auf. Er war schief und an einigen Stellen konnte man sogar hindurchschauen. Hätte Lara eine Schulnote für dieses Bauwerk vergeben müssen, wäre es eine glatte Sechs gewesen. Degas und Altus stand deutlich ins Gesicht geschrieben, dass ihnen der Wall ebenso missfiel.

»Die Siedlung scheint verlassen zu sein«, sagte Vivian.

»Das glaube ich nicht«, widersprach Degas. »Die Spuren der Waldmenschen sind erst wenige Stunden alt.«

Altus ging den Schutzwall entlang. »Hier geht es hinein«, rief er einen Augenblick später.

Auf der anderen Seite des Walles standen zehn halbverfallene Hütten. Lara stellte sich neben Degas und Altus, während Vivian und Sina bei den Hopies blieben. Als Wehras zu ihnen stieß, schüttelte Degas den Kopf.

»Arr-Hu! Die Einwohner des Dorfs sind alle in der Hütte dort«, stellte er fest und zeigte auf die größte Behausung. »Ich kann sie hören.« Es war ein robuster Holzbau.

Altus sah Degas skeptisch an. »Da drinnen sollen Waldmenschen sein?«, fragte er ungläubig.

Degas nickte. »Ja, ganz sicher. Sie sind still und bewegen sich nicht. Wahrscheinlich beobachten sie uns.«

»Vielleicht haben sie Angst?«, vermutete Lara.

Degas näherte sich der Hütte. »Bleibt stehen«, flüsterte er, streckte seine Hände halbhoch und drehte die Handflächen nach vorn. »Hallo, Freunde. Arr-Hu! Arr-Hu!«, rief er. »Ihr braucht keine Angst vor uns zu haben. Können wir euch helfen?«

Lara erwartete, dass spätestens jetzt die Tür auffliegen würde und glückliche Waldmenschen sie willkommen hießen. Doch nichts geschah. Degas drehte sich zu ihnen um und machte ein ratloses Gesicht. Altus wurde langsam ärgerlich.

»Was soll dieser Blödsinn?«, fragte er und schritt an Degas vorbei auf die Hütte zu.

Kurz bevor er die Eingangstür erreichte, wurde sie aufgerissen. Mehrere Waldmenschen, mit einfachen Knüppeln bewaffnet, stürmten heraus und griffen Altus an. Zunächst war Altus zu überrascht, um irgendeine Reaktion zu zeigen. Mehrere Schläge trafen seinen Oberkörper und Kopf und hinterließen dunkle Striemen. Schnell hatte er sich jedoch gefasst und wehrte die Angriffe gekonnt ab. Dabei benutzte er lediglich seine Arme und Fäuste. Als weitere Waldmenschen aus der Hütte rannten, griffen Degas und Wehras ins Geschehen ein. Lara rief Vivian herbei. Zusammen stellten sie sich den wütenden Waldmenschen entgegen. Lara sah ihre angstverzerrten Gesichter. Mit hilflosen Knüppelschlägen versuchten die Waldmenschen, sie zu treffen. Es fiel ihr nicht besonders schwer, auszuweichen.

Sie hörte Degas' Stimme. »Was ist denn mit euch los? Arr-Hu! Seid ihr nicht bei Trost?«

Statt zu antworten, knurrten die Waldmenschen aufgebracht und versuchten weiterhin verzweifelt, Treffer zu platzieren. Sie waren allerdings wenig erfolgreich. Degas riss zwei Angreifern die Knüppel aus den Händen. Nachdem Vivian zwei von ihnen zu Boden geschubst und ihnen ebenfalls die Knüppel weggenommen und Altus vier weitere Waldmenschen gegen verschiedene Baumstämme geworfen hatte, war ihr Widerstand gebrochen. Sie formierten sich am Eingang der Hütte und starrten sie unsicher an. Degas ging auf sie zu.

»Was ist denn mit euch los?«, fragte er erneut. »Und was war das für ein lausiger Angriff? Wir kämpfen eigentlich mit anderen Methoden.«

An der Tür erschien eine Frau. Sie sah sehr alt aus. Ihr Gesicht war von unzähligen, kleinen Fältchen überzogen und ihre Augen waren trübe. »Verzeiht«, sagte sie leise, »aber wir hatten seit langer Zeit keinen freundlichen Besuch mehr.«

Altus rieb sich ärgerlich den Kopf. »Bei so einem Empfang ist das auch kein Wunder. Ihr solltet zukünftig erst nach dem Grund des Besuches fragen, ehe ihr eure Knüppel herausholt«, sagte er böse.

»Arr-Hu! Ich bitte noch einmal um Entschuldigung«, sagte die alte Waldmenschenfrau. Inzwischen waren die übrigen Waldmenschen zur Seite getreten und hatten die Tür freigegeben. »Bitte kommt herein«, sagte die Frau.

Degas machte einen Schritt nach vorn. »Aber wir werden in der Hütte nicht erneut von euch angegriffen?«, fragte er.

Die Frau schüttelte den Kopf und zum ersten Mal sah Lara sie leicht lächeln. Sie betraten nacheinander die Behausung. Lara stolperte fast über eines der dicken Felle, mit denen der Fußboden ausgelegt war. Das Innere war sauber, es roch allerdings muffig.

Wahrscheinlich hielten sich die Waldmenschen seit Langem hier auf. Auf dem Boden brannten kleine Kerzen. In der hinteren Ecke der Hütte saßen sechs Waldmenschenkinder und ebenso viele Frauen und schauten ängstlich zu ihnen herüber. Während Vivian zurück zu den Hopies ging, setzten sich auch die männlichen Waldmenschen in die Hütte. Die alte Frau schloss die Tür und verriegelte sie, ehe sie sich in die Mitte des Raumes setzte.

»Freundlichen Besuch bekamen wir seit über zwei Jahren nicht mehr«, erzählte sie. »Damals verabschiedete sich die letzte andere Sippe aus dieser Gegend und zog nach Süden. Hier war es zu gefährlich geworden.«

»Warum seid ihr nicht mitgegangen?«, fragte Degas.

Die Frau zeigte auf die Kinder. »Unsere Kleinen waren viel zu jung, um zu reisen. Wir haben nicht gedacht, dass sich unsere Situation noch verschlimmern könnte. Doch es wurde schlimmer. Wir mussten in diesen Gebieten schon immer mit Attacken der Raubwehre leben. Im letzten Jahr gab es stetig mehr Übergriffe. Vor einem Jahr hatte dieses Dorf 30 Einwohner – heute sind wir noch 14. Die Raubwehre haben sich nicht mal mehr die Mühe gemacht, uns zu hypnotisieren. Sie sind einfach in die Hütten gekommen und haben einen nach dem anderen mitgenommen.«

Degas deutete in Richtung Schutzwall. »Das ist bei so einer schlecht geschützten Dorfanlage auch einfach«, bemerkte er vorsichtig.

Die Frau lächelte traurig. »Glaubst du, unser Schutzwall sah immer derart miserabel aus?«, fragte sie. »Vor wenigen Jahren hatten wir den stärksten

Schutzwall aller Sippen. Doch wir mussten leider die Erfahrung machen, dass er gegen entschlossene Raubwehre nicht standhalten konnte. Sie sind unglaublich stark und so entdeckten wir jeden Tag neue Löcher im Holz. Gleichzeitig fielen immer mehr von uns ihnen zum Opfer. Wir kamen mit den Reparaturen nicht mehr nach. Schließlich haben wir es aufgegeben. Wir bauten stattdessen diese stabile Hütte, wo wir uns seither jeden Abend versammeln und uns ruhig verhalten.«

Degas schüttelte den Kopf. »Das ist doch kein Leben. Arr-Hu! Warum brecht ihr jetzt nicht nach Süden auf? Eure Kinder sind groß genug zum Reisen.«

Lara beobachtete, wie die Frauen bei diesem Vorschlag enger zusammenrückten und die Männer leise grummelten.

»Wir haben zu große Angst, den Wald zu durchqueren«, sagte die Frau hoffnungslos.

»Ihr solltet dennoch schnellstens verschwinden«, wiederholte Degas.

Die alte Frau sah ihn nachdenklich an. »Würdet ihr uns mitnehmen?«, fragte sie hoffnungsvoll.

Degas hob die Hände. »Wenn wir nach Süden gehen würden, selbstverständlich. Unser Weg führt jedoch in den Norden. Wir suchen eine Stadt.« Degas erzählte von ihrem Vorhaben.

»Eine Stadt der Menschen weit im Norden?«, wiederholte die Frau. »Arr-Hu! Davon habe ich nie zuvor gehört.«

Einer der Jungen, die an der Hüttenwand saßen, sprang plötzlich auf. »Meinen sie vielleicht Seevis?«

Die Frau musterte ihn skeptisch. »Nein, bestimmt nicht. Dieses Dorf ist verflucht.«

Altus fragte nach. »Ein verfluchtes Dorf in der Nähe? Was heißt das?«

»Es soll zwei Tagesreisen weiter östlich ein Dorf geben, in dem angeblich Menschen wohnen. Der Überlieferung nach ist dieser Ort verflucht. Allerdings weiß niemand, warum. Wir meiden die östlichen Wälder, weil dort das Gebiet der Raubwehre beginnt. Dort soll es nur so von diesen Kreaturen wimmeln. Deshalb war seit Generationen kein Waldmensch mehr in diesen Breiten.«

Der Junge wippte mit den Füßen auf und ab. »Ich kenne den Weg zum Dorf«, sagte er schnell und stolz.

Die Frau warf ihm einen strengen Blick zu. »Arr-Hu! Was sagst du?«

»Es war eine Mutprobe. Damals mit Hasdar aus der Sippe von Fresda. Wir wollten den Weg zum Dorf finden und schauen, ob es wirklich verflucht ist.«

»Und?«, fragte Degas.

Der Junge zuckte mit den Achseln. »Es war gar nicht spannend. Wir schlichen uns an das Dorf heran. Es besitzt keinen Schutzwall, also konnten wir ungehindert sehen, was dort vor sich ging. Männer und Frauen liefen umher. Es waren alles Menschen. Aber es passierte nichts. Nachdem wir zwei Stunden im Gras gesessen hatten, ohne dass irgendetwas geschehen war, zogen wir ab. Wir waren enttäuscht, denn wir hatten gehofft, etwas Verfluchtes zu sehen. Aber es war alles ganz normal und langweilig.«

»Das Dorf existiert also tatsächlich«, stellte Degas fest.

»Das wird ein Nachspiel haben, kleiner Mann«, sagte die alte Frau. »Wir haben dir strengstens verboten, in die östlichen Wälder zu gehen.«

Der Junge protestierte halbherzig. Lara schien es jedoch, dass er in Wahrheit erleichtert war. Wahrscheinlich hatte er mit größerem Ärger gerechnet. Mehrere Männer räumten eine Ecke der Hütte frei und legten sie mit neuen Fellen aus.

»Wir würden uns freuen, wenn ihr über Nacht bleibt«, sagte die Frau.

Degas nahm die Einladung dankend an. Also informierte Lara Sina und Vivian.

»Ich werde Wache bei den Hopies halten«, sagte Altus.

Degas versprach, ihn in einigen Stunden abzulösen. Nachdem sich auch Vivian und Sina mit den Waldmenschen bekannt gemacht hatten, legten sie sich auf die weichen Felle. Lara und Wehras erzählten ihnen, was sie von dem Dorf Seevis erfahren hatten.

Vivians Augen leuchteten fasziniert. »Vielleicht ist das die Stätte des alten Volkes«, sagte sie hoffnungsvoll.

Die Nacht blieb ruhig. Als Lara die Augen öffnete, durchzog ein scharfer Geruch die Hütte. Direkt vor dem Eingang hatten die Waldmenschen eine Feuerstelle errichtet. In einem großen Topf brodelte eine milchige Flüssigkeit.

»Was riecht hier?«, fragte sie.

Vivian rümpfte die Nase. »Eine Mischung aus ranziger Ziegenmilch und Waldfrüchten«, erklärte sie. »Das ist die Hauptmahlzeit dieser Waldmenschen. Sie besitzen eine kleine Ziegenherde. Das ist alles, was ihnen geblieben ist.«

Lara stand auf und ging hinaus, während Vivian in der Hütte blieb. Direkt neben ihr schlief Altus noch tief und fest.

»Soll ich euch eine Schüssel mitbringen?«, fragte Lara.

Vivian lächelte. »Nur wenn es sich nicht vermeiden lässt.«

Als sie ins Freie trat, sah sie Degas, der gestenreich erklärte. Die Waldmenschen hörten ihm gespannt zu. Wehras und Sina standen an der Feuerstelle und hielten bereits Schüsseln in ihren Händen.

»Ist das genießbar?«, fragte Lara leise.

Wehras verzog das Gesicht. »Nein. Aber es soll sehr lange sättigen«, sagte er und nahm tapfer einen großen Schluck.

Danach schüttelte er sich. Die alte Frau befüllte, ohne zu fragen, eine weitere Schüssel und reichte sie Lara. Sie wollte nicht unhöflich sein und nahm sie dankend entgegen. Anschließend ging die Frau mit zwei weiteren dampfenden Schüsseln in die Hütte.

»Pech gehabt, Vivian«, murmelte Lara lächelnd.

Wenig später traten Vivian und Altus ebenfalls aus der Hütte. Vivian warf Lara einen gespielt bösen Blick zu. Als der Junge, der von Seevis erzählt hatte, an die Feuerstelle kam und seine Schüssel erneut auffüllte, fragte ihn Vivian, ob er den Weg dorthin wüsste und erklären könnte. Der Junge nickte und zeichnete mit einem Zweig die Route auf den Boden. Lara warf einen Blick zu Degas, der verschiedenen Waldmenschen auf die Schulter klopfte. Er kam zu ihnen herüber und lachte erleichtert.

»Ich konnte sie schließlich davon überzeugen, einen neuen und stabilen Schutzwall zu bauen«, freute er sich.

Sie wünschten den Waldmenschen alles Gute, als sie sich wenig später auf den Weg machten. Der Junge lief noch einmal zu ihnen. »Arr-Hu! Habt ihr meine Wegbeschreibung verstanden?«

Altus strich ihm über den Kopf. »Aber klar. Bei so einer guten Erklärung.« Altus zeigte in östliche Richtung. »Wenn wir nach Seevis wollen, müssen wir dort entlang.«

Vivian nickte energisch. »Die Überlieferung berichtet zwar von einer Stadt weit im Norden, aber ich denke, dass Seevis durchaus das Ziel unserer Suche sein kann.«

»Was macht dich so sicher?«, fragte Degas.

»Seevis hat keinen Schutzwall. Das Dorf muss also anders geschützt sein. Das alte Volk verfügte schon früher über Techniken dazu, die leider verloren gegangen sind. Bestimmt wird das Dorf daher auf eine fortschrittlichere Weise gesichert«, erklärte sie. »Seit unsere Vorfahren aus Alea ausgezogen sind, hat niemand mehr von ihnen gehört. Ich glaube, das ist beabsichtigt. Mir scheint, dass sie bewusst zurückgezogen leben. Um Neugierige von einem Besuch abzuhalten, haben sie das Gerücht gestreut, bei ihrer Siedlung handele es sich um ein Dorf, welches verflucht sei.«

Wehras nickte. »Das wäre eine Erklärung.«

»Wir sollten uns auf den Weg machen«, sagte Altus.

10. Die Verlorenen

Sie stiegen auf ihre Hopies und ritten los. Allmählich veränderte sich die Landschaft. Zuerst fiel Lara auf, dass es heller wurde. Der Wald wandelte sich. Laub bedeckte den Boden, da zwischen den hohen Tannen mehr Laubbäume standen. Es waren gewaltige Bäume, deren Stämme fast doppelt so dick waren wie die der Nadelbäume zuvor. Ihre Äste waren 30 oder 40 Meter lang und ergaben Kronen, unter denen man den gesamten Dorfplatz von Begus' Siedlung hätte aufbauen können. Da diese Bäume derart ausladend wuchsen, standen sie in viel größeren Abständen zueinander, weshalb das Sonnenlicht den Waldboden erreichte. Hier wuchsen nicht nur Moose und Farne, sondern auch unzählige Blumen und kleine Büsche. Lara sah Vögel, die auf den Zweigen der Büsche umhersprangen. Ihr Blick fiel auf etwas Wuseliges auf dem Boden. Zwei Schnecken so groß wie Volleybälle rannten durch die Gegend. Lara kräuselte die Stirn und schaute genauer hin. Auf den ersten Blick sahen die beiden Tiere tatsächlich wie Weinbergschnecken aus. Grün schillernde, runde Häuser zierten ihre Mitte. Aber sie besaßen Beine, fast so viele wie Tausendfüßler, und waren dementsprechend flink. Als sie an Lara vorbeifegten, erkannte sie, dass ihre Körper mit einem flauschig aussehenden, hellroten Fell bedeckt waren.

»Fellschnecken«, murmelte Lara leise vor sich hin und grinste.

Die Umgebung wurde hügeliger. Ihre Route führte leicht bergauf. Lara bemerkte es zunächst nicht, da die Hopies in unverändertem Tempo weitergingen. Erst als der Weg erneut abfiel und ein kleines Tal sich vor ihnen auftat, realisierte Lara die Anhöhe. Ab und zu kamen sie an Felsen vorbei, die sich mehrere Kilometer erstreckten und auf denen ebenfalls Bäume wuchsen. Kleine Wasserfälle durchzogen die Felsen und machten die Luft angenehm feucht. Als die Dämmerung einsetzte, schlugen sie ihr Lager auf einer Kuppe auf. Durch die Bäume hindurch sahen sie das Wasser eines kleinen Teichs schimmern.

Lara war noch nicht müde. Sie wollte ein bisschen durch den Wald streifen. Vielleicht konnte sie noch ein paar Fellschnecken entdecken? Weiter hinten stand einer der riesigen Bäume. Fasziniert blickte sie hinauf in das mächtige Geäst. Dadurch sah sie den Abhang zu spät, der direkt vor ihr etwa zwei Meter abfiel. Unter ihren Füßen geriet die weiche Erde in Bewegung und löste sich schließlich. Sie verlor den Halt, fiel die Böschung hinunter und schlug unsanft der Länge nach hin. Sofort spürte sie einen stechenden Schmerz. Ihr rechter Fuß traf beim Aufprall auf einen Stamm, der schon lange in dieser Senke gelegen haben musste. Mühsam richtete sie sich auf um ihren Fuß zu begutachten. Sie erschrak bei dem, was sie sah. Der Knöchel wurde schon dick. Sie konnte das

Gelenk nur unter größten Schmerzen bewegen. Fühlte sich so eine Bänderdehnung an? Oder war sogar etwas gerissen? Lara ließ sich wieder auf den Boden sinken und schloss für einen Moment die Augen. Das Pochen im Fuß wurde stärker und sie fragte sich, wie sie diese Schmerzen noch länger aushalten sollte. Sie musste die Anderen rufen. Sie konnte sich keinen Millimeter von der Stelle bewegen. Mit allerletzter Kraft setzte sie sich auf und schrie um Hilfe. Zumindest wollte sie schreien. Sie bemerkte jedoch, dass nur ein heiseres Krächzen aus ihrer Kehle kam. Sie begann zu zittern und legte sich wieder hin. Was sollte sie jetzt machen? *Jedenfalls nicht ohnmächtig werden!*, beharrte eine energische Stimme in ihrem Kopf.

Unvermittelt raschelte es über ihr, etwa dort, wo sie gestolpert war. Hatte Altus sie gefunden? Hoffnungsvoll schaute sie hoch. Dicht neben dem Baumstamm standen zwei Geschöpfe. Sie sahen kräftig aus, waren etwas kleiner als Waldmenschen und ihr graues Fell wirkte schmutzig und verfilzt. Sie besaßen einen stark ovalen Kopf, der Lara an einen liegenden Football erinnerte. Zwei schwarze, im Verhältnis viel zu kleine Augen in der Größe eines Hosenknopfes, schauten sie aufmerksam an. Die Nase bestand nur aus zwei kleinen Punkten, dafür zog sich ihr Gebiss über die gesamte Breite des Kopfes. Sie kicherten leise. Dabei entblößten sie vereinzelte stumpfe, runde Zähne und jede Menge Zahnlücken. Kurz darauf erschien noch eine dritte Kreatur. Sie funkelte Lara an und begann Geräusche zu machen. Es war ein merkwürdiges Schnattern, als wäre eine Ente heiser. Lara fand, dass sie trotz ihrer geringen Körpergröße wüst und gefährlich aussahen. Einen Moment standen sie unschlüssig herum, bevor sie mit einem gewaltigen Satz in die Senke sprangen. Angestachelt durch ihre Angst gelang es Lara den Kopf zu heben und sich auf ihre Unterarme abzustützen. Sie schrie noch einmal um Hilfe und stellte erleichtert fest, wie klar und deutlich dieses Wort jetzt ihren Rachen verließ. Überrascht von der Lautstärke sprangen die Wesen einige Schritte zurück. Dabei berührte eine der Kreaturen die Andere am Arm. Sofort knurrte die Erste wütend los. Nun knurrte auch die Andere. Ehe Lara wusste was geschah, sprangen sich die Wesen wild maulend an. Sie verloren das Gleichgewicht und wälzten sich auf dem Boden, dabei hauten sie sich mit ihren messerscharfen Krallen ins Gesicht. Als Lara schon davon ausging, sie würden sich gegenseitig umbringen, ließen sie unvermittelt voneinander ab und stellten sich wieder auf. Eine der Kreaturen hatte eine tiefe Wunde unterhalb des Auges, die Andere blutete aus ihren winzigen Nasenlöchern. Während Lara für einen Moment ihre Schmerzen vergaß und sich noch immer über das eben Gesehene wunderte, kamen sie langsam zischend auf sie zu. Als sie neben ihr standen, stieg ein strenger Geruch in ihre Nase. Lara fand, dass sie wie schlecht gewordene Milch dünsteten. Die Wesen streckten die Hände aus und stießen sie an, erst vorsichtig, dann immer heftiger. Dabei knurrten sie. Immerhin hatten sie ihre dolchartigen Krallen nicht ausgefahren. Trotzdem waren die Berührungen wie Messerstiche für sie. Der Schmerz war inzwischen vom Fuß bis hoch zum Oberschenkel geklettert und jede Erschütterung fühlte sich an, als ob tausend spitze Glasscherben in ihre Haut gebohrt wurden.

»Vorsichtig! Mein Fuß!«, flüsterte sie automatisch, ohne auf eine Reaktion zu hoffen.

Zu ihrer Überraschung jedoch verharrten die Wesen und starrten den inzwischen noch weiter aufgedunsenen Fuß an. Jetzt geschah alles sehr schnell. Zuerst merkte Lara, dass sich die dritte Gestalt nun direkt über ihr befand. Die Kreatur streckte die Arme aus und hielt Laras Kopf fest. Fast gleichzeitig griffen die anderen Wesen fest um ihre Beine. Ein ungeheurer Schmerz durchschoss ihren verletzten Fuß. Die Kreatur, die ihren Kopf hielt, drückte ihren Mund grob auf und flößte ihr eine übel riechende Flüssigkeit ein. Dann übernahm die permanent lauernde Ohnmacht die Kontrolle über Lara und ließ sie zusammensinken.

Sie wachte von irgendwelchen Geräuschen auf, direkt über ihrem Kopf hörte sie aufgeregte Stimmen.

»Arr-Hu! Hier ist sie«, freute sich Degas. »Sie muss gestolpert und ohnmächtig geworden sein«. Altus und Vivian beugten sich über Lara und klopften ihr sanft aufs Gesicht. Lara hob abwehrend die Arme.

»Vorsicht. Mein Fuß!«, stöhnte sie leise und schaute sich benommen um. Die Wesen waren verschwunden.

»Wie schön etwas von dir zu hören«, sagte Altus.

»Was ist denn mit deinem Fuß?«, wollte Vivian wissen.

»Kaputt. Wahrscheinlich sind die Bänder gerissen«, antwortete Lara müde und ärgerte sich über diese Frage. »Ist wohl kaum zu übersehen.«

Altus und Vivian wechselten einen schnellen Blick.

»Nun ruhe dich erst einmal ordentlich aus«, sagte Altus und wandte sich an Vivian. »Tragen wir sie zurück ins Lager. Ich den Kopf, du die Füße«. Lara wollte protestieren. Hatte der Wald die beiden blind gemacht? Sie spürte, dass ihr erneut schwarz vor Augen wurde und sie ließ es geschehen.

Als sie aufwachte, blickte sie in Wehras lachendes Gesicht.

»Altus und Vivian hatten schon Angst, dass du gehörig auf den Kopf gefallen bist, aber du hast, wenn überhaupt, nur eine kleine Gehirnerschütterung.«

Lara schaute ihn verständnislos an. »Mein Kopf ist nicht das Problem, sondern mein Fuß.«

Wehras nickte. »Wenn man stolpert, kann man sich schon ein paar dicke Blutergüsse holen. Aber ich versichere dir, weder die an deinen Beinen noch die an deinen Füßen sind besonders dramatisch.«

Lara setzte sich auf und schüttelte den Kopf. »Ja, siehst du denn nicht ...«, begann sie und stoppte mitten im Satz. Es war keine Schwellung mehr vorhanden. Eine große, dunkelrote Verfärbung zog sich vom Schienbein bis zur Ferse herunter. Fassungslos versuchte sie, den Fuß zu bewegen. Ohne Probleme konnte sie ihn kreisen lassen, auch die Zehen gehorchten den Impulsen. Es waren keinerlei Schmerzen zu spüren. »Das gibt es doch nicht!«, rief sie freudig.

Altus, Wehras und die Anderen kamen auf sie zu.

»Wohl wahr«, stimmte Sina zu, »du hast viel Glück gehabt, dass du dir nichts gebrochen hast.«

»Aber ich habe mich ziemlich schwer verletzt«, begann Lara und erzählte von dem Aufprall auf den Baumstumpf, den unsagbar quälenden Schmerzen und den merkwürdigen Wesen.

Sina blickte sie mit großen Augen an. »Du hast dich doch schwerer am Kopf gestoßen, als wir dachten. Solche Halluzinationen treten manchmal auf, wenn man mit Wucht irgendwo gegen haut.«

»Ich habe mir das mit Sicherheit nicht eingebildet.«

Der Rest der Gruppe verkniff sich jegliche Kommentare. Altus und Vivian schauten sich erneut an, aber sie konnte ihre Blicke nicht deuten. Wehras untersuchte den besagten Fuß ausgiebig und drehte ihn vorsichtig in alle Richtungen.

»Der Knochen ist fest. Und Bänder sind ganz sicher nicht gedehnt oder gerissen, sonst hättest du schon geschrien.«

»Ich möchte aufstehen.« Sina und Altus halfen ihr auf. Es kribbelte im Fuß, als Lara sich hinstellte, aber sie konnte sich ohne Mühe halten. Vorsichtig machte sie einen Schritt, dann einen Zweiten. Ohne Probleme konnte sie ihn abrollen und wieder aufsetzen. Sie ging im Kreis um die Gruppe herum und fühlte sich unglaublich erleichtert. »Ich habe keinerlei Beschwerden.«

Sina schaute sie skeptisch an. »Und du glaubst wirklich, diese komischen Wesen haben dich geheilt?«

»Das ist die einzige Erklärung. Außerdem habe ich noch immer diesen widerlichen Geschmack im Mund.«

»Beschreibe mir die Wesen bitte noch einmal genau«, bat Degas. Während Lara alle Einzelheiten wiedergab, nickte Degas mehrmals. »Ich kenne sie. Wir nennen sie Klettzen. Sie sind nicht gefährlich, da sie sich ausschließlich vegetarisch ernähren. Aber sie sind leicht reizbar, ständig übellaunig und sie prügeln sich gerne untereinander. Oft fallen sie, einfach nur zum Spaß, auch andere Tiere und Menschen an und taktieren sie mit Bissen und ihren scharfen Hieben. Nach einer Begegnung mit ihnen sieht man ziemlich ramponiert aus.« Er schaute auf Laras Fuß. »Dass sie allerdings noch weitere Fähigkeiten besitzen, ist mir neu. Ich habe noch nie gehört, dass sie anderen Lebewesen geholfen haben. Wir hielten sie bisher für rückständig und primitiv.«

Altus presste die Lippen aneinander. »Solange wir nicht wissen, was diese Geschöpfe vorhaben, sollten wir äußerst wachsam sein. Weder ich noch Degas haben sie gehört oder wahrgenommen. Das ist schon sehr beachtlich.«

Sie erreichten Seevis am Nachmittag des darauffolgenden Tages. Die Siedlung lag in einer Talsohle und war daher gut einsehbar. Das Seeufer war wenige hundert Meter entfernt. Große Laubbäume rahmten das Dorf ein. Wie der junge Waldmensch berichtet hatte, gab es keinen Schutzwall. Auch Zäune oder Gräben waren nicht zu erkennen. Ein Weg führte direkt in die Siedlung und schlängelte sich spiralförmig nach innen. Die Häuser waren gemauert. Holz war lediglich als verzierendes Element benutzt worden. Sie blieben eine Weile am Waldrand stehen und beobachten das Treiben in Seevis. Vereinzelte Menschen liefen auf den Straßen umher, ansonsten war es ziemlich ruhig. Soweit sie erkennen konnten, trugen die Menschen keine Waffen.

Altus stand auf. »Die Gemeinschaft sieht friedlich aus«, stellte er fest. »Wir sollten es wagen und das Dorf betreten.«

Sina reagierte wie immer ängstlich. »Und wenn wir dort nicht willkommen sind? Vielleicht mögen die Bewohner keine Besucher?«

Altus schüttelte den Kopf. »Dann hätten sie ihre Siedlung besser geschützt. Selbst der Weg, der direkt dorthin führt, ist nicht gesichert.«

»Arr-Hu! Möglicherweise sehen wir die Sicherung nur nicht«, gab Degas zu bedenken.

Altus nickte. »Trotzdem sollten wir es wagen.«

Als sie näher kamen, erkannte Lara, dass die Gebäude alt und verwahrlost aussahen. Die Steine, aus denen die Häuser gebaut worden waren, mussten früher weiß gewesen sein, nun waren sie schmutzig gelb, manche noch dunkler. Eine speckige Schicht lag über den Fassaden. In den Mauerfugen wuchsen Moose und kleine Unkräuter. Lara sah an Vivians grübelnden Blick, dass sie den Verfall der Gebäude ebenfalls bemerkte. Sie betraten die Siedlung ohne jegliche Probleme und näherten sich auf der äußeren Spirale langsam dem Dorfinneren. Die Straße war gepflastert, jedoch war sie in einem erbärmlichen Zustand. Unzählige Pflastersteine fehlten und große Löcher klafften überall. Degas führte die Hopies vorsichtig an den Stolperfallen vorbei.

»Das Dorf sieht heruntergekommen aus«, sagte Sina zu Vivian. »Vielleicht hat es vor Kurzem einen Kampf gegeben?«

Lara glaubte nicht daran. Die Pflastersteine fehlten nicht erst seit gestern. Hohes Gras war bereits in den Kuhlen gewachsen. Und die Hausfassaden mussten seit Jahrzehnten nicht mehr gesäubert worden sein. Es waren nur wenige Menschen auf der Straße. Erst als sie tief im Inneren der Siedlung waren, wurde es belebter. Lara bemerkte die Anspannung bei Degas und Altus. Sie waren bereit, bei Bedarf sofort ihre Waffen zu ziehen. Zu ihrer aller Überraschung wurden sie jedoch überhaupt nicht beachtet. Der Mann, der als Erster an ihnen vorbeiging, schaute sie nur gleichgültig an. Als Nächstes kam ihnen eine Frau entgegen, die keine Kenntnis von ihnen nahm, sondern interessiert auf ihre Fingernägel blickte. Lara drehte sich um und schaute ihr nach. Ihr knöchellanger Rock war an mehreren Stellen aufgerissen. Hinten fehlte ein Stück Stoff und die Oberschenkel blitzten hervor. Auch das Hemd des Mannes war löchrig und schmutzig gewesen.

»Habt ihr deren Kleidung gesehen?«, fragte Lara in die Runde.

Altus und Wehras nickten nachdenklich. Sie waren fast am Ende der Straße angelangt. Lara fiel auf, dass keine der Haustüren verschlossen war. Die meisten standen weit offen oder waren angelehnt. Als sie näher an den Häusern vorbeiging, sah sie, dass die Türen überhaupt keine Schließvorrichtung besaßen. Anscheinend hatten die Menschen hier keine Angst vor Dieben, mutmaßte Lara. Inzwischen hatten sie das Ende der Straße erreicht und befanden sich im Zentrum der Siedlung, wo ein seltsames, rechteckiges Gebäude stand, mit fünf nebeneinanderliegenden Türmen. Der rechte Turm war etwa sechs Meter hoch. Die anderen Türme waren jeweils höher. Alle waren durch einen Holzsteg verbunden. Direkt daran schloss sich eine ovale Halle aus Holz an. Zu Laras Überraschung stellte sie fest, dass dieses Gebäude über stabile Holztüren verfügte, die geschlossen zu sein schienen. Eine Weile standen sie mitten auf der Straße und betrachteten das Bauwerk.

Die Straße füllte sich. Mehr und mehr Dorfbewohner mussten sich um sie herumschlängeln, doch niemand sprach sie an. Altus war darüber ebenso verwundert wie Lara. Als ein älterer Mann vorbeiging, klopfte Altus ihm zweimal auf die Schulter. Der Mann blieb stehen.

»Wir sind auf Wanderschaft und haben heute euer Dorf entdeckt«, begann Altus das Gespräch.

Der alte Mann lächelte. »Das freut mich. Ich hoffe, es gefällt euch bei uns.«

»Euer Dorf ist schön«, lobte Altus. »Obwohl Reparaturen durchzuführen wären.«

»Was für Reparaturen?« Der Mann sah ihn verständnislos an.

»Die fehlenden Pflastersteine in eurer Straße sind eine Gefahr für Mensch und Tier. Man könnte böse stürzen. Gerade wenn es dunkel ist.«

Der Mann folgte Altus' Blick. »Ach ja«, sagte er und wurde still.

Altus sah Lara Hilfe suchend an.

»Wir würden die Nacht gerne hier verbringen«, wechselte Lara das Thema.

»Das ist sehr weise. In den Wäldern ist es gefährlich«, sagte der Mann ernst.

Lara nickte. »Gibt es denn in eurer Siedlung ein Gasthaus?«

»Natürlich. Ihr müsst daran vorbeigekommen sein. Es ist gleich hinter der übernächsten Biegung.«

Lara bedankte sich. Der Mann nickte freundlich, machte jedoch keine Anstalten zu gehen. Er sah zwischen Altus und Lara hin und her.

»Ist noch etwas?«, fragte Lara ihn.

Der Mann schüttelte den Kopf, dennoch blieb er stehen. Lara merkte, dass Altus sich veralbert vorkam.

»Vielen Dank für deine Auskunft. Du kannst ruhig weitergehen«, sagte er verärgert.

Der Mann runzelte die Stirn. »Wohin?«, fragte er.

»Du wolltest bestimmt dorthin«, sagte Altus und zeigte wahllos auf ein Haus.

»Ach, richtig«, antwortete der Mann, senkte den Kopf und schlurfte die Straße entlang.

»Komischer Vogel«, knurrte Altus.

Lara stimmte zu. »Aber immerhin können wir in Seevis übernachten«, sagte sie.

Das Gasthaus war schwer zu finden. Nur durch Zufall entdeckte Degas eine verwitterte verfallene Schnitzerei an einer der Hauswände. Sina berührte das Holz. »Die Schnitzerei muss einmal sehr filigran gewesen sein. Seht mal, wie schön die Einzelheiten aus dem Holz gearbeitet wurden.«

Degas nickte. »Vor langer Zeit«, stellte er fest.

Sie betraten durch die unverschlossene Tür das dunkle Hausinnere. Obwohl draußen die Sonne schien, brannten auf den Tischen Kerzen. Lara blickte instinktiv zu den Fenstern. Sie waren matt und eine braune Kruste ließ keine Sonnenstrahlen mehr durch. Der Schankraum war in einem bemitleidenswerten Zustand. Die meisten Tische waren zerbrochen und lagen umgekippt auf dem Boden. Einen Moment standen sie ratlos herum.

»Es scheinen nicht oft Gäste hierher zu kommen«, stellte Wehras fest.

Altus machte einige Schritte in den Raum. »Hallo, ist da jemand?«, rief er.

Unvermittelt raschelte es in einer Ecke und ein breitschultriger, bärtiger Mann kam auf sie zu. »Willkommen im ersten Haus am Platze.«

»Wir hätten gerne Zimmer für die Nacht«, sagte Altus zögerlich.

Der Wirt lachte. »Natürlich. Kommt mit. Ich zeige sie euch.«

Er ging eine schmale Treppe hinauf. Lara folgte als Erste. Als sie hinter dem Wirt hochging, stieg ihr ein unappetitlicher Geruch in die Nase. Sie warf einen Blick auf das Hemd des Wirtes und sah unzählige Essensreste daran kleben. So in etwa musste die Jacke eines Kochs aussehen, der sie von seiner Ausbildung an bis zur Pensionierung ununterbrochen getragen hatte. Natürlich ohne sie je zu waschen. Bei diesem Gedanken nahm sie sich vor, in diesem Gasthaus lieber nichts zu essen. Sie erreichten das obere Stockwerk. Der Wirt öffnete drei Türen.

»Drei Zimmer mit je zwei Betten. Ist das genehm?«, fragte er.

»Prima«, sagte Altus.

Alle zusammen betraten sie das erste Zimmer. Lara traute ihren Augen nicht. Auf den einfachen Holzbetten lagen unglaublich verfilzte Felle. Ein Stuhl stand auf drei Beinen und der Beistelltisch lag zusammengebrochen in der Mitte des Raumes. Die Luft war abgestanden, als ob das Zimmer seit Jahrzehnten nicht mehr gelüftet worden wäre. Ihre Schuhe hinterließen Abdrücke im Staub. Die anderen beiden Räume sahen nicht besser aus. Als sie zurück auf den Flur gingen, sah der Wirt sie fröhlich an.

»Ihr nehmt die Zimmer?«, vermutete er freudig.

Sina funkelte ihn böse an. »Dreckigere Zimmer habe ich noch nie gesehen«, schimpfte sie. »Wann hast du eigentlich zum letzten Mal sauber gemacht?«

Der Wirt schaute sie verdutzt an. »Ach ja«, murmelte er gedankenverloren.

Sina war in Fahrt gekommen. »Und für so ein Dreckloch sollen wir womöglich noch bezahlen?«, fragte sie böse.

Der Wirt schien nun vollends verwirrt. »Nein, nein. Ich glaube nicht«, antwortete er.

Sina runzelte überrascht die Stirn. »Also dürfen wir kostenlos übernachten?«, fragte sie skeptisch nach.

»Denke schon«, sagte der Wirt leise. Dann lachte er über das ganze Gesicht. »Ich muss zurück nach unten, falls mehr Gäste kommen. Wenn ihr etwas essen wollt, kommt einfach herunter.« Vergnügt stieg er die Treppe hinab.

Degas hob verzweifelt die Arme. »Was geht hier bloß vor?«

Vivian, die nichts gesagt hatte, seit sie das Dorf betreten hatte, schlug ärgerlich mit der flachen Hand gegen die Flurwand. »Irgendetwas stimmt nicht. Und ich war mir so sicher, dass wir das alte Volk gefunden haben. Es tut mir leid, Freunde.«

»Vieles sprach für deine Vermutung«, sagte Altus tröstend.

Wehras ging noch einmal in eines der Zimmer. »Wir sollten die Nacht trotzdem hier verbringen. Die Leute mögen schmutzig und faul sein, gefährlich sind sie nicht«, sagte er. »Keiner von ihnen trägt Waffen. Und was immer sie für ein Geheimnis haben, in diesem Gasthaus sind wir bestimmt sicherer als im Wald.«

Degas sagte, er würde trotzdem lieber zurück in den Wald gehen.

»Wir werden nur ein Zimmer benutzen und Wache halten«, schlug Altus als Kompromiss vor. »Unsere Schlafdecken haben wir sowieso dabei. Ich schlage vor, wir nehmen das mittlere Zimmer. Von dort können wir den Flur einsehen und durch das Fenster die Straße beobachten.«

Degas war dennoch nicht einverstanden. »Wir Waldmenschen mögen keine großen Häuser und engen Siedlungen«, stellte er fest. »Außerdem möchte ich die Hopies nicht allein in der Dunkelheit zurücklassen. Lasst mich mit den Tieren in den Wald ziehen. Dort finde ich ein gutes Versteck für die Nacht. Morgen bei Tagesanbruch komme ich zurück zu euch.«

Obwohl der Rest der Gruppe nicht begeistert davon war, Degas und die Hopies allein zu lassen, stimmten alle zu.

»Habt keine Angst. Ohne euch kann ich mich viel schneller bewegen. Und die Hopies sind ebenfalls sehr geschickt, wenn es darum geht, nicht gesehen zu werden«, sagte Degas und verabschiedete sich.

Nachdem sie den gröbsten Schmutz aus dem Zimmer beseitigt hatten, schoben sie die Betten an die Seite und breiteten davor ihre Schlafmatten aus.

»Werden wir denn überhaupt zum Schlafen kommen?«, fragte Sina in die Runde.

Vivian verzog das Gesicht. »Wer weiß. Zunächst müssen wir mehr über die Einwohner erfahren. Außerdem ist es ja noch hell.«

Sie verließen das Wirtshaus. Lara atmete tief ein und merkte erst jetzt, wie abgestanden die Luft im gesamten Gebäude gewesen war. Die Straße war gut gefüllt. Menschen liefen geschäftig umher oder standen vor den Häusern und unterhielten sich.

»Ich habe Hunger«, stellte Sina nach einer Weile fest. »Vielleicht gibt es irgendwo Verkaufsstände.«

Lara fand den Vorschlag gut. »Mir ist es auch lieber, nicht in dem Gasthaus essen zu müssen«, stellte sie fest.

Sie gingen erneut die gesamte Straße bis zu der Halle hinab, entdeckten jedoch keinen Markt oder fliegenden Händler. Altus blickte sich ratlos um. »Wahrscheinlich ist es zu spät«, vermutete er.

Vivian brummte kurz. »Ich habe keine Händler gesehen, als wir vorhin durch die Siedlung gingen«, sagte sie.

Vor dem Eingang eines Hauses entdeckte Lara einen blonden Mann. Sie hatte das Gefühl, sein Gesicht schon einmal gesehen zu haben.

Währenddessen hielt Sina eine Frau an, die die Straße entlangkam. »Wir sind fremd in dieser Stadt«, begann sie das Gespräch.

Die Frau lächelte sie freundlich an. »Oh, na dann, herzlich willkommen in Seevis«, sagte sie freudig.

»Vielen Dank. Wir möchten gern Essen erwerben. Wir finden aber keine Verkaufsstände«, erklärte Sina ihre Situation.

Die Frau schien nachdenklich. »Verkaufsstände? Habe ich auch noch nie gesehen.«

»Woher bekommst du denn deine Nahrung?«, fragte Sina spitz.

»Aus dem Schrank«, antwortete die Frau ernst.

Sina riss entgeistert die Augen auf und fragte: »Aus welchem Schrank?«

»Aus meinem Haushaltsschrank in der Küche«, erklärte sie.

»Und wenn die Nahrung in deinem Schrank aufgebraucht ist, woher bekommst du neue?«

»Aufgebraucht?«, fragte die Frau verständnislos und hantierte an ihrer zerrissenen Bluse herum.

»Ja. Alle. Alles aufgegessen und ausgetrunken. Was dann?«

Lara merkte, dass Sina Mühe hatte, ihre Stimme nicht zu erheben.

»Ach ja«, sagte die Frau verträumt.

Sina wartete einen Moment auf eine weitere Reaktion von ihr, doch Lara wusste bereits, dass sie nichts mehr sagen würde. Schließlich wandte sich Sina genervt ab.

»Langsam fühle ich mich verspottet«, sagte sie leise.

Nachdem die Frau weitergegangen war, schaute Lara wieder auf den Hauseingang. Der Mann lehnte inzwischen am Mauerwerk und rieb sich über seine schiefe Nase. Gerade gesellte sich eine Frau mit feuerroten Haaren zu ihm. Beide umarmten sich fest. Als Lara sie zusammen sah, wusste sie, woher sie den Mann kannte.

»Das gibt es nicht«, rief sie.

Die anderen drehten sich zu ihr herum.

»Was ist?«, fragte Vivian.

Lara zeigte auf das Pärchen. »Ich kenne sie«, sagte sie aufgeregt. »Sie waren in Helas' Lager.«

Wehras trat einen Schritt vor. »Ja. Genau. Ich erinnere mich auch an die beiden. Viel Kontakt hatten wir nicht, weil sie zu anderen Gruppen gehörten.«

Sina und Altus erkannten die beiden ebenfalls.

»Hast du mir nicht erzählt, dass niemand den Angriff der Raubwehre überlebt hat?«, fragte Vivian Altus.

»Das dachte ich ja auch. Wir sind extra noch einmal ins Lager zurückgekehrt und haben nach Überlebenden gesucht.«

»Vielleicht konnten sie in den Wald fliehen?«, vermutete Wehras. »Wir haben uns erst am nächsten Tag im Lager umgesehen. Bestimmt sind sie vorher geflüchtet.«

»Das ergibt keinen Sinn«, widersprach Altus. »Warum sind sie dann nicht zurück nach Alea gegangen?«

»Sie wollten ebenso wenig erneut verhaftet werden wie wir. Sie sind dem Seeufer gefolgt und kamen schließlich in Seevis an.«

Vivian hörte sich die Thesen kopfschüttelnd an. »Warum spekuliert ihr darüber?«, wunderte sie sich. »Wir fragen sie einfach.«

Sie ging auf das Pärchen zu. »Guten Abend«, sagte sie.

Die beiden lächelten freundlich. »Guten Abend«, antworteten sie im Chor.

Lara merkte, wie die Frau sie einen Moment ansah, ehe ihr Blick anschließend emotionslos weiterwanderte. Sie hatte Lara jedenfalls nicht erkannt. Auch Laras Freunde schienen weder sie noch der Mann zu erkennen. Nach einer kurzen Pause sagte Vivian: »Ihr seid ein hübsches Paar.«

Die Frau strahlte. »Danke sehr. Wir sind verliebt wie am ersten Tag. Obwohl dieser Tag schon fünf Jahre zurückliegt.«

»Fast sechs«, widersprach der Mann lachend.

Vivian lachte mit. »Meine Freunde glauben, euch zu kennen«, sagte sie.

»Das ist gut möglich«, antwortete der Mann. »Wir wohnen in diesem Haus.« Er zeigte auf das Gebäude hinter sich. »Es liegt ziemlich zentral.«

Altus breitete seine Arme aus. »Wir sind uns im Gefangenenlager der Schutztruppen von Alea begegnet«, sagte er und erzählte von dem Lager und dem Angriff. Das Pärchen hörte aufmerksam zu und lächelte anschließend.

»Ihr müsst euch irren«, sagte die Frau. »Wir wohnen seit langer Zeit in Seevis.«

»Hier haben wir uns kennengelernt«, meinte der Mann und strahlte erneut über das ganze Gesicht.

Lara wusste nicht, was sie davon halten sollte. »Was macht ihr eigentlich den ganzen Tag?«, fragte sie.

»Wir arbeiten.«

»Wo?«

Die beiden schauten sich überrascht an.

»Was für eine Frage«, sagte der Mann belustigt, schaute dabei aber an Lara vorbei auf die gegenüberliegende Häuserfront. »Es gibt immer etwas zu tun«, meinte er unsicher.

»Ja, euer Dorf hat schon bessere Zeiten erlebt«, sagte Lara. »Alles ist schmutzig oder zerstört.«

»Eben«, antwortete der Mann.

Sina versuchte nochmals, das Gespräch auf das Gefangenenlager zu lenken. Sie erzählte auch von Alea. Doch außer einem erstaunten Gesichtsausdruck konnte sie dem Pärchen keine weiteren Reaktionen entlocken.

»Wir sollten doch im Gasthaus essen«, sagte Altus unvermittelt.

Lara versuchte fieberhaft, das eben geführte Gespräch einzuordnen. Hatten sie sich getäuscht? Handelte es sich um eine Verwechslung? Sie glaubte nicht daran. Sie war sich nach wie vor sicher, die beiden erkannt zu haben.

Sina verzog das Gesicht. »Wieso?«, fragte sie.

»Weil wir mit unseren eigenen Vorräten sparsam umgehen sollten. Wer weiß, wie lange wir durch den Wald ziehen müssen. Wenn wir die Möglichkeit haben, im Gasthaus etwas Essbares zu bekommen, sollten wir sie nutzen. Egal, welche Qualität die Speisen haben.«

»Egal?«, wiederholte Sina verständnislos.

Altus lachte. »Na ja, genießbar sollte es zumindest sein.«

Als sie zurück in den Wirtsraum kamen, setzte draußen bereits die Dämmerung ein. Der Wirt stand regungslos hinter dem heruntergekommenen Holztresen.

»Wir würden in deinem Hause gerne speisen«, sagte Altus förmlich.

Der Wirt lächelte. »Mit dem größten Vergnügen.«

Sina ging an ihm vorbei. »Wo ist die Küche? Ich würde vorher gerne eure Lebensmittel sehen«, sagte sie.

Lara fiel auf, wie skeptisch der Wirt Sina ansah, als sie das Wort ›Küche‹ benutzte. Beim zweiten Satz lächelte er bereits wieder.

»Natürlich. Unsere Lebensmittel befinden sich im Schrank«, erklärte er und ging durch eine Tür.

Die Gruppe folgte. Nach wenigen Schritten stoppte der Wirt und öffnete einen rechteckigen Holzschrank. Überrascht bemerkte Lara, dass er in einem hervorragenden Zustand war. Das Holz war jung und lediglich eine kleine Schmutzschicht hatte sich auf ihm angesammelt. Der Wirt nahm eine Schale mit Körnern und ein Gefäß mit einer klaren Flüssigkeit heraus.

»Ich bringe euch das Essen an den Tisch«, sagte er.

Während Altus auf ihr Zimmer ging, um fünf Holzschalen zu holen, setzte sich die übrige Gruppe an einen der Tische.

»Die Körner sind frisch«, stellte Vivian fest, als der Wirt die Schüssel auf den Tisch stellte.

Anschließend verteilte der Wirt fünf tiefe Teller. Sie waren schmierig und rochen wie überreife Früchte.

»Wir haben unser eigenes Geschirr«, sagte Altus, der mittlerweile zurück war.

Achselzuckend nahm der Wirt seine Teller mit.

Vivian kostete die Flüssigkeit. »Frisches Wasser«, stellte sie erleichtert fest.

Sie bissen auf ihren Körnern herum und überlegten ihre weitere Vorgehensweise.

»Es muss in Seevis ein Dorfoberhaupt geben. Mit dem sollten wir sprechen«, schlug Vivian vor.

Sina nickte. »Und wir sollten ein paar ältere Bürger ansprechen. Möglicherweise können die uns ein wenig über die Geschichte dieser Stadt sagen. Die Gebäude waren bestimmt einmal sehr hübsch. Ich möchte wissen, warum sie nicht instand gehalten werden.«

»Sie waren nicht nur hübsch, sondern geradezu fortschrittlich«, sagte Altus. »Dennoch sollten wir unsere Nachforschungen auf morgen verschieben. Die Sonne geht gleich unter und ich möchte nicht in der Nacht auf Seevis' Straßen umherwandeln. Wenn ich an die Menschen denke, die uns bisher begegneten …«

Er beendete seinen Satz nicht. Lara hatte das Gefühl, dass Altus ihnen etwas verschwieg.

»Du hast eine Vermutung«, sagte sie knapp.

Altus sah sie ernst an. »Ja, die habe ich. Wir sollten uns zurückziehen und auf unser Zimmer gehen. Dann sage ich euch, was ich mir zusammengereimt habe.«

Sina ließ ihre Schale auf den Tisch fallen. »Vorher möchte ich einen Nachschlag.« Sie winkte den Wirt herbei und fragte nach einer weiteren Portion.

Der Wirt bedauerte. »Leider habt ihr alle Vorräte aufgegessen.«

»Ist wirklich nichts mehr da?«, fragte Sina enttäuscht nach.

»Nein, der Schank ist leer.«

»Kannst du nicht noch einige Portionen organisieren?«

»Wie denn? Der Schrank ist doch leer.«

»Und du kannst ihn nicht wieder auffüllen?«

»Ich? Nein. Wie soll ich das machen?« Er schaute sie ratlos an.

Plötzlich flog die Tür auf. Altus stöhnte. »Ich hatte recht«, raunte er ihnen zu. »Verhaltet euch unauffällig.«

Laras erster Gedanke war, dass in Seevis Straßenlaternen stehen mussten, die gerade angezündet worden waren. Vor ihren Augen tanzten gelbe Punkte. Die Erkenntnis, um was es sich bei den leuchtenden Kreisen handelte, kam ihr in dem Moment, als ein riesiger Koloss in der Tür erschien. Ein Raubwehr bückte sich tief unter dem Türrahmen hindurch und betrat den Wirtsraum. Er war ein ganzes Stück größer als das Exemplar im Gefängnis von Alea. Lara zuckte zusammen. Vivian wirkte wie erstarrt. Sina versuchte instinktiv, schnell aufzustehen. Wehras hielt sie blitzschnell fest und warf ihr einen strengen Blick zu. Lara rechnete damit, dass sie sich gleich warm und geborgen fühlen würde. Doch nichts geschah. Ihre Angst blieb, sie wurde sogar von Sekunden zu Sekunde stärker. Der Wirt, der noch immer an ihrem Tisch stand, drehte sich ohne Hast um. Er blickte dem Raubwehr direkt in die Augen und sagte fröhlich: »Guten Abend.«

Lara starrte ihn entsetzt an.

Altus neben ihr hielt betont gleichgültig seine Schale in den Händen. »Guten Abend«, sagte er und schaffte es ebenfalls, den Raubwehr anzuschauen, ohne eine Miene zu verziehen.

Der Raubwehr musterte die Anwesenden für wenige Sekunden, ehe er den Raum durchquerte. Lara bemerkte, dass er einen Leinensack neben sich herzog. Er verschwand in dem Zimmer, in dem sich der Vorratsschrank befand.

»Jetzt«, flüsterte Sina und wollte erneut aufstehen.

Wehras hielt sie erneut fest. Altus schüttelte streng den Kopf.

»Bleib sitzen, verdammt noch mal«, sagte er grob. »Wir werden uns genau wie der Wirt verhalten.«

Lara drehte sich um. Der Wirt stand hinter dem Tresen und guckte sie fröhlich an. »Wollt ihr noch etwas trinken?«, fragte er.

Während Altus laut überlegte und schließlich verneinte, hörte Lara zwei Türen knallen. Sie war sich sicher, dass es die Türen des Vorratsschrankes waren. Kurze Zeit später kam der Raubwehr zurück. Ohne sich umzublicken, verließ er den Raum und verschwand in der Dunkelheit. Die Gruppe blieb schweigend am Tisch sitzen. Es kam Lara wie eine Ewigkeit vor, bis Altus ihnen endlich ein Zeichen gab und aufstand.

»Schnell in unser Zimmer«, sagte er bestimmt, aber ruhig.

Plötzlich stand der Wirt hinter ihnen. »Ich habe gerade noch einmal im Schrank nachgeschaut. Es ist wieder Essen da. Möchtet ihr einen Nachschlag?«

»Nein danke«, sagte Lara. »Gibt es in dieser Gegend eigentlich Raubwehre?«, fragte sie unvermittelt.

Der Wirt fing herzlich an zu lachen. »Raubwehre? Du meine Güte, natürlich nicht.«

»Also?«, fragte Sina wenig später in ihrem Zimmer.

Altus lehnte die Tür an, die ebenfalls keinen Türgriff, geschweige denn ein Schloss hatte, und schob das Bett davor. Anschließend ging er ans Fenster und wischte vorsichtig den Schmutz von einer Ecke. Er nickte zufrieden. »Gut. Wenn wir uns ruhig verhalten, sollten wir für diese Nacht sicher sein«, sagte er.

Wehras ließ sich auf den Boden fallen. »Seevis steht unter einem Fluch der Raubwehre«, vermutete er.

»Nein«, sagte Altus. »Seevis steht unter keinem Fluch. Ich glaube, die Stadt wurde vor langer Zeit von ihren Bewohnern verlassen.« Er machte eine Pause und blickte dabei aus dem Fenster. »Wir haben uns stets gefragt, was die Raubwehre mit ihren Opfern machen, die sie nicht sofort fressen. Hier haben wir die Antwort.«

Wehras schaute auf.

»Sie bringen ihre Opfer nach Seevis?«

»Ja. Ich habe mir immer vorgestellt, dass sie dunkle Verließe haben, in die die Gefangenen gesperrt werden, um dort dahinzuvegetieren, bis sie schließlich aufgefressen werden. Mit dieser Variante hätte ich niemals gerechnet.«

Vivian stellte sich neben Altus und schob ihn sanft ein Stück zur Seite, um selbst hinaussehen zu können. »Seevis ist also das Verlies oder, besser ausgedrückt, die Speisekammer der Raubwehre«, sagte sie.

Altus nickte.

»Aber warum bleiben sie alle hier?«, fragte Sina verzweifelt.

»Weil sie unter Hypnose stehen«, antwortete Altus. »Deshalb reagieren sie auch so merkwürdig.«

»Und warum wurden wir nicht hypnotisiert?«

»Der Raubwehr ist natürlich davon ausgegangen, dass wir hypnotisiert sind. Alle, die in Seevis leben, wurden bei irgendwelchen Raubwehr-Angriffen hypnotisiert.« Altus lachte kurz. »In dieser Hinsicht ist Seevis sogar ein relativ sicherer Platz. Kein Raubwehr käme auf die Idee, dass in Seevis Menschen mit freiem Willen herumlaufen.«

Sina ging nervös im Raum auf und ab. »Wir müssen versuchen, so viele Menschen wie möglich von hier wegzubringen«, sagte sie.

»Das wird nicht leicht«, erwiderte Altus.

Als Sina antworten wollte, kam Vivian ihr zuvor. »Auf der Straße tut sich etwas.«

Lara drängte sich dicht an Vivian und spähte hinaus. Mehrere Menschen kamen die Straße herauf. Sie gingen lässig hintereinander her. Einige drehten sich immer wieder um und schienen miteinander zu scherzen. Als sie am Gasthaus vorbeikamen, zählte

Lara vier Frauen und sechs Männer. Begleitet wurden sie von mehreren Raubwehren.

Vivian berührte Lara an der Schulter. »Sieh mal, ganz hinten.«

Lara erkannte den Mann aus dem Gefangenenlager sofort. Seine hellblonden Haare schienen in der Dunkelheit zu leuchten.

»Seine Frau ist nicht dabei«, stellte Vivian fest.

Als der Konvoi um die nächste Kurve verschwand, entspannte sich Altus. »Ich glaube, die Raubwehre sind weg.«

»Wie kommst du darauf?«, fragte Wehras.

»Sie haben ihre Nahrungsration abgeholt und die Vorräte aufgefüllt. Mehr ist nicht zu tun.«

Sina schüttelte sich bei diesem Gedanken. »Wie lange wird diese Ration … werden diese Menschen sie satt machen?«, fragte sie stockend.

Altus hob die Hände. »Ich weiß es nicht. Niemand weiß, wie viele Raubwehre es in den Wäldern gibt. Geschweige denn, ob sie in einem Rudel zusammen leben oder viele einzelne Gruppen bilden. Möglich, dass die bedauernswerten Menschen für eine Weile reichen. Vielleicht holen sie sich morgen Nacht aber auch schon die nächsten.«

Als die ersten Sonnenstrahlen auf die Dächer fielen, wurden sie von Altus geweckt. Lara hatte schlecht geschlafen. Obwohl die Nacht ruhig gewesen war, war sie mehrmals aufgeschreckt und hatte sich jedes Mal neu orientieren müssen, wo sie sich im Augenblick eigentlich befand. Als sie in die Gesichter ihrer Freunde sah, wusste sie, dass sie nicht viel besser geschlafen hatten. Nur einer saß andächtig auf dem inzwischen an die Wand geschobenen Bett und lächelte.

»Degas!«, rief Lara froh.

»Hallo, Lara.«

»Hat dir Altus von unserem nächtlichen Besuch erzählt?«

Degas lachte. »Altus brauchte mir nicht viel zu erzählen«, sagte er und berichtete von seinen Erlebnissen. Nachdem er sich etwa hundert Meter von der Siedlung entfernt einen Lagerplatz gesucht hatte, waren die Hopies plötzlich unruhig geworden. »Ich wusste sofort, dass Raubwehre in der Nähe sind. Aber es war zu dunkel, um umzukehren und euch zu warnen. Ich schickte die Hopies weg, die sich ihr eigenes Versteck suchten, und kletterte auf einen großen Baum. Von dort hatte ich alles im Auge. Als ich gesehen habe, wie der Raubwehr das Gasthaus ohne euch verließ, war mir klar, dass Altus wohl den richtigen Schluss gezogen hatte und ihr in Sicherheit wart. Den Rest der Nacht habe ich herrlich geschlafen.«

Sina stellte sich entschlossen vor ihnen auf. »Ich möchte, dass wir so viele Menschen retten, wie möglich«, sagte sie energisch.

»Wir können es versuchen«, sagte Altus.

»Wer sollte uns daran hindern?«, fragte Sina verständnislos.

Degas schaute sie lange an. »Die Menschen selbst«, sagte er schließlich.

Sie traten auf die Straße. Nur wenige Einwohner von Seevis kamen ihnen entgegen. Ihr Verhalten hatte sich seit dem Vortag nicht verändert. Wieder nahm niemand Notiz von ihnen. Sie gingen zu dem Haus, in dem der Blonde mit seiner rothaarigen Frau gewohnt hatte. Altus stieß die Tür auf. Der Flur stand voller Unrat und es roch unerträglich. Eine Wendeltreppe führte nach oben. Altus trat auf die erste Stufe. »Hallo! Ist jemand da?«

Eine Tür im Erdgeschoss öffnete sich und die rothaarige Frau trat in den Flur. Sie wirkte ausgeschlafen und lachte fröhlich.

»Wohnst du mit deinem Mann in diesem Haus?«, fragte Altus.

Einen Augenblick schaute sie ihn erstaunt an. »Woher weißt du, dass ich einen Mann habe?«, fragte sie.

»Ich kenne ihn. Er hat hellblonde Haare. Ich bin ein Freund von ihm.«

Sie ging einen Schritt auf Altus zu. »Bringst du mir Grüße von ihm? Geht es ihm gut in Alea? Meine Güte, ich habe ihn seit fünf Jahren nicht mehr gesehen.«

Altus legte seine Stirn in Falten. »Bist du sicher? Ich habe euch erst gestern zusammen an der Hauswand lehnen sehen.«

Die Frau lachte melancholisch. »Das ist ein schöner Gedanke«, sagte sie. »Aber ich habe damals Arbeit in Seevis gefunden. Er wollte aus Alea nachkommen, sobald sich die Gelegenheit dazu ergab. Doch dann starb sein Vater und er musste dort bleiben. Im nächsten Jahr werden wir aber endlich wieder vereint sein.«

Sina wurde zunehmend ungeduldiger. Sie ging auf die Frau zu und packte sie an ihrer zerrissenen Bluse. »Du und dein Mann waren im Gefangenenlager der Schutztruppen«, rief sie und schüttelte die Frau heftig. »Es gab einen Raubwehr-Überfall und ihr wurdet beide hypnotisiert und nach Seevis gebracht. Letzte Nacht haben die Raubwehre deinen Mann abgeholt.«

Abrupt ließ Sina die Frau los. Die Rothaarige stolperte, fiel hin und schlug sich das Knie auf. Aus einer tiefen Wunde quoll Blut. Lara dachte daran, dass Schmerzen die Hypnose beeinträchtigen. Zumindest war dies bei ihr der Fall gewesen, als sie sich damals im Lager auf die verletzte Leiste geschlagen hatte. Vielleicht war es bei der Frau ebenso?

Sina streckte ihr die Hand entgegen. »Verzeihung. Das wollte ich nicht.«

Die Frau nahm ihre Hand und richtete sich auf. Sie zupfte kurz an ihrer Bluse herum. Ihr Knie beachtete sie nicht. Sie war Sina nicht böse – im Gegenteil. Sie lächelte sie freundlich an und versicherte, dass sie gewiss nie einen Raubwehr gesehen habe und ihr Mann wohlbehalten in Alea lebte.

»Ihr braucht euch überhaupt keine Sorgen zu machen«, sagte sie abschließend, trat zurück in das Zimmer und schloss die Tür.

»Genau das meinte ich«, bemerkte Degas, als Sina ihr hilflos hinterherschaute. »Keiner wird freiwillig diese Stadt verlassen.«

Als sie vor dem Haus standen, hielt Sina wahllos Männer und Frauen an, die vorbeigehen wollten. »Ihr seid hypnotisiert«, erklärte sie den Menschen. »Seevis ist eine alte, verlassene Stadt. Die Raubwehre haben euch hierher gebracht. Sie nehmen euch mit, wenn sie Hunger haben.«

Während manche der Angesprochenen herzlich über diese Sätze lachten, nahmen andere Sina spontan in die Arme und beruhigten sie.

»Du hast einen schlechten Traum gehabt«, sagte ein kräftiger Mann.

»Schau dich mal an«, protestierte Sina. »Dein Hemd hängt in Fetzen herunter, deine Hose hat Löcher und der Schmutz klebt dir an der Haut. Wann hast du dich das letzte Mal gewaschen?«

Der Mann schaute sie überrascht an. »Ach ja«, sagte er und ging einfach weiter.

»Wir müssen doch etwas tun«, sagte Sina verzweifelt.

Altus und Degas wechselten einen Blick. »Arr-Hu! Ein paar von ihnen könnten wir einfach mitnehmen«, schlug Degas vor. »Ob sie wollen oder nicht. Sie werden nicht wollen, aber wir können sie zwingen.«

Vivian nickte. »Wir werden sie also überreden, mit uns zu kommen. Notfalls mit Gewalt«, stellte sie fest.

»Ja. Daher ist es auch nicht möglich, alle zu retten. Höchstens vier bis fünf von ihnen«, sagte Degas.

»So wenige?«, fragte Sina traurig.

»Um mehr können wir uns nicht kümmern. Es wird schwierig genug werden.«

Lara beobachtete die Menschen, die vorbeigingen. »Wie sollen wir entscheiden, wer mit uns kommen darf?«, fragte sie.

Altus zuckte mit den Achseln.

Sina ging zurück zu dem Haus der Rothaarigen. »Ich möchte auf jeden Fall, dass diese Frau mit dabei ist«, sagte sie und trat ein.

»Hallo?«

Die Frau kam auf sie zu. »Hallo«, sagte sie freundlich, als wäre nichts geschehen.

Sina zögerte. »Erinnerst du dich an mich?«

»Nein. Wohnst du hier?«

»Ich möchte dir etwas zeigen. Kommst du mal mit nach draußen?« Sina hielt die Frau am Arm fest und begleitete sie auf die Straße.

»Noch vier«, sagte sie zu Degas.

Auf ihrem Weg zurück aus der Stadt nahmen sie drei Männer und eine weitere Frau mit. Altus hatte alle angesprochen und ihnen gesagt, dass er ihnen etwas zeigen wolle.

Sina lächelte glücklich. »Seht ihr. Das ging einfach«, freute sie sich.

Als sie die letzten Häuser der Siedlung passierten, wurden die Männer und Frauen aus Seevis plötzlich unruhig.

»Wohin gehen wir denn?«, fragte ein vollbärtiger Mann.

»In den Wald«, antwortete Sina.

Augenblicklich blieb der Mann stehen. »Das geht nicht«, sagte er entrüstet.

Auch die rothaarige Frau protestierte. »Im Wald ist es viel zu gefährlich«, erklärte sie ernst.

Sina wollte etwas erwidern, aber Altus schubste den Mann von hinten an.

»Weitergehen«, befahl er. »Diskussionen nutzen nichts«, erklärte er Sina.

Als sie das letzte Haus erreichten und der Weg sich vor ihnen die Anhöhe hinaufschlängelte, blieben alle Bewohner von Seevis unvermittelt stehen.

»Weiter geht es wirklich nicht«, verkündete der Vollbart.

»Hier ist es gruselig«, stellte die rothaarige Frau fest.

Ein anderer Mann bestand darauf, sofort nach Hause gebracht zu werden. Lara beobachtete, wie

Altus mehrere Stoffstreifen aus seiner Hosentasche nahm.

»Die habe ich aus dem Schmutzlaken geschnitten, das auf unserem Bett lag«, erklärte er auf ihren fragenden Blick hin. »Sie sind alt und schmutzig, aber ziemlich reißfest.«

»Der Weg ist ungefährlich«, versuchte Sina inzwischen zu beschwichtigen.

»Ist er nicht«, widersprach der Bärtige.

»Wir gehen jetzt zurück«, verkündete die andere Frau, eine stämmige Schwarzhaarige.

Sie wollte sich gerade umdrehen, als Altus an sie herantrat, ihre Arme nach hinten bog und ihre Hände mit einer geschickten Bewegung mit einem der Stoffstreifen zusammenband. Die Frau schrie erschrocken auf. Fast gleichzeitig fesselte Wehras auf dieselbe Weise den bärtigen Mann. Nachdem auch die anderen drei gefesselt worden waren, stellte Altus sich vor ihnen auf. »Wenn ihr nicht weitergehen möchtet, werden wir das selbstverständlich akzeptieren«, sagte er.

Lara schaute ihn überrascht an.

»Ihr müsst nicht weitergehen. Ihr dürft reiten«, erklärte Altus lächelnd, während sich Degas mit den Hopies näherte.

Ohne auf die Reaktionen der Gefesselten zu achten, packte er die Rothaarige unter den Achseln und hob sie auf ein Hopie. Lara sah, wie die Augen der Frau sich weiteten. Sie hatte panische Angst.

»Nein«, schrie sie. »Ich will nicht!«

Als die anderen ebenfalls auf den Hopies saßen, stieg der Lärmpegel rapide an. Die Gefesselten schrien aus Leibeskräften, als würden sie unendliche Qualen erleiden.

»So habe ich mir das nicht vorgestellt«, sagte Altus besorgt. »Bei diesem Radau hört man uns schon von Weitem.«

Degas nickte. »Auch wenn die Raubwehre tagsüber nicht aktiv sind, können wir nicht riskieren, mit einer lärmenden Truppe durch den Wald zu gehen.«

Wehras rupfte inzwischen verschiedene Gräser ab, die neben und auf der Straße wuchsen. Er schaute auf das zerrissene Hemd des Bärtigen. »Ist sowieso ein Fetzen«, sagte er zu sich selbst und riss ein Stück vom Ärmel ab. Diesen teilte er in fünf kleine Quadrate und umwickelte damit die Gräser. »Hier haben wir ein paar provisorische Knebel«, erklärte er. »Die Gräser wirken außerdem beruhigend.«

»Wir haben wohl keine andere Wahl«, stellte Altus fest und übernahm die unangenehme Aufgabe, den kreischenden Menschen die Knebel in den Mund zu stopfen. Anschließend band er weitere Fetzen des Lakens um ihre Köpfe, damit sie die Knebel nicht ausspucken konnten. Sina schaute die Gefesselten verstört an. Lara wusste, was sie dachte. Mit ihren angsterfüllten Gesichtern, den auf dem Rücken festgebundenen Armen und den Knebeln, sahen sie nicht aus, als ob sie gerade gerettet werden würden.

Sie kamen nur langsam voran. Die Befreiten zappelten auf den Hopies hin und her und Lara bemerkte, dass die Tiere nervös waren. Bestimmt spürten sie, dass sie sich im Gebiet der Raubwehre befanden. Degas ging voraus und hielt die Augen offen. Dann verschwand er für eine Weile im Wald.

Als sie das tiefe Schnattern hörten, war er gerade wieder zu ihnen gestoßen und hatte verkündet, dass niemand außer ihnen in der Gegend wäre.

Lara lächelte. »Bis auf die Klettzen.«

Degas schaute erschrocken um sich. »Ich habe sie vorher nicht gehört. Geschweige denn gesehen.« Er überprüfte den Sitz seines Dolches. Auch Vivian drehte sich unruhig hin und her.

Lara schüttelte grinsend den Kopf. »Ich verstehe nicht, warum ihr so besorgt seid. Ich glaube nicht, dass Klettzen uns etwas anhaben wollen.«

Ihre Worte hellten die Mienen der Freunde jedoch nicht besonders auf.

Sie hörten keine weiteren Geräusche mehr. Als sie ihr Mittagslager aufschlugen, bedauerte Lara zum ersten Mal, dass die Bäume nicht dicht beieinanderstanden. Sie saßen unter der Krone einer mächtigen Eiche, aber geborgen fühlte Lara sich nicht – sie fühlte sich ungeschützt. Und es waren nicht die Klettzen, die ihr Sorge bereiteten. Sie beobachtete Sina, die die Befreiten versorgte. Sie schauten genauso verschreckt wie zu Beginn der Reise. Auch ihre Füße hatte Altus nun vorsichtshalber zusammengebunden. Sina flößte der rothaarigen Frau Wasser ein, wofür sie den Knebel gelockert hatte. Als der Knebel aus ihrem Mund rutschte, fing die Frau jedoch sofort an zu schreien.

»Hilfe! Wir wurden entführt! Ich will zurück! Bitte! Bitte!«

Während Vivian ihr den Knebel zurück zwischen die Zähne presste, versuchte Sina, den übrigen Leuten Wasser am Knebel vorbei in den Hals zu träufeln.

»Und wie wollen wir ihnen Essen geben?«, fragte sie gerade, als irgendetwas im Wald knackte.

Degas, der vorauseilte, um die Gegend zu erkunden, kam auf sie zugerannt. Er schien besorgt. »Ich habe Raubwehre entdeckt«, sagte er. »Sie sind nicht mehr weit entfernt. Sie folgen unserer Spur. Wahrscheinlich haben sie unsere Witterung aufgenommen.«

Altus' Miene verfinsterte sich. »Wir dürfen heute keine Pause machen«, sagte er. »Wir müssen sofort weiter.«

Degas schüttelte den Kopf. »Wir können nicht weiter«, sagte er. »Die Raubwehre bewegen sich aus drei Richtungen auf uns zu. Es ist unmöglich, unbemerkt an ihnen vorbeizukommen.«

»Und jetzt?«, fragte Lara.

»Die einzige Richtung, die uns bleibt, ist der Weg zurück«, erklärte Degas.

Sina zuckte zusammen. »Zurück nach Seevis? Nie im Leben.«

»Wir haben keine Alternative. Sonst rennen wir den Raubwehren direkt in die Klauen.«

Altus nickte. »So schlecht ist diese Richtung nicht«, sagte er. »Direkt hinter Seevis liegt der See. Wir waten ins Wasser und verwischen auf diese Weise unsere Spuren.«

Es kam Lara vor, als ob sie den Rückweg erheblich schneller zurücklegen würden. Wahrscheinlich lag es daran, dass die Befreiten nun nicht mehr herumzappelten, sondern ruhig auf den Hopies sitzen blieben. Sie konnten es anscheinend kaum erwarten, zurück nach Seevis zu kommen. Kurz vor Seevis drehten sie jedoch wie besprochen ab, gingen durch den Wald und ließen die Siedlung auf der rechten Seite liegen. Sofort wurden die Befreiten unruhig. Nach einer knappen Stunde sah Lara plötzlich den See zwischen den Bäumen hindurchschimmern.

»Wir haben es geschafft«, rief sie glücklich.

»Noch nicht«, hörte sie Degas' gehetzte Stimme. »Die Raubwehre wissen, was wir vorhaben. Und sie haben uns gleich erreicht.«

Vivian schaute sich um. »Los, lasst uns die letzten Meter rennen«, rief sie.

»Gute Idee«, fand Sina und begann zu laufen.

Sie hasteten zwischen den letzten Bäumen hindurch und erreichten das Ufer. Lara blickte ängstlich zurück, aber sie konnte nichts erkennen. Der Wald war zu dunkel. Als die Hopies das Wasser erreichten, blieben sie schnaufend stehen.

»Hopies sind wasserscheu«, erklärte Altus. »Lasst uns schnell die Befreiten ins Wasser tragen.«

Lara hob ihre Hände. »Warte einen Moment, Altus.« Sie stellte sich zwischen die Hopies und strich durch ihre Mähnen. »Raubwehre sind hinter uns her«, flüsterte sie ihnen zu. »Wir können ihnen entkommen, wenn wir ins Wasser gehen. Wir müssen nicht tief in den See.«

Die Hopies schüttelten ihre Mähnen. Dann machte eines von ihnen einen behutsamen Schritt ins Wasser. Die anderen folgten. Schließlich standen sie etliche Meter vom Ufer entfernt bis zum Bauch im Wasser. Lara streichelte über ihre Flanken.

»Gut gemacht«, flüsterte sie zufrieden.

Degas sog beeindruckt die Luft ein. »Du scheinst einen ganz besonderen Draht zu den Tieren zu haben«, stellte er fest. »Sie haben deine Bitte erfüllt, obwohl sie Wasser hassen.«

Lara registrierte zufrieden, dass selbst Vivian sie bewundert ansah.

»Wie hast du das gemacht?«, fragte sie begeistert.

»Es ist eigentlich ganz einfach«, erwiderte Lara. »Du musst mit ihnen sprechen.«

Minutenlang verharrten sie im bauchnabeltiefen Wasser. Degas hielt seinen Kopf schief und horchte angestrengt in die Stille. Aufgrund seiner Größe schwappte ihm das Wasser bereits über das Kinn. »Sie sind nicht mehr weit«, flüsterte er.

Lara konnte beim besten Willen keine Geräusche hören.

Plötzlich wurde es hektisch. Zuerst verstand Lara nicht, was vor sich ging. Jemand riss an ihrer Schulter und sie verlor das Gleichgewicht. Sie fiel ins Wasser und ihr Kopf tauchte einen Moment unter. Als sie prustend an die Oberfläche kam, sah sie mehrere Personen zum Ufer wanken.

»Haltet sie auf«, rief Sina neben ihr hektisch.

Jetzt erkannte Lara, dass die Befreiten von ihren Hopies gesprungen waren und sich, so gut es ihre Fesseln zuließen, auf das Land zubewegten. Dort warteten bereits die Raubwehre und gingen unruhig auf und ab. Ins Wasser schienen sich die Bestien nicht zu trauen.

»Sie gehen freiwillig zurück zu den Raubwehren«, schrie Sina und wollte hinterherlaufen.

Altus packte sie an den Schultern. »Blieb hier«, sagte er streng. »Du kannst nichts mehr für sie tun. Sie stehen zu sehr unter dem Einfluss der Raubwehre. Sie sind verloren.«

Lara beobachtete fasziniert und angewidert zugleich, wie die ersten von ihnen das Ufer erreichten. Die rothaarige Frau und der bärtige Mann strahlten über das ganze Gesicht, als sie von einem Raubwehr Richtung Wald gezogen und von ihren Fesseln befreit wurden. Als der Mann auch noch vergnügt zu winken begann, als er ihren Blick bemerkte, wandte Lara sich schaudernd ab.

»Was geht bloß in Köpfen dieser armen Menschen vor«, stieß sie traurig hervor.

Altus nahm sie in die Arme. »Durch die Hypnose betrachten sie die Raubwehre nicht mehr als Bedrohung, sondern als ihre besten Freunde. Bei ihnen fühlen sie sich geborgen. Wir können nichts mehr für sie tun.«

Gebannt verfolgten sie, wie zwei Raubwehre die Einwohner von Seevis in den Wald führten. Ein letztes Mal sah Lara den mächtigen Rotschopf der Frau, dann war sie hinter den Bäumen verschwunden. Altus wechselte einen schnellen Blick mit Degas.

»Wir müssen tiefer ins Wasser«, sagte er alarmiert. »Degas, setzt dich auf ein Hopie, damit du nicht untergehst.«

»Warum denn?«, fragte Wehras. »Ich fühle mich ganz sicher.«

Auch Lara fand es irgendwie gemütlich, hier zu stehen. Das warme Wasser umspielte ihren Unterkörper und sie fühlte sich entspannt wie bei einem Badeurlaub.

»Die Raubwehre versuchen, uns zu hypnotisieren«, rief Altus. »Sie wollen uns an Land locken.«

Lara verstand, was Altus sagte. Trotzdem fiel es ihr schwer, seine Anweisungen zu befolgen. Warum sollte sie weg? Genau hier, wo sie stand, war es am schönsten. Obwohl, noch schöner wäre es weiter zum Ufer hin … Eine kräftige Hand schloss sich um ihren Oberarm.

»Komm, Lara«, sagte Vivian streng. »Lass uns tiefer ins Wasser gehen.«

Ohne eine Antwort abzuwarten, zog Vivian sie mit sich. Lara versuchte, sich zu wehren, aber ihre Freundin war stärker. Ohne besondere Anstrengung führte Vivian sie tiefer in den See. Dort blieben sie einfach stehen. Lara konnte nicht mehr sagen, wie viel Zeit vergangen war, aber irgendwann atmete Degas, geräuschvoll aus.

»Arr-Hu! Ich spüre nichts mehr, sie sind weg.«

Schweigend wateten sie zum Ufer. Sina hatte noch immer Tränen in den Augen und auch Lara hätte sich die Haare raufen können, wenn sie an die Gefangenen dachte, die sie doch einfach nur retten wollten. Sie marschierten weiter nach Norden, da sie so viel Abstand von Seevis und den Raubwehren gewinnen wollten, wie möglich. Am Abend passierten sie eine Lichtung, die direkt vor einem großen Felsen lag und schlugen ihr Lager auf.

»Was machen wir jetzt?«, fragte Sina. »Suchen wir weiter nach der Stadt des alten Volkes?«

Vivian nickte. »Vielleicht liegt hinter Seevis noch eine Stadt? Lasst uns weiter nach Norden gehen. Die Waldmenschen brauchen Verstärkung.«

»Oder wir kehren einfach wieder um«, warf Sina ein.

Degas wog den Kopf hin und her. »Ich glaube nicht, dass wir in absehbarer Zeit auf eine weitere Stadt treffen werden. Zurückgehen kommt allerdings auch nicht in Frage, denn genau darauf spekulieren die Raubwehre. Sie werden warten und uns empfangen. Da können wir ebenso gut noch eine Weile nach Norden wandern. Bestimmt ergibt sich in ein paar Tagen eine Gelegenheit, in einem weiten Bogen an den Raubwehren wieder nach Süden und zurück in unsere Wälder zu ziehen, wenn wir das wollen.«

Altus brummte. »Gut. Das hört sich vernünftig an. Damit müssen wir jetzt noch nicht entscheiden, wohin uns unser Weg schließlich führen wird.«

»Einverstanden«, sagte Vivian. »Lasst uns jetzt schlafen gehen, es war ein heftiger Tag.«

Altus schaute Degas an. »Auch du musst dich ausruhen. Dafür bist du in den letzten Stunden zu oft durch den Wald gehastet. Ich bin fit. Ich bleibe wach.« Degas nahm das Angebot dankbar an und er legte sich neben Lara auf seine Schlafmatte.

11. Die Retax

Als Lara aufwachte, dämmerte es schon. Müde schaute sie auf ihre Freunde. Sie schliefen noch. Nur Altus war wach. Lara richtete sich auf und wollte aufstehen, als sie mitten in der Bewegung verharrte. Altus war doch eingeschlafen, er schnarchte leise und seine Augen waren geschlossen. Er hatte lediglich im Traum mit dem Oberkörper gezuckt. Das war ungewöhnlich. Bisher hatte Altus bei keiner seiner zahlreichen Wachen Ermüdungserscheinungen gezeigt. Noch ungewöhnlicher war allerdings der Anblick der beiden Wesen, die in diesem Moment neben Altus auftauchten. Sie schauten etwas gelangweilt umher, bis sie sahen, dass Lara wach war. Es waren Klettzen. Schnatternd kamen sie auf sie zu. Reflexartig erhob sich Lara und ging einige Schritte zurück.

»Keine Panik«, wisperte die linke Klettze.

»Ihr könnt sprechen?«, fragte Lara erstaunt.

»Der nicht«, sagte sie zischend und zeigte auf ihren Kumpel.

»Wohl«, hauchte die andere Klettze und haute der Linken auf die Nase. Sofort entbrannte eine wüste

Schlägerei. Beide Klettzen jaulten und knurrten. Wie Lara verwundert feststellte, schliefen die Anderen trotz des Lärmes ungestört weiter. Eine Minute später standen die beiden Klettzen wieder vor ihr, als sei nichts gewesen. Die Linke blutete aus dem Mund, dafür hatte die Rechte vier tiefe Kratzer im Gesicht.

»Wir kommen um dich zu warnen.«

»Was ist denn?«, fragte Lara neugierig.

»Ihr verlasst jetzt das Gebiet der Raubwehre.«

Lara runzelte die Stirn. »Aber das ist doch gut.« Die Klettzen schauten sich an und zischten leise.

»Nein. Ist es nicht. Denn hier beginnt das Gebiet der Retax. Und die Retax sind wieder aktiv.«

»Was sind Retax? Wir müssen weiter in den Norden. Wenn wir zurückgehen, warten die Raubwehre«, erklärte Lara.

»Wissen wir. Deshalb kriegst du das hier.« Eine der Klettzen hielt ihr ein Fläschchen entgegen, welches Ähnlichkeit mit einem Reagenzglas hatte. »Wenn Retax in der Nähe sind, trinkt einige Tropfen davon.«

»Und dann?«, fragte Lara.

»Wirst schon sehen. Es schützt euch.«

Sie nahm das Fläschchen in die Hand. Die Flüssigkeit war blau und fühlte sich warm an. Das Glas selbst war schmutzig und schleimig und blieb sofort an ihrer Hand kleben.

»Warum helft ihr mir?«, fragte sie und blickte in die kleinen, runden und schwarzen Augen der Geschöpfe. Die Klettzen zischelten etwas Unverständliches und gingen wieder zu Altus. Eine beugte sich über ihn und berührte ihn leicht an der Stirn. Altus stöhnte leise. Dann verschwanden sie ruhig und geordnet hinter den Bäumen. Sekunden später öffnete Altus seine Augen. Überrascht schaute er Lara an.

»Was ist passiert? Bin ich etwa eingeschlafen?«

»Ja, aber ich glaube, du hattest keine Schuld.« Lara erzählte von dem Vorfall und zeigte Altus die Flasche. Altus nahm sie mit den Fingerspitzen entgegen.

»Was klebt da denn alles dran?«, fragte er angewidert. Er nahm ein besonders großes Eichenblatt, umwickelte damit das Fläschchen und gab es Lara zurück.

»Hast Du schon einmal von den Retax gehört?«, fragte Lara.

»Vor Jahren. Aber das sollten wir mit den Anderen besprechen.«

Eine halbe Stunde später saß die Gruppe beim Frühstück zusammen und Lara wiederholte, was sich am frühen Morgen zugetragen hatte.

Altus schaute ernst in die Runde. »Vor vielen Jahren hat mir ein Holzfäller von Kreaturen erzählt, die sich unglaublich schnell bewegen können und so für ihre Feinde fast unsichtbar sind. Er nannte sie Retax.«

»Arr-Hu! Auch ich habe von den Retax schon gehört«, sagte Degas. »Sie erscheinen alle fünf bis sechs Jahre wie aus dem Nichts und machen die Wälder unsicher. Ebenso schnell sind sie dann auch wieder für mehrere Jahre verschwunden. Schon meine Urgroßmutter erzählte von ihnen. Aber niemand weiß, woher sie kommen oder wohin sie gehen. Es gibt kaum Menschen, die einen Retax gesehen haben und darüber berichten können, denn diese Ungeheuer essen Menschen. Ich selbst habe noch keinen zu Gesicht bekommen, aber mein Vater hat behauptet, bei einem Jagdausflug im Wald auf einen Retax gestoßen zu sein. Er berichtete, dass er grün war und eine menschliche Gestalt besaß.«

Sina schüttelte sich. »Das hört sich gefährlich an. Wollen wir trotzdem weiter gehen?«

Altus nickte. »Wir haben keine andere Wahl. Ansonsten erwischen uns die Raubwehre.«

Die Gegend wurde bergiger. Es gab nicht nur kleine Hügel und vereinzelte Felsen, sondern die ersten hohen Gebirgszüge tauchten vor ihnen auf. Nach wie vor mischten sich Eichen mit Tannen und kleineren Büschen, aber es lagen zunehmend mehr Gesteinsbrocken herum. Zunächst sahen sie einzelne Felsen, die aber mit der Zeit immer breiter und ausladender wurden. Schließlich ragten Steinmassive aus der Erde, die die Größe der Stadtmauer von Alea besaßen. Zwischen den Felsen gab es unzählige Spalten und Hohlräume.

Zur Mittagszeit entdeckten sie die erste größere Höhle. Kurz bevor die Dämmerung einsetzte, fanden sie, zwischen mehreren umgestürzten Felsbrocken, einen gewaltigen Hohlraum. Sie führten die Hopies hinein und bereiteten sich auf die Nacht vor.

Sina schaute unbehaglich zum Eingang. »Wenn die Klettzen die Wahrheit gesagt haben, befinden wir uns im Revier der Retax.«

Degas nickte. Lara hatte beobachtet, dass er sich ebenfalls nicht wohl zu fühlen schien. »Kein Problem«, sagte er schnell. »Ich werde auf einen Baum in der Nähe steigen und euch bewachen.« Hastig aß er seine Mahlzeit auf und verschwand aus der Höhle.

Lara fühlte sich unruhig. Sie spürte das Fläschchen der Klettzen in ihrer Tasche und fragte sich, wie sie es einsetzen sollte, wenn plötzlich eine Meute Retax die Höhle stürmen würde. Zeit genug, damit alle einige Tropfen nehmen konnten, würde wohl kaum bleiben. Sie musste auch daran denken, dass Degas und Altus nach wie vor nicht sehr gut über die Klettzen dachten. Konnte sie wirklich sicher sein, dass das Gebräu helfen würde? Lara holte das Fläschchen hervor. Die trockenen Blätter, mit denen Altus es eingewickelt hatte, knisterten in ihrer Hand. Sie löste den Verschluss, bei dem es sich um eine Art Korken handelte. Sofort stieg ihr ein übel riechender Duft in die Nase. Der blaue Trank roch nach verwestem Fleisch. Laras Bauch zog sich zusammen und sie musste würgen. Nur mit Mühe behielt sie das Abendessen bei sich.

Nachdem sie sich gefangen hatte, tauchte sie ihren Finger in das Fläschchen. Die Flüssigkeit klebte wie Honig und färbte ihn augenblicklich blau. Als sie ihn herauszog, haftete eine sirupartige Masse am Finger. Wieder stieg ihr dieser bestialische Geruch in die Nase. Ohne lange nachzudenken, steckte sie sich den Finger in den Mund. Immerhin hatte sie die Heilkräfte der Klettzen hautnah mitbekommen. Da sie erneut merkte, dass die nächste Würgeattacke nicht weit war, schluckte sie den Sirup augenblicklich hinunter. Die Tränen schossen ihr in die Augen und sie schüttelte sich, aber die Flüssigkeit blieb in ihrem Magen. In gebückter Haltung wartete Lara einen Augenblick ab und rechnete damit, Bauchkrämpfe zu bekommen. Aber es geschah nichts. Auch sonst passierte keinerlei Veränderung mit ihrem Körper. Enttäuscht blickte sie auf das Gefäß. Außer dem widerlichen Geschmack im Mund spürte sie überhaupt nichts. Wirkte das Zeug bei Menschen vielleicht gar nicht? Sie beschloss, nicht zu erwähnen, dass sie bereits von dem Trank gekostet hatte. Vielleicht setzte die Wirkung in irgendeiner Weise später noch ein. Vivian riss sie aus den Gedanken, als sie gestikulierend auf sie zu kam.

»Du musst dir unbedingt ansehen, was Wehras und Altus dort hinten gefunden haben.«

Vivian nahm ihre Hand und zog sie in eine dunkle Nische der Grotte. Hier wehte ein frischer Luftzug. Wehras hatte Holz gesammelt und ein Feuer entfacht. Das Licht der Flammen erhellte die Wände. Vivian zeigte auf den Boden. Dort lagen, fein säuberlich nebeneinander drapiert, jede Menge Knochen. Erst allmählich erkannte Lara, dass es sich um zwei Skelette handelte. Das Eine stammte von einem kleinen Menschen oder einem Waldmenschen. Aber der Kopf fehlte. Die Knochen waren grau und brüchig, wahrscheinlich lagen sie schon lange Zeit in dieser Höhle. Das zweite Skelett hielt sie zunächst für ein großes Reh oder Hopie. Erst allmählich realisierte sie, dass es sich ebenfalls um einen Zweibeiner gehandelt haben musste, der eine aufrechte Gangart beherrschte. Die Knochen des mächtigen Brustkorbes waren fast zwei Meter lang.

Lara schaute Vivian an. »Ist es das, was ich vermute?«

»Wenn du an einen Raubwehr denkst, hast du wohl Recht.«

Fasziniert begutachtete sie den Knochenhaufen. »Jagen die Retax auch Raubwehre?«, fragte sie ungläubig.

»Sieht so aus.«

Wehras kam zu ihnen. Er hielt verschiedene Lederstücke in seinen Händen. »So sieht die aussortierte Garderobe der Retax aus.« Er legte die Kleidungsstücke hin. Lederteile, die grob miteinander vernäht und verknotet wurden, ergaben eine Weste und einen Lendenschutz. Beide Kleidungsstücke waren zerrissen und deshalb wohl zurückgelassen worden.

Sina schaute sich die Weste an. »Von feiner Handwerkskunst würde ich nicht sprechen, aber gänzlich ungeschickt sind die Retax nicht.«

»Das macht sie umso gefährlicher«, meinte Altus. Als sich Lara auf ihre Decke legte, war sie angespannt. Es war ein komisches Gefühl, dort zu übernachten, wo bereits die Retax gehaust hatten. Außerdem spürte sie nach wie vor keine Wirkung des Trankes. Jetzt gab es nicht mal mehr einen komischen Geschmack im Mund.

Am nächsten Tag passierten sie die Kuppe des Berges. Lara hatte gehofft von hier oben über die Landschaft dieser Gegend schauen zu können, aber die Bäume standen so dicht zusammen, dass sie nur einige Meter weit blicken konnte. Degas ließ es sich jedoch nicht nehmen auf eine besonders hohe Eiche zu klettern. Als er wieder hinabstieg, schüttelte er den Kopf. »Ich habe nichts als Wald gesehen.« Kurz darauf hörten sie wieder Schnattergeräusche. Sie klangen hektischer und lauter. Lara hätte gerne eine der Klettzen zu Gesicht bekommen und sie gefragt, was sie bei der Anwendung des Trankes falsch gemacht haben könnte. Aber sie zeigten sich nicht. Sie begleiteten die Gruppe im Verborgenen. Über den ganzen Tag verteilt hörten sie ihre Rufe, mal sehr nah, dann wieder weiter weg. Erst als sie am Abend eine kleine

Höhle fanden und sich auf die Nacht vorbereiteten, schienen die Klettzen verschwunden zu sein. Vor der Höhle lag ein umgekippter Findling, der von den letzten Sonnenstrahlen beschienen wurde. Sie setzten sich auf ihn und genossen das Licht. Lara machte für einen Augenblick die Augen zu. Sie hörte Altus sagen: »In einigen Tagen müssen wir uns Gedanken um unsere Vorräte machen. Dann müssen wir auch entscheiden, ob wir wieder zurück zu den Siedlungen der Waldmenschen gehen, damit zumindest wir im Kampf gegen die Soldaten behilflich sein können.« Direkt im Anschluss vernahm sie ein heiseres Lachen und die Worte »Jetzt nicht mehr.«

Überrascht schlug Lara die Augen auf. Sie waren nicht mehr alleine auf dem Felsen. Fünf Kreaturen saßen bei ihnen. Auf den ersten Blick dachte Lara, sie sah besonders gut gebaute Holzfäller, die sich grün angemalt hatten. Dann erkannte sie mehr Einzelheiten. Die borstige Haut war dunkelgrün und eine perfekte Tarnung im Wald. Auch wenn sie eine Menschengestalt besaßen, waren sie doch viel muskulöser und mindestens zweieinhalb Meter hoch. Gelbe Augen blickten mit schmalen, schwarzen Pupillen umher. Die Kreaturen hatten keine Haare, dafür wucherten in ihren Gesichtern besonders viele dicke Borsten, die ihnen ein Aussehen verlieh, als würden lauter spitze Nadeln in ihrer Haut stecken. Keiner von ihnen hatte sie kommen gehört. Für Lara wirkte es, als ob sie aus dem Nichts auf diesem Felsen erschienen waren. An den Reaktionen ihrer Freunde merkte sie, dass sie ebenso perplex waren. Altus und Vivian wollten nach ihren Waffen greifen, aber ihre Hände langten ins Leere. Ein Retax schaute sie amüsiert an und spielte mit verschiedenen Schwertern,

Messern und Dolchen, die in seinem Schoß lagen. Lara erkannte, dass es sich um ihre Waffen handelte. Die Retax mussten in sekundenschnelle nicht nur auf den Felsen geklettert sein, sondern ihnen dabei auch noch die gesamte Ausrüstung abgenommen haben. Sie setzte sich langsam auf und stellte verwundert fest, dass sie ihren kleinen Dolch noch hatte. Degas versuchte, durch einen schnellen Sprung auf einen umliegenden Baum zu flüchten. Ohne große Anstrengung packte ihn jedoch ein Retax am Bein.

»Wenn noch einmal jemand versucht zu entkommen, zerlegen wir euch gleich an Ort und Stelle«, sagte ein Retax, der eine ähnliche Weste trug, wie die, die sie in der Höhle gefunden hatten. »Wie dumm seid ihr, dass ihr es wagt, in unsere Wälder einzudringen?«, fragte er fast etwas amüsiert.

Altus klang erstaunlich gelassen, als er antwortete. »Ich wusste gar nicht, dass die Wälder irgendjemanden gehören.«

Lara rechnete damit, dass der Retax aufspringen, und Altus einen Schlag für diese Antwort verpassen würde, aber er schaute ihn nur weiterhin an.

»Dieses Gebiet ist verbotenes Gebiet«, erklärte er. »Kein Lebewesen hat Zugang zu diesen Wäldern.«

»Und deshalb werdet ihr uns verspeisen?«, fragte Altus nach.

Der Retax krächzte. »Nein. Wir essen euch, weil ihr so lecker schmeckt.«

Lara wurde neugierig. Ohne viel nachzudenken fragte sie: »Warum ist der Zugang zu diesen Wäldern verboten?«

Vivian sah sie groß an. Sie erkannte an ihrem Blick, dass sie es für keine gute Idee hielt, unaufgefordert eine Frage an den Retax zu richten. Ihre Sorge war jedoch unbegründet. Der Retax überhörte Lara einfach. Er blickte noch immer Altus an. Nach einer Weile erhob er sich.

»Es war schön hier zu sitzen«, stellte er fest. »Nun sollten wir gehen.«

»Wohin?«, fragte Altus.

»In unsere Höhlen. Man wird staunen, was für einen schmackhaften Fang wir mitbringen.«

Jetzt sah Lara, was Altus meinte, als er von der atemberaubenden Geschwindigkeit der Retax sprach. Klar erkennen konnte sie, wie einer der grünen Männer einige Seile aus der Tasche seiner Weste nahm. Die Konturen seines Körpers wurden unschärfer und es schien, als ob er sich in alle Richtungen gleichzeitig bewegte. Nach einer knappen Sekunde war diese Wahrnehmung vorüber und die Umrisse wurden wieder scharf. Er stand jetzt einige Meter weiter weg von Lara. Plötzlich waren alle ihre Freunde an den Armen und Beinen gefesselt. Lara zog die Augenbrauen zusammen und blickte Altus an, der ebenso überrascht zu sein schien, wie sie. Wie hatte es der Retax geschafft, die Gruppe innerhalb einer halben Sekunde zu fesseln? So schnell konnte kein Lebewesen sein. Erst als Lara das Knie anzog, um sich mit den Ellbogen darauf zu stützen, bemerkte sie, dass sie nicht gefesselt wurde. Was hatte das zu bedeuten?

»Warum wurde ich nicht gefesselt?«, flüsterte sie leise.

»Keine Ahnung, Lara«, gab Altus zurück.

Einer der Grünlinge kam mit einem Karren vorgefahren. Er ähnelte den Händlerkarren von Alea mit einer starken Achse in der Mitte. Zuerst wurde Sina auf den Karren gezerrt. Sie schrie und zappelte, aber das beachteten die Retax überhaupt nicht. Anschließend wurden Vivian, Altus und Wehras verfrachtet. Als Lara sah, wie Degas am Kragen gepackt wurde, stieg Panik in ihr auf. Sie musste einfach versuchen zu fliehen, auch wenn sie gesehen hatte, wie flott die Retax sich bewegen konnten. Blitzschnell stellte sie sich auf und sprang vom Findling. Der Sprung war viel zu hektisch und unkoordiniert, sie landete zwar auf den Füßen, hatte aber noch viel zu viel Schwung. Lara fiel nach vorne und konnte sich gerade noch mit den Armen abstützen. Wertvolle Sekunden gingen verloren. Sie rappelte sich auf und erschrak. Wenige Meter entfernt parkte der Karren. Ein Retax stand davor und spielte gelangweilt mit seinen Händen. Altus und Vivian hatten sich mühsam aufsetzen können und schauten Lara bestürzt an. Lara strauchelte zurück. Dabei verlor sie erneut den Halt und fiel über eine Wurzel unmittelbar vor die Füße des Retax. Sie schaute hoch und erwartete, dass man sie packen würde, aber nichts geschah. Der Retax war weiterhin damit beschäftigt seine Hände zu begutachten. Irritiert blickte Lara ihn an. Altus lehnte sich über den Karren.

»Sie sehen dich nicht«, stellte er flüsternd fest.

»Was?«

»Hast du etwas von dem Klettzen-Trank zu dir genommen?«

Lara nickte. Langsam stand sie auf. Sollte die zähflüssige Masse doch Wirkung zeigen? War es das, was sie vollbringen konnte? Dass sie für die Augen der Retax unsichtbar wurde? Lara stand dem Retax jetzt nah gegenüber. Vorsichtig bewegte sie sich hin und her. Der Retax zeigte keine Regung.

»Sie sehen und sie hören dich nicht«, wiederholte Altus. Jetzt schaute der Retax auf. Er drehte sich zu Altus herum.

»Was flüsterst du?«, fragte er grimmig.

»Ich spreche mit mir selbst,« erwiderte Altus. »Ich habe mich gerade gefragt, ob es meinem Hopie gut geht und ob uns jemand folgen könnte.«

Der Retax drückte ihn zurück in die Mitte des Karren. »Was redest du für wirres Zeug? Die meisten von euch fangen erst an zu spinnen, wenn wir sie langsam bei vollem Bewusstsein zerlegen.« Er lachte heiser. »Du hast wohl schon so viel Angst, dass deine Gedanken vernebelt werden.«

»Und Vorräte müsste man mitnehmen. Für den Fall, dass man uns nicht folgen kann«, sprach Altus unbeirrt weiter.

Der Retax blickte ihn amüsiert an und widmete sich dann wieder seinen Händen. Lara schaute zu den Hopies. Hatte der Retax nicht gemerkt, dass weiter hinten sechs Hopies standen? Oder betrachtete er Hopies nicht als Mahlzeit und sie waren ihm egal?

Lara ging zu den Tieren »Versteckt euch im Wald. Die Retax dürfen euch nicht finden. Ich werde euch nachher rufen.« Unruhig scharrten die Tiere mit den Hufen. Nur ihr Hopie gehorchte und trabte tiefer in den Wald. Die anderen hörten nicht auf Lara, sie schienen auf die Bitten ihrer Reiter und Reiterinnen zu warten. Es war anders, als am Ufer des Sees. Dort gehorchten die Tiere ihr, aber ihre Freunde befanden sich auch in unmittelbarer Nähe. Ob das eine Rolle gespielt hatte?

Degas wurde als Letzter auf die Ladefläche verfrachtet. Einer der Grünen drehte sich unvermittelt zu Lara um. Er hob den Finger und sagte: »Da«. Sofort geriet Lara in Panik. Sie hatten sie entdeckt.

»Schon gesehen. Lass es laufen. Hopiefleisch ist mir eh zu zäh«, sagte ein anderer Retax. »Außerdem befinden sich noch welche in unserer Vorratskammer.«

»Ja, aber das Fell ist weich.«

»Dann lass uns die anderen Tiere mitnehmen. Wir sollten uns auf den Weg machen. Ein Fell weniger wirst du verschmerzen können.«

Während zwei den Karren umdrehten, kam ein Retax auf Lara zu und stellte sich fast genau neben sie. Er band die Hopies zusammen und zerrte sie mit. Lara sah, wie sie sich wehrten und stehen bleiben wollten, aber gegen die Kraft des Retax konnten sie nichts ausrichten. Lara versuchte, zu Altus' Hopie zu gelangen, dort waren die Taschen mit den Vorräten befestigt, doch es bot sich keine Gelegenheit mehr dafür. Die Retax verfrachteten die Hopies auf einen zweiten Karren, der etwas abseits gestanden hatte. Als sich Lara noch darüber wunderte, warum die Hopies nicht selbst gehen durften, bemerkte sie wieder diese merkwürdige Unschärfe. Zunächst sah sie, wie zwei Retax den Karren zogen und die anderen dahinter gingen. Plötzlich verschwammen alle Konturen. Lara kam es vor, als schaute sie auf ein altes, verwackeltes Foto. Im nächsten Augenblick waren die Retax verschwunden. Und mit ihnen die Karren mit ihren Freunde und den Hopies.

Verzweifelt drehte Lara sich um die eigene Achse und schaute in alle Richtungen. Aber es gab kein Zeichen, das ihr verriet, welchen Weg die Gruppe eingeschlagen hatte. Erschöpft und frustriert ließ sie sich auf den Boden fallen. Sie machte sich schreckliche

Vorwürfe. Das Elixier der Klettzen hatte gewirkt. Ebenso wie zuvor schon der Trunk, den sie von ihnen in der Waldsenke bekommen hatte. Wie konnte sie nur daran zweifeln? Sie schaute sich um und rief nach ihrem Hopie. Dabei stellte sie fest, dass sie dem Tier unbedingt einen Namen geben musste. Sie konnte ja nicht dauernd nach *Hopie* rufen. Nach einer Weile kam ihr treuer Begleiter aus dem Wald getrabt und stieß sie sanft an. Lara überprüfte den Inhalt der zwei Wasserbeutel. Sie waren voll. Wenigstens etwas. Sie beschloss, weiter in Richtung Norden zu reiten. Einen Moment dachte sie daran, die Nacht in der Höhle zu verbringen, aber sie wollte weg von diesem Ort. Die Retax konnten jederzeit wieder hier auftauchen. Und sie fragte sich besorgt, wie lange eigentlich die Wirkung des Trankes vorhielt. Was wäre, wenn sie plötzlich für die Retax sichtbar wurde? Natürlich könnte sie noch etwas von dem Trank nehmen, es war genug da, aber sie wollte die wertvolle Flüssigkeit nicht vergeuden. Als sie daran dachte, fiel ihr ein, dass ihr Hopie sehr wohl noch sichtbar für die Retax war. Lara stöpselte das Fläschchen auf und tauchte den Finger hinein. Wieder blieben mehrere blaue Tropfen daran kleben.

»Dieses Zeug schmeckt furchtbar. Aber er bewirkt, dass uns die Retax nicht erkennen. Bitte lecke es ab.« Lara hielt ihren Finger vor das Hopie. Kurz darauf spürte sie die raue Zunge des Tieres, die über ihre Hand schleckte. Tatsächlich spürte sie, wie der fellige Körper daraufhin erzitterte. Sie steig auf. »Bitte gehe weiter nach Norden.« Angespannt ritten sie los.

Die Dämmerung setzte ein. Sie konnte sich gar nicht vorstellen, ohne die Gruppe im Wald übernachten zu müssen. Jetzt war sie vollkommen auf sich alleine gestellt. Ihre Gedanken kreisten um ihre Freunde. Wie viel Zeit würde ihr bleiben sie zu finden? Wie sahen die Fressgewohnheiten der Retax aus? Sie beschloss, morgen alle Höhlen zu untersuchen, an denen sie vorbeikam. Vielleicht würde es Hinweise geben, die sie feststellen ließ, ob sie sich den Retax eher näherte oder sich von ihnen entfernte. Der Schlaf war kurz und unruhig. Als die ersten Sonnenstrahlen den Himmel erhellten, trank sie einen Wasserbeutel aus. »Das war das Frühstück«, murmelte sie vor sich hin.

Bis zum frühen Nachmittag hatte Lara insgesamt sechs Höhlen durchsucht. In einer fand sie Knochenreste, die grau und porös aussahen. Die anderen Höhlen waren leer. Wie sollte sie das Ergebnis interpretieren? Mussten die Retax überhaupt Rast machen? Wenn sie so unendlich schnell waren, dann würden sie ja ihre Stadt, oder wie auch immer die Retax zusammenlebten, ohne Probleme innerhalb kürzester Zeit erreichen können. Es machte also keinen Sinn, auf Spuren ihrer Freunde oder der Kidnapper zu hoffen. Als sich auch dieser Tag dem Ende neigte, fühlte sie sich schwach und fahrig, es fiel ihr schwer, sich zu konzentrieren. Lara suchte sich ein Waldstück aus, in dem die Tannen besonders eng zusammen standen. Als sie ihre Schlafmatte ausrollte, hörte sie es Plätschern. Wenige Meter entfernt schlängelte sich ein Bächlein entlang. Lara tauchte die Hände in das kühle Nass. Somit konnte sie morgen wenigstens alle Trinkbeutel wieder auffüllen.

Sie hatte unruhig geschlafen. Nach einer ausgiebigen Morgenwäsche im Bach ritt sie weiter. Ihr Magen knurrte jetzt ununterbrochen. Sie merkte, wie schwer ihre Beine, und wie anstrengend die wenigen Schritte zum Bach und zurück gewesen waren. Einen längeren Fußmarsch hätte sie in dieser Verfassung nicht mehr durchgehalten.

Trotz des weichen Felles des Hopies, merkte sie allmählich, dass sie das Reiten ungeheuer anstrengte. Ihr Rücken schmerzte und ihr Gesäß brannte. Irgendwann am Nachmittag musste sie einfach anhalten und absteigen. Sie ging gemächlich neben dem Hopie her und spürte, wie verspannt sie war. Sie hätte gedacht, sich etwas zu bewegen wäre eine Wohltat für ihren Körper, aber die Schmerzen wurden eher noch schlimmer. Erschöpft und fluchend machte sie eine Pause und lehnte sich gegen einen mächtig Eichenstamm. Plötzlich raschelte es irgendwo. Direkt neben ihr fiel eine große Eichel auf den Boden. Lara schaute nach oben und spürte im gleichen Augenblick einen dumpfen Schmerz auf der Schulter. Eine Eichel hatte sie getroffen. Dort oben in der Baumkrone bewegte sich etwas. Eine weitere Eichel landete dicht neben ihren Füßen. Es bestand kein Zweifel, sie wurde aus dem Baum heraus mit Eicheln beworfen.

»Was soll das?«, rief sie laut. »Wer ist da?«

Einige Äste knackten. Im gleichen Augenblick vernahm sie ein ärgerliches Jaulen. Weitere Geschosse flogen in ihre Richtung. Wie Lara jedoch erleichtert feststellte, konnte der Werfer alles andere als gut zielen. Die meisten Eicheln verfehlten sie gleich um viele Meter. Nur vereinzelten schlugen die Baumfrüchte in ihrer Nähe ein. Vorsichtshalber ging Lara dennoch zwei Schritte zurück. Sie knickte dabei versehentlich einen kleinen Ast ab, der knapp über dem Boden aus dem Stamm ragte. Das Wesen hatte inzwischen die Baumkrone verlassen und kletterte den Stamm hinunter. Als es sah, dass Lara den Ast abgebrochen hatte, heulte es schmerzhaft auf und beschleunigte seine Bewegungen. Kurz bevor das Wesen den Boden erreichte, sah Lara, dass es gänzlich aus Fell zu bestehen schien. Lediglich die überdimensionalen Plattfüße schauten weit hervor. Lara sah, wie geschickt es mit seinen Füßen den Stamm umklammern konnte. Sie hatte ein ähnliches Exemplar schon einmal gesehen. Im Gefängnis von Alea. Es war eindeutig ein Zott, der wild keuchend auf sie zu kam. Waren die eigentlich gefährlich? Lara glaubte nicht. Auch wenn dieses jaulende und knurrende Exemplar ihr durchaus Respekt einflößte. Als der Zott den Waldboden berührte, blieb er zunächst regungslos stehen. Lara versuchte zu erahnen, in welche Richtung er schaute, aber sie konnte noch nicht einmal zweifelsfrei sagen, wo vorne oder hinten bei ihm war. Die Füße zeigten in ihre Richtung. Also schaute sie der Zott wahrscheinlich an. Was sollte sie machen? Das Fellwesen war größer als die Klettzen und schien ebenso angriffslustig zu sein.

»Ich habe deinem Baum nicht mit Absicht verletzt«, sagte Lara während sie langsam zurück ging.

Der Zott brabbelte etwas, aber es klang nicht mehr ganz so bedrohlich. Lara hatte einige Beeren in der Tasche, die Sina gestern für die Gruppe gesammelt hatte, und hielt sie dem Zott hin. Eigentlich wollte sie die aufsparen für den absoluten Notfall.

»Ein Versöhnungsgeschenk«, sagte sie feierlich.

Der Zott blieb stehen und kratzte sich irgendwo im Fell. Vielleicht am Bauch? Er kam näher und streckte sein Ärmchen aus. Vorsichtig nahm er die Beeren von Laras Hand. Seine Finger verschwanden im Fell und Lara hörte ihn schmatzen. Kurz darauf drehte sich der Zott um und kletterte wieder auf seinen Baum hinauf.

»Er war ja doch ziemlich leicht zu beruhigen«, murmelte Lara zu sich selbst, als sich die Äste über ihr erneut bewegten. Lara schaute hoch und sah den Zott, als er gerade etwas in ihre Richtung schleuderte. Blitzschnell zog sie den Kopf ein. Das Geschoss landete diesmal unmittelbar vor ihren Füßen. »Was soll das denn jetzt?«, rief sie ärgerlich und hob den Gegenstand auf. Es handelte sich um eine kleine Holzschatulle, in die eine zähe Paste gefüllt war. Sie roch lecker und würzig. Lara steckte den Finger hinein und schleckte ihn ab. Es schmeckte wunderbar. Und es machte fast augenblicklich satt. Ihr Hungergefühl war vollkommen verschwunden, obwohl sie höchstens eine Fingerkuppe gegessen hatte. Sie schaute hoch und sah den Zott auf einem Ast sitzen. Er wollte sich für die Beeren also revanchieren. Lara winkte ihm zu und bedankte sich. Für einen Augenblick sah es so aus, als ob der Zott zurückwinkte.

Am Abend hörte sie wieder die Klettzen, aber sie empfand die dunklen Schnattergeräusche fast schon als angenehm. Wenigstens war sie nicht alleine. Ob die Klettzen wussten, wohin ihre Freunde verschleppt worden waren? Je mehr sie darüber nachdachte, umso überzeugter war sie davon. Vielleicht wollten sie mit ihr in Kontakt treten und schnatterten deshalb so aufgeregt? Lara blieb stehen. »Wo seid ihr?«, rief sie in den Wald. »Bitte zeigt euch. Meine Freunde wurden entführt. Wisst ihr, wo die Retax hausen?« Sie wartete einige Minuten, aber die Klettzen rührten sich nicht. Sie hatten auch zu schnattern aufgehört. Enttäuscht ritt Lara weiter. Warum wollten sie ihr nicht helfen? Oder waren sie schon wieder verschwunden, ohne ihr Rufen gehört zu haben? Als die Dunkelheit endgültig Besitz von der Gegend nahm und es erneut in einiger Entfernung schnatterte, beschloss sie, an Ort und Stelle eine Rast zu machen. Vielleicht kamen sie hervor, wenn sie wartete. Wieder aß Lara von der leckeren Paste und stellte dabei fest, wie ausgelaugt sie doch war. Eine knappe Stunde konnte sie die Augen noch aufhalten. Während dieser Zeit rief sie ein paar Mal nach ihren Begleitern, aber es zeigte sich niemand. Als Lara nur einmal kurz die Augen schließen wollte, schlief sie sofort ein.

Die Sonne schien durch die Äste und ausgeruht wachte sie auf, als sie es leise rascheln hörte. Zwei Klettzen standen neben ihrem Gepäck herum und begutachteten die Paste des Zotts. Skeptisch schnüffelten sie daran und packten sie anschließend sorgfältig wieder zurück in die Tasche.

»Ich habe euch gerufen. Warum seid ihr nicht gekommen?«, fragte Lara böse.

»Warum sollten wir?«, knurrte eine der Klettzen zurück.

»Meine Freunde wurden von den Retax entführt. Ich wollte euch fragen, ob ihr wisst, wo ich sie finden kann.«

Die Klettze kniff ihre Knopfaugen zusammen. »Wie konnte das passieren? Du hattest doch den Trank.«

»Nur ich habe den Trank genommen«, sagte Lara langsam.

»Warum?«

»Ich wollte sehen, ob er wirklich hilft.«

Die Klettzen schauten sich verdutzt an und kamen auf Lara zu. »Du bist ja sowas von blöd!«, riefen sie im Chor und schnatterten. Dabei piksten sie ihr in den Bauch.

»He!«, japste sie.

»Kann nicht reiten. Verläuft sich ständig. Und ist zu doof ihren Trank zu teilen«, flüsterte eine Klettze böse und holte zu einem Schlag aus. Reflexartig hob Lara den Arm und wehrte den Hieb ab.

»Also was willst du?«, fragte die zweite Klettze lauernd.

»Wisst ihr, wo die Retax meine Freunde haben?«

»Logisch!«

»Es wäre Klasse, wenn ihr mich hinführen könntet.«

Die Klettzen schauten sich gegenseitig an.

»Hm«, machte die Eine.

»Hm Hm«, die Andere.

»Meine Freunde sind in großer Gefahr. Die Retax werden sie auffressen«.

»Natürlich werden sie das. Und nur weil du es versäumt hast, deinen Freunden den Trank zu geben.«

»Ihr habt recht. Ich habe Schuld. Lasst mich meinen Fehler wieder gutmachen.«

Die Klettzen grinsten und entblößten ihre vereinzelten Zähne. »Also schön. Wir zeigen dir den Weg zu den Höhlen der Retax.«

Lara lächelte. »Das ist fantastisch. Vielen Dank. Sagt mal, wie lange hält die Wirkung des Trankes eigentlich an?«

»So mittellang!«

Während sie noch über diese nichtssagende Antwort nachdachte, sah sie, wie die Klettzen sich gegenseitig zublinzelten, dann stürmten sie plötzlich auf sie
zu und rempelten sie an, als wäre sie eine gegnerische
Rugbyspielerin. Lara verlor den Halt und landete
unsanft auf dem Boden. Als sie sich mühsam aufrich-
tete, waren die Klettzen verschwunden.

Unsicher sattelte Lara das Hopie. Hatte sie die
Klettzen beleidigt? Warum waren sie so schnell verschwunden? Sie wartete noch eine Weile, während sie
das Fall ihres Hopies kraulte, stieg dann frustriert auf
und ritt weiter in die Richtung, in die sie ohnehin
wollte. Nach kurzer Zeit hörte sie dicht neben sich
ein Schnattern. Sie hielt an.

»Seid ihr da?«, rief sie in den Wald. Keine Antwort.
»Welche Richtung muss ich einschlagen?« Wieder gab
es keine Reaktion. Als sie weiterreiten wollte, hörte
sie erneut die Klettzengeräusche. Diesmal klangen sie
weiter entfernt. Irgendwo rechts von ihr.

Lara beugte sich ans Ohr ihres Hopies. »Folge
bitte den Geräuschen der Klettzen.« Zielstrebig
machte sich das Tier auf den Weg.

Lara hatte keine Ahnung, wie lange sie schon unterwegs waren. Fünfmal hörte sie die Klettzen noch,
jedes Mal korrigierte das Hopie daraufhin die Richtung. Die Nachmittagssonne erreichte in diesem Teil
des Waldes den Boden nicht mehr, dafür standen die
Bäume viel zu eng beisammen. Gerade als sie wieder
zu zweifeln begann, ob die Klettzen wirklich den Weg
wussten, bewegte sich vor ihr etwas. Hinter einer
jungen Tanne, die kaum höher als drei Meter war,
stand jemand verdeckt. Lara erwartete, dass gleich
eine Klettze hervorspringen würden, aber es war ein

Retax, der keine vier Armeslängen von ihr entfernt auf dem Boden herumrutschte. Lara hielt automatisch die Luft an. Der Retax bemerkte sie nicht und war damit beschäftigt, die Äste einer jungen Tanne zu begutachten. Ab und zu nahm er etwas auf und steckte es in einen Beutel. Unvermittelt drehte sich der Retax um und schaute genau in Laras Richtung. Einen Moment sah es so aus, als ob er etwas gesehen oder gehört hatte. Er knurrte leicht und atmete tief ein. Aber direkt danach schien er wieder das Interesse zu verlieren und beschäftigte sich weiter mit den Tannenästen. Lara wartete. Sie wollte dem Retax folgen. Mit ein wenig Glück würde er sie zu ihren Freunden führen. Der Retax untersuchte noch zwei weitere Jungbäume, drehte sich um und ging schnellen Schrittes davon. Lara atmete erleichtert aus. Einen Augenblick hatte sie befürchtet, dass die Konturen des Wesens wieder unscharf werden würden und er einfach verschwinden könnte. Aber er bewegte sich ganz normal fort. »Wir müssen ihm folgen«, erklärte Lara ihrem Hopie.

Obwohl der Retax nicht gerade langsam durch den Wald schlich, konnte ihm das Hopie ohne Probleme folgen. Nach kurzer Zeit wurde die Gegend steiniger. Unvermittelt tauchte direkt vor ihnen eine massive Felswand auf. Der Retax steuerte darauf zu. Als Lara näher kam, sah sie, dass sich in der Felswand lauter Spalten befanden. Der Retax ging auf eine dieser Spalten zu und verschwand darin. Die Öffnung war mehrere Meter breit und so hoch wie die Bäume. Lara hielt an, stieg ab und bat ihr Hopie, sich zu verstecken. Die Höhle war dunkel und anscheinend nicht bewacht. Warum auch? Hatten die Retax überhaupt irgendwelche Feinde? Sie dachte an ihre Freunde.

Hoffentlich war es nicht schon zu spät. Hoffentlich lebten sie noch. Ängstlich, aber entschlossen betrat sie die Höhle.

Nach einigen Metern bleib sie stehen. Ihre Augen mussten sich zunächst an die Dunkelheit gewöhnen. Sie stand am Eingang eines mächtigen Ganges, der tief in den Berg hinein führte. Obwohl ihr ein warmer Windhauch entgegenwehte, roch es unangenehm streng. Der Weg sah nicht aus, als wäre er natürlichen Ursprungs. Die Retax mussten ihn in mühevoller Arbeit selbst in den Felsen gehauen haben. Lara streckte die Hand aus, um sich an der Wand entlang zu tasten. Sie war kühl und an einigen Stellen tropfte Wasser herab. Sie konnte nur einige Meter weit sehen. Das Licht, das vom Eingang in die Höhle fiel, reichte längst nicht mehr bis hierher. Nach wenigen Schritten wurde es spürbar steiler. Unsicher setzte sie einen Schritt vor den Anderen. Der Boden war ebenfalls steinig und feucht. Da keinerlei Erde, Sand oder andere Materialien darauf lagen, war er zudem fürchterlich glatt. Schließlich ging Lara in die Hocke und bewegte sich auf allen vieren voran. Nach kurzer Zeit wurde es allmählich heller. Ein flackerndes Licht schien durch die Öffnung eines anderen Ganges. Dort brannte entweder ein Feuer oder eine große Fackel. Das letzte Stück rutschte Lara fast auf dem Hosenboden herunter. Es würde kaum möglich sein, den gleichen Weg wieder zurück zu gehen. Sie stand in einer weiteren Höhle, die etwa doppelt so groß wie die Eingangshöhle war. An den Wänden hingen Holzbalken, darauf lagen etliche Kleidungsstücke, Westen, aber auch Jacken und einfache Schnürschuhe. Alle waren sie aus dem gleichen lederigen

Material, das sie schon kannte. Auf einmal grunzte jemand. Auf der linken Seite befand sich eine weitere Öffnung, ein Retax saß vor einem Feuer und rieb sich seine Hände. Lara schaute einen Moment verdutzt zu. War ihm kalt? Selbst hier in den Bergen sank die Temperatur, auch nachts, bisher nie unter zwanzig Grad, schätzte sie. In dieser Höhle war es auch nicht kälter. Im Gegenteil. Trotzdem saß der Retax zitternd vor den Flammen. Der Rauch des Feuers zog mühelos durch die Spalten in den Felswänden ab. Direkt hinter dem Retax führten mehr als zehn verschiedene Gänge in die Felsen. Alle sahen gleich aus. Alle waren dunkel. Lara atmete verzweifelt aus. Wo sollte sie anfangen, ihre Freunde zu suchen? Wie viel Zeit blieb überhaupt noch? Sie ging an dem frierenden Retax vorbei und schaute in den ersten Gang hinein. Der Schein des Feuers erhellte ihn nur wenige Meter. Zumindest konnte Lara erkennen, dass dieser Gang wieder leicht bergauf führte. Wie viele Gänge es hier wohl gab? Für einen Moment hatte sie ein schreckliches Bild vor Augen. Sie suchte in immer weiterführenden Wegen und kam zu immer anderen Höhlen. Sie würde Vivian, Altus und die anderen niemals finden. Sie schüttelte den Gedanken ab und betrat den ersten Gang. Nach wenigen Schritten hörte sie jemanden lachen. In einer kleinen Wölbung standen zwei Retax und sortierten Kleidungsstücke. Bestürzt schaute Lara auf den Haufen, doch zu ihrer Erleichterung erkannte sie keine der Klamotten wieder.

»Der hat gut geschmeckt«, sagte ein Retax unterdessen und hielt ein blutdurchtränktes Holzfällerhemd hoch.

»Ja und wie er geschrien hat, als wir ihm die Haut abgezogen haben«, krächzte der Zweite gutgelaunt. »Wann werden die neuen Vorräte angebrochen?«

»Keine Ahnung. Hoffentlich bald. Ich habe keine Lust mehr, sie zu füttern.«

War mit den neuen Vorräten ihre Gruppe gemeint? Und der eine Retax gab ihnen Nahrung? Lara beschloss, ihm zu folgen. Vielleicht würde er sie schon bald zu ihnen führen. Mit Sicherheit war sie so schneller, als wenn sie auf eigene Faust suchen würde. Nachdem die alten Kleidungsstücke in einen Beutel gestopft wurden, nahm ihn ein Retax auf den Rücken und ging zurück in die Höhle, in der das Feuer brannte. Der Retax, der später die Gefangenen füttern wollte, blieb noch einen Moment stehen. Dann ging er den Gang weiter hinauf. Lara folgte ihm. Für einen Augenblick wurde es stockfinster. Lara hatte Mühe den Retax zu sehen, der wenige Schritte vor ihr ging. Als es wieder heller wurde, hörte sie mehrere Stimmen. Der Gang endete in einer neuerlichen Höhle. Hier saßen acht Retax beisammen. Der Retax, dem Lara folgte, setzte sich dazu. Am hinteren Ende dieser Höhle brannte ebenfalls ein Feuer. Nur konnte der Rauch hier nicht so ungehindert abziehen, ein grauer Schleier waberte an der Höhlendecke entlang und tauchte die Szenerie in ein eigenartiges Licht. Die Luft war trocken und brannte in Laras Hals. Aber wenigstens überdeckte der Geruch den allgegenwärtigen Schweißgestank. In einer anderen Ecke der Höhle lag ein totes Reh. Ein Retax stand auf und ging zu dem Tier. Er riss ein Stück Fleisch ab und gab es dem Retax, dem Lara folgte. Lara hätte erwartet, dass er sein Fleisch über dem Feuer grillen würde, doch stattdessen biss er herzhaft in das rohe Stück hinein. Seine scharfen Zähne durchtrennten das sehnige Fleisch ohne Probleme. Lara setzte sich an den Rand des Eingangs und beobachtete ihn beim Essen. Auch die anderen Retax aßen ihr Fleisch roh. Mit der Zeit bekam Lara Schwierigkeiten beim Luftholen. Auch ihre Augen hatten angefangen zu tränen. Außerdem war es furchtbar heiß. Lange würde sie es in dieser Höhle nicht mehr aushalten können. Die Retax hatten anscheinend keine Probleme, sie schmatzen genüsslich vor sich hin. Lara war gespannt, worüber sie sich unterhalten würden, es fand jedoch keine Konversation statt. Ab und zu brummte jemand, aber das war auch schon alles. Als Lara ein wenig zurück in den Gang gekrochen war, weil hier ein kleiner Windhauch blies, stand ihr Retax auf, durchquerte die Höhle und verschwand in einer Öffnung neben dem Feuer. Lara ging hinterher, ihr wäre dieser Gang überhaupt nicht aufgefallen. Es ging wieder hinab. Dieser Weg war beleuchtet. Alle paar Meter stand eine Art dicke Kerze auf dem Boden und gab ein schummeriges Licht. Der Retax nahm einen Eimer auf, der am Rand des Ganges stand und verzog das Gesicht, als er flüchtig hineinschaute, dann ging er zügig weiter. Lara konnte schon erkennen, dass dieser Weg erneut in einer Höhle endete. Ging das immer so weiter? Aber sie sah jetzt, dass diese Höhle bewacht wurde. Zwei Retax standen am Eingang und schauten missmutig vor sich hin. Sie waren nicht bewaffnet.

»Fütterzeit«, sagte ihr Retax knapp und schwenkte den Eimer. Eine der Wachen nickte gelangweilt und ließ ihn durch. Auch Lara huschte vorbei.

Sie standen in einer niedrigen Höhle. Während Lara noch aufrecht stehen konnte, musste der Retax den

Kopf einziehen. Von hier gingen drei Gewölbe ab. Einfache Holztüren versperrten die Sicht in das Innere zweier Gewölbe. Die dritte Holztür stand offen. Lara sah einen engen Raum, dessen Boden mit Sand befüllt war. Außerdem sah sie rote Tropfen auf dem Sand. Ob es sich um Blut handelte? Schaudernd drehte sie sich weg. Die Mitteltür wurde durch einen einfachen Holzriegel gesichert. Einen Augenblick verharrte der Retax vor der Tür, kurz darauf rief er nach den Wachen. »Kann einer von euch mitkommen? Gestern wollte mich die Vorräte einfach umrennen.« Er schien durchaus Respekt vor den Insassen zu haben. Ein anderer Retax gesellte sich zu ihm. »Lässt dich von den Vorräten austricksen. Ich glaube es nicht«, sagte er vergnügt. Als die Tür geöffnet war, machte Laras Herz einen Sprung. Als Erstes erkannte sie Vivian, die auf dem Sand lag und zu dösen schien oder eine Entspannungsübung machte. Daneben saßen Sina und Degas. Altus und Wehras standen aufrecht im Gewölbe und blickten den beiden Retax grimmig in die Augen.

»Euer Futter«, knurrte der Retax, holte eine Handvoll Körner aus dem Eimer und warf sie in den Sand. »Schön aufessen. Die Kerne geben eurem Fleisch einen besonders saftigen Geschmack.«

Wehras war der Erste, der Lara sah. »Was machst du denn hier?«, rief er instinktiv und hielt sich danach die Hand vor den Mund.

Die Wache drehte sich um. »Wen meinst du?«

Wehras zeigte auf die Wand. »Die Spinne dort drüben. Sie war schon mal bei uns. Sie ist meine Freundin.« Er lachte wild.

Die Retax wechselten untereinander einen schnellen Blick. »Die werden vor Angst auch schon verrückt«, freute sich die Wache.

»Das wir ein Spaß, wenn wir ihnen die Haut abziehen.«

Inzwischen hatten alle ihre Freunde Lara gesehen. Altus nickte anerkennend, Degas und Sina schauten sie dankbar an, nur Vivian machte ein sorgenvolles Gesicht. Hatte sie wieder Angst um sie? Lara war sicher, dass sie gerne mit ihr getauscht hätte. Es entsprach wahrscheinlich mehr Vivians Naturell, zu retten, als gerettet zu werden. In dieser Hinsicht waren sie und Terzio sehr ähnlich. Kurz danach verließen die Retax das Gewölbe. Lara ließ sich gegen die feuchte Felswand fallen und hätte vor Freude am Liebsten laut aufgeschrien. Sie lebten! Und sie hatte sie tatsächlich gefunden. Zufrieden sah sie zu, wie der Retax mit dem Eimer die Tür schloss und den Gang zurück ging. Der zweite Retax stellte sich wieder neben den Höhleneingang auf. Er schaute nicht mehr zu den Zellen, sondern blickte gelangweilt in das Gewölbe.

Altus Stimme hallte leise durch die Tür. »Lara? Bist du da?«

»Ja. Direkt vor eurer Tür.«

»Was hast du vor?«

»Sobald etwas Ruhe eingekehrt ist, komme ich zu euch. Dann schleckt ihr von der Klettzen-Flüssigkeit.«

Nach kurzer Zeit hörte Lara erneut Schritte. Ein weiterer Retax kam den Gang entlang. Dieses Exemplar war zum Plaudern aufgelegt und verwickelte die Wachen in ein Gespräch, um dessen

Inhalt sich Lara nicht weiter kümmerte. Das war die Gelegenheit. Sie schlich zur Tür, schob sachte den Riegel zur Seite und öffnete sie gerade so weit, dass sie hindurchpasste.

»Jetzt aber schnell«, sagte sie, lehnte die Tür wieder an und holte das Fläschchen hervor. Zuerst hielt Degas seinen Finger in die Flüssigkeit und leckte ihn ab. Sina, Vivian und Wehras folgten. Als Altus den Trank zu sich nahm, hörten sie den plaudernden Retax den Gang wegmarschieren.

»Kennst du den Weg zurück, Lara?«

»Ja, aber das wird uns nichts nützen. Das erste Stück ist so steil, dass wir dort nicht hinaufkommen.«

»Dann müssen wir uns einen anderen Weg suchen. Trotz des Gestankes der Retax gibt es in den Höhlen eine Luftzirkulation. Also muss es auch Öffnungen nach draußen geben«, mutmaßte Altus.

Sie liefen andere Gänge entlang. Lara überließ nur zu gern Degas und Altus die Führung. Es ging stetig bergauf, das war ein gutes Zeichen. In der Ferne hörten sie aufgeregte Rufe, die Retax schienen die abhandengekommenen Vorräten schon bemerkt zu haben. Sie erreichten einen weiteren Gang, der schließlich in einer halboffenen Wölbung endete. Vor ihnen türmte sich der Wald auf. Davor stand ein Retax. Glücklich lächelnd gingen sie an ihm vorbei ins Freie.

Lara rief ihr Hopie. Da sie sich weit entfernt vom Ausgangspunkt befand, hatte sie sich darauf eingestellt, alle paar Minuten zu rufen, doch schon nach dem ersten Mal knisterte das Laub auf dem Boden und das Tier trabte hinter den Bäumen hervor. Degas begrüßte es, indem er seine Mähne streichelte.

»Arr-Hu! Kannst du deine Artgenossen riechen?«, fragte er leise. Das Hopie schnaubte und verdrehte die Ohren. »Ja, er kann«, übersetzte Degas. »Wenn wir Glück haben, sind auch unsere Hopies noch am Leben.«

Sie beschlossen, einen Suchtrupp zu entsenden. Degas, Altus und Vivian folgten der Spur des Hopies. Die Anderen sollten sich in der Nähe versteckt halten. Keiner wusste, wie lange sie für die Retax noch unsichtbar bleiben würden. Der Trank war inzwischen zu Zweidritteln aufgebraucht. Lara wollte nicht aufs Geratewohl etwas zu sich nehmen, wenn sie es nicht brauchte. Erschöpft ließ sie sich fallen und lehnte sich an die Bäume. Sie erzählte davon, wie sie die Retax schließlich gefunden hatte.

»Ich glaube, ich werde die nächste Klettze, die ich sehe, umarmen und küssen«, stellte Wehras lachend fest.

»Dann mache dich auf Schürfungen und Kratzer gefasst«, antwortete Lara lachend.

Sie hatten etwa zwei Stunden gewartet, als es plötzlich hinter ihnen raschelte. Lara fuhr hoch, sah aber gleichzeitig schon Degas freudiges Gesicht.

»Wir haben sie gefunden«, sagte er. Vivian erzählte, dass die Hopies zusammen mit bestimmt zwanzig Rehen in einer kleinen Höhle eingepfercht waren.

»Die Speisekammer der Retax ist gut gefüllt. Sonst hätten die Hopies wohl nicht überlebt«, vermutete Degas.

Lara nickte glücklich.

»Wir sollten uns zügig auf den Weg machen«, sagte Altus anschließend. »Auch wenn es schon dunkel wird.«

Die Pause in der Nacht war sehr kurz. Am nächsten Tag herrschte eine merkwürdige Stimmung unter den Reisenden. Sie waren unendlich dankbar, den Retax entkommen zu sein, aber sie befürchteten, in absehbarer Zeit erneut von den grünen Monstern überwältigt zu werden. Sie teilten den Rest des Trankes untereinander auf. Selbst wenn der Trank noch Tage wirksam wäre, das Jagdgebiet der Retax war riesig, große Entfernungen spielten für diese Wesen kaum eine Rolle. Irgendwann würden sie sie erwischen. Sie beschlossen, zurück nach Süden und in die Nähe des großen Sees zu gehen, die Retax schienen das Wasser nicht besonders zu mögen. Aber das hieß auch, zurückzukehren ins Gebiet der Raubwehre. Wie man es auch wendete, es würden anstrengende Tage werden. Sie kamen überein, in der Nacht nur wenige Stunden zu schlafen, um möglichst schnell viel Abstand zwischen ihnen und den Retax zu bringen. Lara hatte schon viel mitgemacht, aber der permanente Schlafentzug zerrte mehr an ihrem Nervenkostüm, als sie geglaubt hatte.

Stunden und Tagen schwebten an ihr vorbei, sie war tagsüber nie richtig wach und nachts nie richtig müde. Es kam ihr vor, als wäre sie in einem permanenten Dämmerzustand gefangen.

Irgendwann schimmerte der See zwischen den Bäumen hindurch. Das gab der Gruppe Kraft, nun sollten sie endgültig aus dem Retax-Gebiet entkommen sein.

Doch das Gefühl hielt nicht sehr lange an, denn wieder einmal brachte Degas schlechte Nachrichten mit, als er von einer Erkundung zurückkehrte. »Raubwehre sind ganz in der Nähe.«

Altus überlegte nicht lange. »Ab in den See. Das hat uns schon einmal gerettet.«

Kurz kam es Lara so vor, als wäre sie in eine Zeitschleife geraten und sie würden wieder mit den Gefangenen aus Seevis unterwegs sein. Als sie aber ins Wasser gingen, merkte sie, dass das Ufer hier ganz anders aussah, die Bäume standen nicht so gedrungen bis an den Rand, wie bei Seevis.

Plötzlich schrie Sina leise auf. »Was ist denn das?«

Lara und die übrigen Gruppenmitglieder starrten gebannt auf den Wald.

»Nein, ich meine in der anderen Richtung«, rief Sina aufgeregt.

Lara drehte sich um. Über das Wasser bewegte sich eine Silhouette, die schnell näher kam. Ein hoher Mast ragte in den Himmel und ein weißes Segel reflektierte die Sonnenstrahlen, sodass Lara geblendet die Augen zusammenkniff.

»Ein Schiff. Da kommt ein Schiff direkt auf uns zu«, stellte Vivian verwundert fest.

»Wer besitzt so große Schiffe?«, fragte Altus aufgebracht.

Degas schüttelte den Kopf. Lara fiel auf, dass sie nie zuvor irgendwelche Schiffe auf dem See gesehen hatte. Sie fragte Altus nach dem Grund.

»Das ist ganz einfach«, erklärte er. »Was sollen die Bürger Aleas auf dem Wasser? Der See ist riesengroß. Weite Teile des Ufers sind nicht erforscht. Aber überall lauern Gefahren. Niemand setzt sich freiwillig in ein Schiff, nur um mal aufs Wasser zu fahren. Außerdem kann kaum jemand schwimmen.«

Sina nickte. »Manche Fischer fahren mit ihren Holzbooten ein Stück auf den See hinaus. Aber auch die achten darauf, stets in der Nähe von Alea zu bleiben. Und Waldmenschen mögen auch kein Wasser, kein Lebewesen hier tut das. Niemand besitzt derart mächtige Schiffe.«

Inzwischen war das Schiff ein ganzes Stück näher gekommen. Die hölzerne Bordwand, die vom Wasserspiegel etwa zwei Meter in die Höhe reichte, glänzte matt. Zunächst fühlte Lara sich an alte Piratenfilme erinnert, aber als das Schiff ein wenig beidrehte und sie es von der Seite betrachten konnte, schwand dieser Eindruck schnell. Es war doch um einiges kleiner, als die Fregatten in solchen Filmen und es sah nicht aus, als ob es einen Sturm überstehen würde. Wahrscheinlich gab es auf dem See ohnehin nur selten Stürme. Wenn überhaupt. Mehr als ein laues Lüftchen hatte bisher nie geweht.

»Ich sehe Männer auf dem Schiff«, sagte Degas unterdessen.

Tatsächlich schauten drei Gestalten gebannt zu ihnen herüber. Sie waren inzwischen so nah herangekommen, dass Lara ihre Gesichter erkennen konnte. Die bärtigen Männer starrten angespannt an ihnen vorbei in Richtung Wald. Ruckartig drehte sie sich um. Am Ufer befand sich der erste Raubwehr. Obwohl die Nachmittagssonne hell am Himmel stand, leuchteten seine Augen unheimlich intensiv. Er schien sehr wütend zu sein. Kurz danach trat ein zweiter Raubwehr aus dem Wald.

»Sie sind da!«, rief Lara aufgeregt.

Das Schiff war in der Zwischenzeit bis auf wenige Meter an sie herangefahren. Einer der Männer an

Bord hatte eine Strickleiter über die Rehling geworfen und winkte ihnen zu. Er trug die Uniform von Alea.

»Schnell! Hochklettern!«, rief er laut.

Lara strich über die Mähne ihres Hopies. Zusammenhanglos fiel ihr ein, dass es noch immer keinen Namen von ihr bekommen hatte.

»Wir können die Tiere doch nicht einfach zurücklassen«, rief sie verzweifelt.

»Arr-Hu! Keine Sorge«, rief Degas schräg hinter ihr. »Ich werde die Tiere zu einer unserer äußeren Siedlungen schicken, die von den Soldaten Aleas sicher noch nicht entdeckt worden ist.«

Während Altus, Vivian und Sina ins Wasser sprangen und die Strickleiter zu fassen bekamen, bewegten sich die Hopies auf Degas zu. Leise und ruhig sprach er kurz auf sie ein und lächelte anschließend Lara zu. »Keine Angst, sie werden den Weg ohne Probleme finden. Und sie werden noch eine ganze Weile im Wasser bleiben und so weit weg schwimmen, bis die Raubwehre sie nicht mehr wittern können.«

Lara nickte zufrieden, beugte sich vor und gab ihrem Hopie einen Kuss auf den weichen Hals. Dann ließ auch sie sich ins Wasser gleiten. »Degas, halt dich an mir fest.«

Der Waldmensch nickte dankbar und rutschte ebenfalls von seinem Tier. Wie ein Stein glitt er ins Wasser und ging augenblicklich unter. Glücklicherweise war Lara bereits zur Stelle und umklammerte ihn an der Taille. Ohne Probleme erreichte sie nach mehreren Schwimmbewegungen die Leiter. Altus stand bereit und zog Degas nach oben, der Lara dankbar zulächelte. Hastig zog auch sie sich hinauf. Einer der Männer an Bord streckte ihr die Hand entgegen und sie ließ sich an Deck hieven.

Einer der Seeleute machte ein Zeichen. »Alle an Bord. Lass uns schnell verschwinden«, rief er seinem Nebenmann zu. »Ich fühle mich schon ganz lethargisch. Diese Raubwehre setzen eine sehr starke Hypnose ein.«

Das Schiff nahm erstaunlich schnell an Fahrt auf. Mit einem kräftigen Ruck drehte es ab und entfernte sich vom Ufer. Lara warf einen Blick zurück. Nach wie vor standen mehre Raubwehre am Wasser und schauten ihnen nach. Irgendwann sah Lara nur noch die glühenden, stetig kleiner werdenden Augen. Immerhin schienen sich die Monster nicht für die Hopies zu interessieren, die ihrerseits begannen, in einem Bogen tiefer in den See zu schwimmen.

Erschöpft ließ sie sich auf die Holzplanken fallen. Sina saß einige Meter entfernt von ihr, hatte den Kopf in ihren Armen verborgen und japste erleichtert. Wehras hatte den Arm um sie gelegt und auch ihm sah man jetzt die Strapazen der letzten Tage an.

Eines der Besatzungsmitglieder räusperte sich. »Unser Kapitän möchte mit euch sprechen«, sagte er und zeigte auf eine kleine Tür an einem Aufbau am Heck des Schiffes.

Nass wie sie waren, betraten sie den Raum, in dessen Mitte ein Tisch und mehrere Stühle standen. An den Wänden hingen Felle. Neben dem Tisch befand sich ein gewaltiger Kerzenständer, der die Kajüte in ein warmes Licht tauchte. Auf einem der Stühle saß ein Mann, der einen langen, dunkelgrünen Stoffmantel trug. In seinem Mund steckte eine Zigarre und weißer Qualm schwebte um sein Gesicht. Trotzdem erkannte ihn Lara sofort.

»Herr Carrington«, stellte sie überrascht fest.

Sie merkte, wie Sina sie anstarrte.

»Was ist?«, flüsterte Lara.

»Das ist Toret«, sagte Sina leise. »Einer der Groß-meister von Alea.«

Wehras nickte. »Ich habe ihn öfter bei Veranstaltungen vor dem Palast gesehen.«

Der Mann blies genüsslich seinen Zigarrenrauch aus und nickte. »Ihr habt alle drei recht. Auf der Erde bin ich William Carrington, der Direktor des Internats. In Alea bin ich einer der fünf Großmeister«, erklärte er lächelnd. Er zeigte einladend auf die freien Plätze, auf denen Handtücher bereit lagen. Dann erhob er sich und holte ein Tablett von einer Anrichte, auf dem ein Krug mit Waldwasser und sieben Becher standen. »Ich glaube, ich bin euch eine Erklärung schuldig«, sagte er und schenkte ein.

12. Der Großmeister

Toret schaute auf den Kerzenständer und schlug die Beine übereinander.

»Wo fange ich an?«, sagte er zu sich selbst. Nach einer Weile begann er zu erzählen. »Vor vielen Jahren bekam ich eine Stelle als Lehrkraft in einem Internat auf der Erde. Da ich ebenso neugierig war wie ihr«, er sah Vivian und Lara an, »dauerte es nicht lange und ich entdeckte das Tor, das die Erde mit dieser Welt verbindet.«

Degas nickte langsam. »Ich habe mir gedacht, dass du ein ganz besonderes Geheimnis hütest, Lara.«

Sina lächelte ihr zu. »Du hast mir ja schon erzählt, dass man auf der Erde Fleisch isst, ohne für das Schlachten sorgen zu müssen«, stellte sie fest. »Was kannst du uns sonst noch über diese fremde Welt erzählen?«

»Lasst mich doch erst einmal erzählen«, schaltete sich Toret ein. »Für eure Fragen nimmt sich Lara später bestimmt ausreichend Zeit. Meine Ausflüge in Alea wurden immer länger. Ich habe mich dort schnell wohlgefühlt. Ich mochte die Stadt und die Menschen. Auf der Erde war ich allein, aber in Alea habe ich eine Frau gefunden, mit der ich mein Leben« verbringen wollte. Wir zogen in ein gemeinsames Haus. Es war eine wundervolle Zeit. Mein Privatleben war harmonisch, meine Lehrtätigkeit im Internat bereitete mit viel Freude.« Torets Miene verdüsterte sich. »Aber die Situation in Alea verschlechterte sich. Waldhes gab den Soldaten immer mehr Macht und Freiheiten. Eines Tages verabredete sich meine Frau mit ihrer Freundin in einem Gasthaus. Sie wollten zu Mittag essen und anschließend über diverse Marktplätze schlendern. Was genau passiert ist, habe ich nie erfahren. Soldaten betraten das Gasthaus. Irgendwie müssen sie sich durch die beiden Frauen provoziert gefühlt haben. Wie mir der Wirt Tage später erzählte, kam es zu einem heftigen Wortwechsel, in dessen Verlauf einer der Soldaten seinen Dolch zog und ihn meiner Frau in den Rücken rammte.« Toret wischte sich mit der Hand über die Stirn. Es war ihm anzusehen, wie stark ihm diese Erinnerungen zusetzten. »Sie verblutete im Gasthaus, bevor jemand Hilfe holen konnte. Ihre Freundin wurde verhaftet. Von ihr habe ich nie mehr etwas gehört. Danach konnte ich nicht länger in Alea wohnen. Ich habe das Haus verkauft und zog zurück in mein Internatszimmer. Meine Trauer ließ ich mir nicht anmerken. Ich ging weiterhin zur Arbeit, als sei nichts geschehen.«

Einen Augenblick herrschte komplette Stille. Lara konnte ihre Atmung hören und registrierte ein knarrendes Geräusch von draußen. Vielleicht der Segelmast?

»Warum?«, fragte Vivian leise.

»Weil ich schon damals Rache geschworen habe«, antwortete Toret. »Ich wollte jemanden zur Verantwortung ziehen. Und dieser Jemand war Waldhes.

Er hatte den Soldaten umfangreiche Rechte gegeben und sie ermutigt, sich wie Könige in Alea aufzuführen. Jahre später wurde ich Leiter des Internats, außerdem wurde ich in Alea zum Großmeister ernannt. Ich nahm den Namen Toret an, um die Verpflichtungen als Großmeister wahrzunehmen.«

Erneut herrschte Schweigen im Raum. Dann hakte Altus nach. »Und die Rachepläne?«

Toret zog an seiner Zigarre. Die Luft im Raum war inzwischen vom Rauch vernebelt. Torets Stimme klang gefasster, als er fortfuhr. »Zielstrebig verfolgte ich einen Plan. Ich wollte Waldhes töten. Aber so merkwürdig sich das anhört, es ergab sich keine Gelegenheit, ihn zur Rede zu stellen und zu bestrafen. Es war wie verhext.«

»Stimmt es, dass Waldhes über magische Fähigkeiten verfügt?«, fragte Wehras.

»Sehr wahrscheinlich«, antwortete Toret. »Ich war nie mit Waldhes alleine in einem Raum. Jedes Mal kam jemand dazu oder Waldhes hatte es eilig und verschwand nach einigen Sekunden. Das war merkwürdig.« Toret änderte seine Sitzposition und nahm einen letzten Zug von seiner Zigarre. Während er die Asche anschaute, sagte er: »Mittlerweile ist mir klar geworden, dass ich Hilfe brauche, wenn ich gegen Waldhes kämpfen möchte.« Er lächelte Lara an. »Und zwar deine Hilfe.«

Lara glaubte, sich verhört zu haben. »Was?«, rief sie aufgebracht.

»Wir beide, Lara, haben große Pläne. Wir werden uns auf den Weg nach Alea machen. Dort werden wir Waldhes in seinem Palast stellen.«

Lara schluckte mehrmals. »Das verstehe ich nicht. Warum soll ausgerechnet ich mitkommen? Wie könnte ich Ihnen helfen? Wenn Sie Waldhes vernichten wollen, brauchen Sie Soldaten. Irgendeine besonders gut ausgebildete Truppe ...«

Toret schüttelte den Kopf. »Nein. Mit Soldaten kämen wir bei Waldhes nicht weit. Ich bin mir ziemlich sicher, dass man Waldhes nicht mit normalen Mitteln bekämpfen kann.« Er faltete die Hände und beugte sich vor. »Du bist etwas ganz Besonderes, Lara«, sagte er eindringlich. »Erinnerst du dich an unser Gespräch mit Heimer nach der Schulstunde?«

Lara nickte. »Natürlich. Sie haben mir gesagt, dass mich das Internat unbedingt haben wollte.«

Toret nickte. »Du hast dich sicherlich oft gefragt, was ich damit gemeint haben könnte und warum wir dich trotz deiner Matheleistungen aufgenommen haben.«

»Oh ja«, meinte Lara.

»Für den Anfang genügt es, wenn du weißt, dass wir nach dir gesucht haben. Und schließlich fanden wir dich.«

»Nicht so schnell. Wer hat nach mir gesucht?«, fragte Lara und beugte sich ebenfalls neugierig vor.

Toret hob die Hände. »Also gut. Laut einer alten Überlieferung ist von einem Nachfahre des alten Volkes die Rede, der oder die den Tyrannen aus Alea vertreiben könne. Es ist alles etwas schwammig, aber diese Person soll über eine besondere Aura verfügen. Und du, liebe Lara, besitzt diese Aura.«

»Eine besondere Aura?«, fragte Lara irritiert.

»Ja. Als Aura bezeichnet man den Energiekörper eines Menschen, seine Ausstrahlung, die den Körper wolken- oder lichtkranzartig umgibt.«

»Und wieso ist meine Aura anders oder besonders?«

Toret zuckte mit den Schultern. »Ich weiß es nicht.«

»Du siehst meine Aura also nicht?«, fragte Lara.

Toret lachte erneut. »Nein. Wie sollte ich? Ich besitze leider keinerlei übernatürliche Fähigkeiten. Die einzigen Wesen, die deine Aura erkennen können, sind Klettzen.«

»Klettzen?«, wiederholte Lara fassungslos. »Wieso ausgerechnet Klettzen?«

»Das weiß ich nicht.«

»Also hat eine Klettze mich auf der Erde gefunden?«, fragte Lara und stellte sich vor, wie die Wesen breit grinsend an parkenden Autos vorbei durch ihre Straße marschierten.

»Klettzen haben fantastische Fähigkeiten«, sagte Toret und blickte kurz danach etwas betrübt zu Lara. »Wenn nur der Umgang mit ihnen leichter wäre. Es hat mich Jahre und unzählige Schürfungen, Bluterergüsse und Wunden gekostet, bis eines dieser Wesen bereit war, mir auf die Erde zu folgen.«

»Wie habt ihr mich gefunden?«

»Das ist momentan nicht wichtig. Entscheidend ist, dass du helfen könntest, Waldhes zu stürzen.«

Lara runzelte die Stirn. »So wie Sie das ausgedrückt haben, sind Sie nicht sicher, ob ich tatsächlich diese Fähigkeiten besitze. Und von was für Fähigkeiten sprechen wir überhaupt?«

Toret wippte leicht mit seinem Fuß. »Das«, sagte er, »weiß ich leider selbst nicht. Wir werden es erst erfahren, wenn wir Waldhes gegenüberstehen. Aber so viel ist klar, ich brauche deine Hilfe, um gegen Waldhes bestehen zu können.«

Lara schaute irritiert in die Gesichter ihrer Freunde. Sie versuchte, Torets Worte einzuordnen. Ihr war absolut schleierhaft, warum sie eine besondere Rolle spielen und warum der mächtige Waldhes, der sogar über magische Fähigkeiten verfügte, sie fürchten sollte. Trotzdem war sie bereit, ihm gegenüberzutreten. »Wenn ich dazu beitragen kann, dass die Bürger Aleas in Zukunft keine Angst mehr vor den Soldaten haben müssen, helfe ich gern«, sagte sie entschlossen.

Toret lächelte. »Gut.«

Eines der Besatzungsmitglieder öffnete die Tür. »Wir haben etwas zur Stärkung vorbereitet«, verkündete der Mann.

Sie gingen an Deck, wo auf mehreren kleinen Tischen Brote, gekochtes Gemüse und getrocknetes Obst verteilt worden war.

»Lasst es euch schmecken. Morgen Vormittag werden wir das Südufer des Sees erreichen und sind dann bereits vor den Toren Aleas«, sagte Toret, nahm sich eine Schüssel und füllte sie mit einem orangefarbenen Brei.

Vivian, die sich neben Lara gestellt hatte, griff sich ein Brot und kaute lustlos auf der Rinde herum.

Toret gesellte sich zu ihr. »Du siehst ein wenig traurig aus«, stellte er fest.

Vivian nickte zunächst und schüttelte gleich darauf den Kopf. »Ja, nein. Ich weiß nicht«, sagte sie. »Ich habe gehofft, wir würden die Stadt des alten Volkes finden. Ich glaube, dass diese Stadt existiert und nicht nur eine Sage ist. Deswegen bin ich ein bisschen enttäuscht.« Sie bemühte sich um ein Lächeln. »Andererseits tauchte Ihr Schiff genau im richtigen Augenblick auf. Ich vermute, die Raubwehre hätten uns langsam hypnotisiert und einen nach dem anderen aus dem Wasser gelockt.«

Toret schaute über das Wasser und nickte leicht. »Die Klettzen haben uns den Tipp gegeben, an welcher Stelle ihr wahrscheinlich in den See treten werdet. Sonst hätten wir euch nie rechtzeitig gefunden.« Seine Stimme wurde leiser. »Auch ich habe viele Gerüchte über eine Stadt im Norden gehört. Ich glaube, dass an einigen dieser Geschichten durchaus etwas dran ist. Tatsache ist, dass bisher kein Mensch weiter in den Norden vorgedrungen ist als bis zur großen Flussmündung, die sich mehrere Tagesreisen weiter östlich von Seevis befindet. Wer kann schon sagen, was dahinter ist?«

Vivian lächelte. »Wenn sich die Verhältnisse in Alea gebessert haben, bleibt mir Zeit, die Suche nach dem alten Volk fortzusetzen.«

Degas kam auf sie zu und schaute besorgt zu Toret. »Ich muss so schnell wie möglich wieder zurück zu unseren Siedlungen. Wenn die Soldaten gegen mein Volk kämpfen, kann ich nicht untätig herumsitzen.«

»Das kann ich verstehen«, antwortete Toret. »Aber so weit ich informiert bin, hat der Angriff auf die Siedlungen der Waldmenschen noch nicht begonnen. Es gab wohl Probleme bei der Versorgung der Soldaten. Mehrere Karren mit Vorräten sollen in Flammen aufgegangen sein.«

»Sabotage?«

»Sehr wahrscheinlich. Aber von wem ist nicht klar. Jedenfalls halten sich die Soldaten nun solange zurück, bis genug Nachschub aus Alea eingetroffen ist. Und das kann noch eine Weile dauern, da nur einzelne Karren losgeschickt werden, die leicht im

Wald versteckt werden können, damit keine neuerlichen Überfälle stattfinden. Du kannst also unbesorgt mit uns kommen. Wenn mein Plan aufgeht, werden die Kampfhandlungen schon in Kürze eingestellt.«

Die Nacht war lauschig und friedlich. Lara blickte in den wolkenlosen Himmel und betrachtete die zahlreichen Sterne. Das Schiff schaukelte sanft auf dem Wasser und nach wenigen Minuten war sie eingeschlafen. Als sie von einem der Soldaten geweckt wurde, hatte das Schiff bereits angelegt. Die Sonne stand am Horizont. Toret saß am Ufer und kramte in einer Kiste herum. Als er Lara sah, winkte er sie fröhlich zu sich.

»Viel können wir nicht mitnehmen. Wir haben einen ordentlichen Fußweg vor uns«, sagte er und förderte einen dunkelblauen Umhang zutage, auf dem vier schwarze Sterne aufgenäht waren. »Wirf dir dies bitte über. Ich werde dich in den Palästen als meine neue Gehilfin vorstellen. Alle Diener der Großmeister tragen solche Umhänge«, erklärte er.

Lara begutachtete den schweren Stoff, der sie an die Holzfällerhemden erinnerte. »Ich habe in Alea niemanden mit einem solchen Umhang herumlaufen sehen«, sagte sie.

Toret lachte. »Das glaube ich gerne. Die Diener der Großmeister dürfen nur einmal im Jahr die Paläste verlassen.«

»Warum denn das?«

»Um jederzeit zur Verfügung zu stehen«, sagte Toret wie selbstverständlich.

Lara lachte kurz. »Es ist bestimmt nicht einfach, Freiwillige für diese Arbeit zu bekommen«, vermutete sie.

»Oh doch. Jedes Jahr bewerben sich unzählige junge Männer und Frauen aus Alea, um ein bis zwei freie Plätze. Die Arbeit in den Palästen ist sehr angesehen und das Dienstpersonal lebt in einem gewissen Luxus«, erklärte Toret.

Nachdem er einen Dolch aus der Kiste genommen hatte, holte er einen weiteren Umhang hervor. Er leuchtete rot und besaß feine beigefarbene Verzierungen an den Rändern. »Die offizielle Dienstbekleidung der Großmeister«, sagte er lachend und warf sich den Umhang über die Schultern. Dann klappte er die Kiste zu.

»Durch welches Tor gehen wir eigentlich?«, fragte Lara unvermittelt und musste an Balter und seine Soldaten denken. Es schien ihr durchaus möglich, dass man sie gleich am Eingang verhaften würde.

Toret blickte sie an, als ob er nicht verstehen würde. Dann lächelte er. »Ich habe die Stadt nie durch eines der Tore betreten oder verlassen«, sagte er. Er zeigte zwischen die Bäume. »Wir werden den Geheimgang nehmen, der direkt zu den Palästen führt.«

Vivian nahm Lara fest in die Arme. »Was auch immer ihr vorhabt, ich wünsche euch viel Glück«, sagte sie.

»Kommt ihr nicht mit?«, fragte Lara bestürzt.

Vivian schüttelte den Kopf.

Toret räusperte sich. »Nein, in den Palast müssen wir beide allein gehen. Deine Freunde werden meinen Männern folgen und Alea durch eines der Tore betreten.«

»Das ist viel zu gefährlich«, protestierte Lara.

Der bärtige Soldat, der ihnen gestern die Leiter zugeworfen hatte, lächelte. »Ich kenne den Kommandanten des kleineren, westlichen Tores. Man wird uns ohne Scherereien durchlassen«, versicherte er.

»Wir sehen uns in einer der gemütlichen Schenken, wenn alles vorbei ist«, sagte Vivian aufmunternd.

Lara sah ihren Freunden mit einem wehmütigen Gefühl hinterher, als sie auf einen schmalen Pfad bogen und kurz darauf hinter den Tannen verschwanden.

»Jetzt sind wir auf uns allein gestellt«, sagte Toret und blickte sie entschlossen an.

Lara spürte, wie eine Last von ihr abfiel. Sie mussten nicht an den Wachsoldaten der Tore vorbei. Das war gut. Sie bekam jetzt noch weiche Knie, wenn sie an das wutverzerrte Gesicht von Balter dachte.

»Wer hat den Gang angelegt?«, fragte sie.

Toret zuckte mit den Schultern. »Das alte Volk, nehme ich an. Der Gang ist stockfinster und feucht. Aber am Eingang stehen Fackeln bereit.«

Nach einiger Zeit ging Toret plötzlich vor einem Baum in die Hocke. Direkt neben dem Stamm ragte ein unscheinbarer Ast aus dem Boden. Toret umfasste ihn und zog ihn nach vorn. Ein Klacken ertönte.

»Der Eingang ist in diesen Gewächsen versteckt«, sagte er, ging auf eine Gruppe von Farnen zu und schob sie mit den Händen auseinander. Zwischen den Farnen befand sich eine geöffnete Luke. Eine Treppe führte nach unten.

»Es sind nur wenige Stufen.« Er stieg hinab und kurze Zeit später flackerte Licht von unten herauf. Toret hatte eine Fackel entzündet und winkte Lara herbei. »Lass uns gehen. Schließ bitte vorher den Eingang.«

Die Luke hatte einen schweren Griff. Lara zog daran und sie fiel nach unten. Toret reichte ihr eine zweite Fackel. Sie betraten einen gemauerten Gang, der gerade hoch genug war, dass Lara aufrecht gehen konnte. Es roch nach feuchter Erde. Das Licht der Fackeln spiegelte sich in unzähligen Pfützen wider. Wasser tropfte von den Steinen herab. Als Lara die Wand berührte, klebte eine zähflüssige, grüne Masse an ihren Fingern. Nur mit Mühe konnte sie den Schleim abschütteln. Nach einer Weile stieg der Wasserstand langsam an. Es tropfte aus dem Mauerwerk, als ob sie mitten durch ein Regengebiet gehen würden. Lara schaute skeptisch an die Decke.

»Es wird ein wenig nasser«, bemerkte Toret vielsagend. »Der Gang ist in keinem guten Zustand mehr.«

Tatsächlich lagen einige Hundert Meter weiter viele der Mauersteine auf dem Boden, die sich von der Wand gelöst hatten. Erde war ins Innere des Ganges gerieselt und ließ nur einen schmalen Durchgang frei. Ein paar Schritte weiter wurden Laras Füße nass. Das Wasser stand nun knapp 20 Zentimeter hoch. Allmählich bekam sie ein ungutes Gefühl, zumal sich deutliche Risse in der Decke abzeichneten.

»Hoffentlich stürzt der Gang nicht ein«, bemerkte sie.

Toret schaute flüchtig hoch. »Oh, das wir sicher sehr bald passieren«, sagte er.

Das war nicht die Antwort, die Lara hatte hören wollen. Dankbar nahm sie zur Kenntnis, dass kurze Zeit später der Wasserstand wieder sank.

Nach etwa einer Stunde erlosch ihre Fackel. »Eigentlich reicht das Licht bis zum Eingang der Paläste. Wir müssen langsam gegangen sein«, bemerkte Toret verwundert.

Der Gang stieg sanft an. Hier war er komplett trocken. Vor ihnen tauchte ein Fallgitter auf. Armdicke, verrostete Eisenstäbe standen so dicht nebeneinander, dass selbst Mäuse Schwierigkeiten haben müssten, hindurchzukommen.

»Wie lässt sich das Gitter öffnen?«, fragte Lara.

Toret schüttelte sich den Dreck von seinem Umhang und sagte: »Das weiß niemand außer Waldhes. Hinter den Gitterstäben geht es zu seinem Palast.«

Lara schaute sich suchend um. »Und wo müssen wir entlang?«

Toret trat an die Wand und zog an einem kleinen Holzknauf. Geräuschlos öffnete sich daraufhin eine im Mauerwerk verborgene Tür einen Spalt weit. Toret machte sie ganz auf und atmete erleichtert aus.

»Wir haben es geschafft. Ich habe schon damit gerechnet, dass wir den Rest des Weges im Dunkeln finden müssten.«

Er warf die Fackel zur Seite und sie traten durch die Tür in einen mehrere Meter breiten, quadratischen Raum, in dessen gegenüberliegenden Wand sich ebenfalls eine Tür befand. Ein helles Licht schien unter dem Türspalt hindurch.

»Willkommen in meiner Residenz«, sagte Toret und öffnete auch die zweite Tür.

Sie gelangten in einen prunkvollen Raum, der fast die Höhe der Bäume im Wald hatte. Fenster, die bis zur Decke reichten, boten einen einzigartigen Blick auf Alea. Lara sah direkt vor sich den Turm der Stadt. Schräg dahinter entdeckte sie ein Stück vom schwarzen Turm der Schutztruppen. Einen Moment ruhte ihr Blick auf diesem Bauwerk und sie dachte an Terzio. Ob er sich dort in seinem Quartier befand? Womöglich schaute er gerade hinüber zum Palast?

Neben den Fenstern hingen dunkelrote Vorhänge, Stofftapeten in der gleichen Farbe waren an den Wänden angebracht. Verschiedene Gemälde mit finster dreinblickenden älteren Herren hingen daran. Einer von ihnen war Toret. Als Lara sich umdrehte, entdeckte sie einen großen Kamin, vor dem zwei mit hellgrünem Stoff bezogene Sessel standen. Direkt daneben befand sich die Geheimtür, die Toret gerade schloss. Hätte sie die Tür nicht eben noch offen gesehen, wären ihr die feinen Rillen in der Tapete um den Rahmen herum überhaupt nicht aufgefallen.

»Wenn wir uns beeilen, schaffen wir es zum gemeinsamen Frühstück der Großmeister«, sagte Toret und durchschritt den Raum.

»Die Großmeister frühstücken zusammen?«, fragte Lara.

»Das hat Tradition. Auch die Diener sind dabei. Da kann ich dich gleich vorstellen.«

Sie gingen einen Flur entlang, der ebenfalls mit dunkelrotem Stoff tapeziert worden war. Anschließend stiegen sie mehrere Treppen hinunter, bis sie schließlich eine riesige Halle erreichten. Sie hatte keine Fenster, stattdessen spendeten dunkelrote Kerzen Licht, die in mehreren eisernen Kerzenständern an der Wand hingen.

»Hier treffen die Räumlichkeiten der vier Großmeister aufeinander«, erklärte Toret.

Die Halle mündete in einen runden Saal. In der Mitte befand sich ein runder Tisch mit vier Stühlen, ebenfalls mit grünem Stoff überzogen. Zwischen den Stühlen standen kleine Holzhocker. Der Tisch war glatt poliert und glänzte im Schein des Kronleuchters, der etwa fünf Meter darüber an der Decke hing. Ein dicker Mann mit fettigen Haaren, die ihm bis über die Ohren hingen, saß auf einem der Stühle. Er hatte den gleichen Umhang wie Toret umgelegt. Zu seiner Linken saß ein Junge, etwa gleich alt wie Lara, auf einem der Hocker. Er hatte ein schmutziges Hemd an, über dem er seinen ebenfalls schmutzigen Diener-Umhang trug. Lara blickte an sich herunter und stellte fest, dass sie sehr überzeugend für eine Dienerin aus-sah. Wie gut, dass der Geheimgang derart schmutzig gewesen war. Toret nahm auf dem Stuhl gegenüber Platz und bedeutete Lara sich ebenfalls zu setzen, was sie auch tat. Während der Mann mit den Fetthaaren Lara keines Blickes würdigte, schaute sie der Junge interessiert an. Er hatte halblange, schwarze Haare, die nach hinten gekämmt waren und ihm ein sehr strenges Aussehen verliehen. Wie Lara jedoch über-rascht feststellte, fing er sogleich an zu lächeln, als ihre Blicke sich trafen. Da niemand etwas sagte, blieb auch Lara stumm. Nach wenigen Minuten kam ein weiterer Mann herein, der ebenfalls den Großmeister-Umhang trug. Er war sehr dünn und groß, Lara schätzte ihn auf knapp zwei Meter. In seinem ovalen Gesicht schauten tief in den Höhlen liegende Augen teilnahmslos umher. Als er sich hinsetzte, rieselte es wie Schnee auf den Tisch. Offensichtlich hatte er ein schweres Schuppenproblem. Auch er sagte nichts. Nach kurzer Zeit kam eine junge Frau mit Diener-umhang herein und setzte sich neben ihn. Ihren Blick hielt sie stets gesenkt und starrte ohne Unterlass auf den Fußboden. Lara schauderte bei dem Gedanken, dass diese Männer, neben Waldhes, für die Politik in Alea verantwortlich waren. Wie auf ein geheimes Kommando erschienen plötzlich drei schwarzgekleidete junge Frauen am Eingang und trugen Tabletts in den Saal.

»Wir wünschen den Großmeistern ein schmackhaftes Essen«, riefen sie im Chor und deckten auf.

Lara bemerkte, wie der andere Diener eine der Frauen leicht am Arm berührte. Sie lächelten sich gegenseitig an. Lara beruhigte diese Szene. Also war doch noch etwas Leben in diesem Raum. Nachdem die Frauen gegangen waren, erhob sich Toret.

»Ich möchte euch meine neue Gehilfin Lara vorstellen«, sagte er.

Der Diener mit dem Scheitel war der Einzige, der Lara anschaute.

»Hallo, Lara. Ich bin Eduard«, sagte er fröhlich.

Weder die beiden Großmeister noch die junge Frau zeigten Interesse. Während die Großmeister ihr Brot aßen, starrte die Frau weiterhin auf den Fußboden. Selbst Toret schien verwundert. Er räusperte sich.

»Ja, nun …«, sagte er und setzte sich hin.

Unvermittelt meldete sich der Hagere zu Wort: »Ein neues Fest muss geplant werden.«

Toret blickte ihn interessiert an. »Hast du das nicht vor einigen Wochen gesagt, Berot? Was ist aus den Planungen geworden?«

Berot fuhr sich ärgerlich durch die Haare. Schnee rieselte auf sein Brot. Es schien ihn nicht weiter zu stören. »Ach ja«, sagte er nur und verstummte.

Bei dieser Antwort wäre Lara fast der Käse im Hals stecken geblieben, den sie gerade heruntergeschluckt hatte. »Wie bitte?«, rief sie und starrte Berot an.

Berot reagierte nicht, dafür erntete sie einen ärgerlichen Blick von Toret.

»Ich ahne Böses«, flüsterte Lara.

Toret zog fragend die Augenbrauen in die Höhe.

Unvermittelt meldete sich der Fetthaarige zu Wort. »Ich sehe das genauso. Wir benötigen weitere Marktplätze.«

Toret, Lara und selbst Eduard, sein Diener, schauten ihn irritiert an.

»Was meinst du, Laret?«, fragte Toret. »Haben wir nicht genug Marktplätze? Eher benötigen wir eine Versammlungsstätte oder Räume für Aleas Jugend«, sagte er.

»Ach ja«, sagte Laret leise und vergrub sein Gesicht hinter seinen Händen.

Lara berührte Toret am Arm. »Wir müssen unbedingt reden«, sagte sie. »Ich habe so ein seltsames Verhalten schon einmal erlebt.«

Toret führte seinen Zeigefinger an den Mund.

»Keine Sorge. Sie bekommen nichts von dem mit, was wir reden«, sagte sie bitter.

Während Toret verwirrt zu Laret und Berot schaute, atmete Eduard erleichtert aus.

»Endlich merkt jemand, dass hier etwas Seltsames vorgeht«, sagte er.

Lara musterte ihn aufmerksam. »Du bist so weit in Ordnung?«

Eduard nickte. »Ich denke.« Er zeigte auf die junge Frau. »Bis letzte Woche verhielt sich auch Sammy völlig normal.«

Toret trank einen Schluck Waldwasser. »Lasst uns darüber nicht am Tisch reden«, sagte er. »Kannst du

nachher in meinen Flügel kommen?«, fragte er
Eduard.

Der nickte und eine Weile sagten sie nichts. Kurz
bevor sie aufgegessen hatten, schüttelte Berot erneut
den Kopf. »Aber die Soldaten müssen in das Fest mit-
einbezogen werden«, sagte er.

Laret nickte ernst. »Marktplätze sind gut für das
Wohlbefinden der Bevölkerung«, stimmte er
zusammenhanglos zu.

Toret stand auf. »Mir reicht es«, sagte er leise.
»Würdet ihr uns bitte entschuldigen?« Er nickte den
Großmeistern zu und verschwand aus dem Saal.

Lara erhob sich ebenfalls. »Komm mit«, rief sie
Eduard zu.

Toret rannte fast den Flur entlang. Er nahm mehrere
Treppenstufen auf einmal und erreichte wenig später
den Raum, den sie durch den Geheimgang betreten
hatten, wo er ungeduldig auf Lara und Eduard wartete. Als sie das Zimmer betraten, knallte Toret die
Tür zu.

»Du meine Güte«, rief er. »Die beiden Großmeister werden immer seltsamer.«

Eduard nickte. »Inzwischen ist es sehr schlimm«,
bestätigte er und überprüfte den Sitz seiner Frisur.

Lara beobachtete einen Moment lang, wie Eduard
seinen Scheitel in Ordnung brachte. Durch das
schnelle Aufstehen hingen seiner Haare an der Stirn
herunter.

»Dieser Zustand ist bei den Großmeistern also
nicht plötzlich aufgetreten?«, fragte Lara.

Vorsichtig schüttelte Eduard den Kopf. Er wollte
seine Frisur wohl nicht ein weiteres Mal in Unord-
nung bringen, dachte Lara und grinste amüsiert.

»So schlimm ist es erst seit wenigen Wochen«, sagte Eduard. »Die Meister reden überhaupt nicht mehr miteinander oder mit mir. Sie gehen wie in Trance durch die Räume und vernachlässigen sich.« Eduard lehnte sich gegen den Kamin. »Es wurde mit der Zeit auffälliger.«

Toret setzte sich auf einen der Sessel. »Wann hast du denn zum ersten Mal eine Veränderung bei deinem Meister festgestellt?«, fragte er Eduard.

Eduard lachte bitter. »Da muss ich nicht lange überlegen. Laret war ein Vorbild für mich. Es hieß, dass er weise Entscheidungen zum Wohle Aleas traf. Ich habe ihn auf einer Veranstaltung getroffen, bei der ich Getränke ausschenkte. Wir unterhielten uns über die bevorstehende Aufstockung der Schutztruppen. Obwohl Waldhes dafür war, hielt er selbst nicht viel davon. Später am Abend fragte Laret mich, ob ich nicht sein Gehilfe werden wolle. Ich war sofort einverstanden.« Eduard lächelte andächtig, als er daran dachte. »Laret mochte die Schutztruppen nicht. Deshalb wollte er eine Aufstockung der Soldaten unbedingt verhindern. Er war deswegen oft in Waldhes' Palast. Ich war erst knapp einen Monat sein Diener, als Waldhes eines Tages bei ihm auftauchte. Laret schickte mich weg, dennoch hörte ich, wie sie sich stritten – ich lauschte an der Tür. Waldhes drohte ihm, dass er mit Konsequenzen rechnen müsse, wenn er dem Plan zur Erweiterung der Schutztruppen nicht endlich zustimmen würde. Laret war außer sich. Er verbot sich, dass Waldhes in diesem Ton mit ihm sprach. Jetzt würde er seinen Widerstand erst recht weiterführen. Im nächsten Moment wurde die Tür aufgerissen und ich sprang zur Seite. Waldhes rannte knurrend aus dem Raum.«

Eduard seufzte. Gedankenverloren nickte er und ordnete erneut seine Haare. »Direkt nach diesem Schlagabtausch verabschiedete ich mich von Laret. Ich hatte zwei freie Tage, die ich bei meiner Familie verbrachte. Als ich anschließend zurück zum Palast schlenderte, traf ich betrunkene Soldaten auf der Straße. Einer von ihnen stieß mich an. Er knurrte wütend, dass ich mich in Acht nehmen solle. Waldhes und die Großmeister hätten die Aufstockung der Schutztruppen beschlossen und zukünftig würden sie mit einer Kreatur wie mir kurzen Prozess machen. Verwundert erzählte ich Laret von dem Vorfall. Er lachte herzlich und sagte, dass es so weit nicht kommen würde. Im nächsten Satz erklärte er mir, warum eine Aufstockung der Schutztruppen unbedingt notwendig sei. Zuerst dachte ich, er mache Spaß. Ich lachte und sagte, dass er doch selbst nicht glaube, was er da erzählt.« Eduard brach ab und schaute in den Kamin. »Wurde der schon einmal benutzt?«, fragte er.

Toret zuckte mit den Achseln. »Weiß ich nicht. In Alea ist es immer warm. Wer braucht da einen Kamin?«

Eduard lachte und konzentrierte sich wieder auf seine Geschichte. »Als ich weg war, hat Laret dem Vorhaben von Waldhes zugestimmt. Seit der Zeit sprach er begeistert von den Möglichkeiten, die sich daraus ergeben würden. Er hatte innerhalb von zwei Tagen seine tiefste Überzeugung verraten. In der folgenden Zeit stand er häufig gedankenverloren vor dem Fenster. Wenn ich ihn ansprach, schien er mich nicht zu hören. Sonst wirkte er völlig normal. Die nächste Verschlechterung seines Zustandes trat ein, als die Großmeister über den Ausbau der Labors entscheiden mussten.«

Lara stieß sich von der Wand ab, an der sie gelehnt hatte. »Lass mich raten: Waldhes war für einen Ausbau und Laret dagegen«, sagte sie.

Eduard bejahte. »Laret empfand es als Barbarei, dass in Alea Versuche an Waldbewohnern durchgeführt wurden. Er wollte die Labors völlig abschaffen. Was soll ich lange darüber reden: Eines Tages, nachdem Laret Waldhes besucht hatte, war er plötzlich für den Ausbau. Die Phasen, in denen er weggetreten wirkte, nahmen zu.«

»Und so ging es weiter und weiter«, vermutete Toret mit ernster Miene. »Wann immer Laret anderer Meinung war, schloss er sich irgendwann doch Waldhes' Wünschen an.«

Eduard nickte kraftlos. »Ich ahnte früh, dass Waldhes dahintersteckte, aber was konnte ich tun? Irgendwann hat Laret dann keine eigenen Interessen mehr verfolgt. Er lief nur noch apathisch durch die Gänge.«

Toret lehnte sich zurück. »Glücklicherweise habe ich mich selten in den Palästen oder in Waldhes' Umgebung aufgehalten. Sonst wäre ich vielleicht auch nicht mehr Herr meiner selbst.«

»Was geschah mit Sammy, der Dienerin von Berot?«, fragte Lara.

»Ihr fiel das Verhalten von Laret natürlich auch auf. Zumal sich Berot ebenso seltsam verhielt. Wir haben uns oft darüber unterhalten, was wohl vor sich ging. Sammy hielt es nicht mehr aus und wollte mit Waldhes über die Großmeister reden«, sagte Eduard. »Das war keine gute Idee. Ihr habt sie gesehen.«

Lara setzte sich auf den zweiten Sessel. »Das Verhalten von Laret, Berot und Sammy kommt mir seltsam bekannt vor«, sagte sie und erzählte von den Einwohnern von Seevis.

Toret und Eduard hörten fasziniert zu.

»Aber in Alea gibt es keine Raubwehre«, sagte Eduard anschließend.

»Vielleicht beherrscht Waldhes eine ähnliche Art der Hypnose wie die Raubwehre«, vermutete Lara.

Toret legte die Stirn sorgenvoll in Falten. »Es wird höchste Zeit, dass etwas unternommen wird.«

Eine Weile schwiegen sie und hingen ihren Gedanken nach.

»Gibt es nicht fünf Großmeister?«, fragte Lara später.

Eduard nickte. »Elad meinst du. Er verlässt selten sein Zimmer. Zuletzt habe ich ihn vor Monaten gesehen. Sein Zustand war damals schon besorgniserregend. Er erscheint nicht einmal mehr zu den gemeinsamen Mahlzeiten.«

»Lebt er überhaupt noch?«, fragte Toret.

»Manchmal höre ich ihn singen«, berichtete Eduard.

»Singen?«

»Er hat früher gern gesungen. Er hat eine tolle Stimme«, sagte Eduard und schaute in den Kamin. »Vielleicht ist Singen das Einzige, was ihm geblieben ist.«

Erneut entstand eine Pause. Lara war gespannt, ob Toret ihn in ihre Pläne einweihen würde. Er sagte jedoch nichts.

Nach einer Weile verabschiedete sich Eduard. »Laret sitzt wahrscheinlich nach wie vor am Frühstückstisch«, sagte er. »Ich werde ihn in sein Zimmer bringen.«

»Wir müssen schnell handeln«, sagte Toret, nachdem Eduard gegangen war. »Eigentlich hatte ich vor, dass wir uns heute ausruhen und Kräfte sammeln. Aber ich glaube, es ist besser, wenn wir gleich um einen Termin bei Waldhes bitten.«

Lara hatte nichts dagegen. Dennoch fragte sie sich nicht zum ersten Mal, ob Toret wusste, was er tat. »Wollen Sie mich nicht allmählich in Ihren Plan einweihen?«, fragte sie.

Toret seufzte. Er öffnete die Tür und betrat den Flur. »Es gibt eine direkte Verbindung zwischen den Palästen«, sagte er und eilte die Treppe hinunter. »Mein Plan ist, dass wir Waldhes direkt zur Rede stellen. Ich frage ihn, warum er die Waldmenschen angreifen lässt, und drohe, mich gegen ihn aufzulehnen.«

Sie erreichten den Flur, der zum Speisezimmer führte. Diesmal schlug Toret die entgegengesetzte Richtung ein.

»Sie wollen ihn provozieren?«, fragte Lara. »Und dann?«

»Wir werden sehen, was passiert.«

Lara blieb stehen. »Was soll denn Ihrer Meinung nach passieren?«

»Vermutlich wird er wütend werden«, sagte Toret. »Womöglich wird er uns das Gleiche zufügen wollen wie Laret, Berot und dessen Gehilfin.« Er zeigte zu einer anderen Treppe. »Wir müssen dort hinunter.« Hastig ging er weiter.

»Wozu soll das gut sein?«, fragte Lara und lief hinterher. Am liebsten wäre sie umgekehrt. »Wenn Waldhes wirklich über ähnliche Kräfte wie die Raubwehre verfügt, wird es für uns sehr gefährlich. Ich

selbst habe mehrmals erlebt, wie schnell ein Raubwehr einen Menschen hypnotisieren kann.«

Toret drehte sich kurz um. »Das ist etwas anderes.
Waldhes ist kein Raubwehr.«

»Aber wenn er über die gleichen Fähigkeiten
verfügt …«, begann Lara erneut.

»Vertraue mir einfach. Ich würde uns nicht in
solche Gefahr bringen, wenn ich nicht einen Trumpf
in der Hinterhand hätte.«

»Also doch«, sagte Lara.

Sie waren inzwischen ein weiteres Stockwerk tiefer
gegangen. Der Flur wirkte breiter und eine goldene
Tapete schmückte die Wände. Sie bogen um eine
Ecke. Fast hätte Lara laut aufgeschrien. Vor einer
schweren Holztür standen zwei Soldaten der Schutztruppen, die sich leise unterhielten. Als sie Toret
sahen, stellten sie sich aufrecht hin und grüßten.
Toret winkte lediglich ungeduldig mit der Hand.

»Ich habe Wichtiges mit Waldhes zu besprechen«,
sagte er.

Einer der Soldaten öffnete die Tür und sie gingen
hindurch. Während ein Soldat bei der Tür blieb,
begleitete der andere Lara und Toret in einen Raum,
der links vom Flur abging. Er war ähnlich eingerichtet
wie das Kaminzimmer von Toret. Mehrere grün
bezogene Sessel standen vor einer langen Feuerstelle.
Meterbreite Fenster gaben den Blick auf Alea frei.

»Setzt euch, Großmeister«, sagte der Soldat. »Ich
werde Waldhes informieren. In welcher Angelegenheit wollt ihr ihn sprechen?«

Toret zögerte einen Moment und sagte dann: »Es
geht um die Waldmenschen.«

Der Soldat nickte und schloss die Tür hinter sich. Toret nahm Platz und streckte die Beine aus. Lara setzte sich neben ihn.

»Entschuldigung, Lara, aber die Gehilfen dürfen nicht auf den Sesseln sitzen. Du musst dich direkt hinter mich stellen.«

»Kein Problem«, sagte Lara und ging hinter Torets Sessel. »Also?«, fragte sie und stützte sich mit ihren Händen auf der Kopflehne ab.

Toret drehte sich um und hob fragend die Augenbrauen.

»Welchen Trumpf wollen Sie ausspielen?«, fragte Lara.

»Dich«, sagte Toret fröhlich.

Wären sie nicht schon in Waldhes' Palast gewesen, hätte Lara sich niemals darauf eingelassen. Was sollte sie schon ausrichten können? Welche Hoffnungen setzte Toret in sie? Voller Sorge stöhnte Lara auf.

»Du brauchst mehr Vertrauen«, meinte Toret lachend.

13. Die Vertreibung

Lara kam nicht dazu, sich weitere Gedanken zu machen, da in diesem Moment die Tür geöffnet wurde und ein riesiger Mann das Zimmer betrat. Waldhes. Lara schätzte, dass er deutlich über zwei Meter groß war. Er hatte weiße, schulterlange Haare und einen Vollbart, der seine untere Gesichtshälfte vollständig verbarg, sodass Lara keinerlei Gefühlsregung erkennen konnte. Seine Nase ragte spitz aus dem Gesicht hervor. Waldhes trug einen dunkelblauen Mantel, der bis auf den Boden reichte und dessen Stehkragen seinen Hals komplett verdeckte. Silberne, fingernagelgroße Knöpfe hielten das Kleidungsstück geschlossen. Waldhes hatte dunkle Augen, die Lara an schmutziges Öl erinnerten. Sie fixierten Toret.

»Toret, wie schön dich zu sehen«, sagte er tonlos.

Lara konnte nicht feststellen, ob er sich tatsächlich freute.

»Was führt dich zu mir?«

Er setzte sich auf einen der Sessel und faltete seine Hände zusammen. Sie waren schrumpelig und die Haut schimmerte gräulich. An seinem rechten Zeigefinger trug er einen Ring in der Größe einer Streichholzschachtel – ein lilafarbener Stein schwarz eingefasst. Lara kam es vor, als ob der Stein schimmern würde. Ein geheimnisvolles Licht schien in seinem Inneren zu pulsieren und ließ ihn abwechselnd heller und dunkler leuchten. Schnell schaute sie in eine andere Richtung. Sie wollte nicht, dass Waldhes ihren starrenden Blick bemerkte. Allerdings musste sie sich darüber wohl keine Sorgen machen. Waldhes nahm Lara überhaupt nicht zur Kenntnis, sondern hielt seinen Blick auf Toret gerichtet.

»Mein Soldat sagte, du wolltest mit mir über die Waldmenschen sprechen?«, fragte Waldhes, und Lara fand, dass sich seine Stimme lauernd anhörte.

Sie hielt beeindruckt die Luft an. Waldhes strahlte etwas Bedrohliches aus. Etwas, das nicht wirklich zu erklären war. Bestimmt aber bewirkte seine Ausstrahlung, dass seine Gesprächspartner für gewöhnlich schnell in die Defensive gerieten. Daher meinte Lara auch eine Spur Überraschung in Waldhes' Augen bemerkt zu haben, als Toret plötzlich aufstand.

»Was bildest du dir ein, die Soldaten gegen die Waldmenschen zu hetzen?«, fragte er laut. »Meines Wissens hat es dazu keine Abstimmung unter den Großmeistern gegeben.«

Waldhes erhob sich ebenfalls. »Wie redest du mit mir?«, zischte er bedrohlich.

»Anscheinend so, wie man mit dir reden muss«, antwortete Toret angriffslustig. »Ich werde den Soldaten-Quatsch nicht hinnehmen.«

»Ach? Was willst du denn dagegen unternehmen?«, fragte Waldhes.

»Es ist alles vorbereitet«, sagte Toret. »Viele Bürger Aleas sind bereit, aufzubegehren. Sie warten auf ein Zeichen. Ich werde sie mobilisieren und dich notfalls aus deinem Palast werfen, Waldhes«, drohte er.

Für einen Moment war Waldhes perplex. Doch er fing sich schnell. »Ich hätte dich für schlauer gehalten«, sagte er ruhig.

»Ich habe dich früher einmal für schlau gehalten«, unterbrach Toret frech.

Waldhes ließ sich zu keiner Regung hinreißen. Im Gegenteil. Er setzte sich in seinen Sessel und nahm, zum ersten Mal seit er das Zimmer betreten hatte, den Blick von Toret. Er starrte durch die Fenster hinaus auf die Dächer Aleas.

»Als ich die Herrschaft der Stadt übernahm, gab es in Alea keine Schutztruppen. Es war niemand da, der die Stadt hätte verteidigen können«, erzählte er. »Ich habe es durch den Aufbau der Armee überhaupt erst ermöglicht, dass sich Alea zu einer wohlhabenden Zivilisation entwickeln konnte.«

Toret setzte sich ebenfalls in seinen Sessel. Vorher hatte er Lara aufmunternd zugezwinkert. »Also wirklich, Waldhes«, sagte er. »Die Schutztruppen wurden von einem deiner Urahnen aufgebaut.«

»Glaubst du?«, fragte Waldhes mit seiner monotonen Stimme. »Und was wäre, wenn ich dir sagen würde, dass nie jemand anders als ich die Geschicke von Alea gelenkt hat?«

»Was meinst du damit?«, fragte Toret.

»Als das alte Volk aus Alea verschwand, habe ich es als meine Pflicht angesehen, der Stadt und ihren Bewohnern zu helfen«, erklärte Waldhes. »Ich habe aus Alea die fantastische Stadt gemacht, die sie heute ist. Ohne mich würde Alea in dieser Form nicht existieren. Ich lasse nicht zu, dass man sich gegen meine Entscheidungen stellt.«

»Habe ich das richtig verstanden?«, fragte Toret nach und stand auf. »Nicht deine Sippe ist seit Jahrhunderten an der Macht, sondern du selbst?« Er starrte Waldhes ungläubig an.

»Unheimlich, nicht wahr?«, sagte Waldhes und folgte Toret mit seinem Blick. »Daher habe ich es vorgezogen, mich alle paar Dekaden als meinen eigenen Sohn auszugeben.«

»Deshalb hat man deinen Sohn nie zu Gesicht bekommen«, stellte Toret fest. »Wie muss ich mir das vorstellen? Du verzauberst die Großmeister und redest ihnen ein, dass deine Zeit gekommen wäre, um im nächsten Moment als dein eigener Sohn aufzuerstehen?«

»So könnte man es sagen«, flüsterte Waldhes.

Lara sah, dass sich die eben noch glatte Haut auf Waldhes' Stirn veränderte. Erste, kleine Falten erschienen plötzlich.

»Es ist immer das gleiche Spiel«, erklärte er. »Die Großmeister besuchen mich am Sterbebett. Es gibt eine offizielle Trauerwoche in Alea. Kurz vor der Wahl des neuen Herrschers tauche ich als mein eigener Sohn wieder auf und werde zum neuen Herrscher gewählt.«

Lara beobachtete Waldhes. Seine Pupillen wurden größer. Die Falten auf seiner Stirn waren inzwischen zu tiefen Furchen geworden. Toret bekam von den Veränderungen nichts mit. Er ging aufgebracht im Raum auf und ab und sah dabei aus dem Fenster.

»Und falls Gefahr bestand, dass die Großmeister nicht dich, sondern einen anderen aus ihrer Mitte zum neuen Herrscher ernennen wolltest, hast du sie einfach hypnotisiert. Dann gehorchten sie deinen Befehlen«, sagte er. »Was für ein mieses Spiel.«

Waldhes hatte sich inzwischen aufgerichtet. Er hob seine Hände und streckte die Arme aus. Lara sah, dass der Stein an seinem Ring hell leuchtete.

»Die Großmeister leiden nicht unter meinem Zauber«, rief er. »Sie sind zufrieden mit sich und der Welt. Du wirst das Gefühl gleich selbst erleben dürfen.«

Waldhes' Augen bestanden inzwischen nur noch aus den schwarzen Pupillen. Endlich drehte sich Toret zu ihm um und keuchte vor Überraschung. Schnell hatte er sich jedoch von Waldhes' Anblick erholt und sagte mit fester Stimme: »Du willst mich verzaubern? Trau dich. Aber meine Gehilfin wird davon berichten.« Toret wandte sich an Lara. »Du hast gute Kontakte. Erzähle den Einwohnern Aleas, was du gehört hast. Berichte davon, wie Waldhes seine Macht sichert und wie er die Großmeister unter seine Kontrolle bringt.«

Jetzt sah Waldhes zum ersten Mal in Laras Richtung. Sein Blick war unangenehm und Lara fühlte sich sofort schwindelig. Sie hielt sich stärker am Sessel fest. Nun war ihr klar, warum Toret aufgesprungen war und lieber im Zimmer umherlief, als Waldhes anzuschauen. Dieser Blick konnte einem sämtliche Kräfte rauben. Lara bewunderte Toret, dass er bisher so gut durchgehalten hatte.

»Glaubst du wirklich, ich verschone deine Dienerin? Sie hat alles gehört. Daher darf sie ebenfalls nie mehr einen klaren Gedanken fassen.«

Er stand auf und streckte seine Arme in Laras Richtung. Lara sah das Funkeln des Ringes. Dann bündelte sich das Licht und ein heller Strahl trat aus dem Stein. Sie realisierte zwar, dass der Lichtstrahl in ihre Richtung flog, aber sie konnte nicht mehr ausweichen. Im nächsten Augenblick spürte sie, wie ihr Körper zitterte. Ihre Augen wurden geblendet. Es war, als hätte man ihr mit einer starken Taschenlampe unvermittelt in die Augen geleuchtet. Sie taumelte nach hinten und fiel zu Boden.

»Lara?« Sie hörte Torets ängstliche Stimme. »Bist du in Ordnung?«

Ihr taten die Augen weh und sie hatte das Gefühl, sich übergeben zu müssen. Sie keuchte, war nicht fähig, zu sprechen.

»Sie wird bald aufstehen können. Aber sie wird sich an nichts mehr erinnern. Nie mehr. Sie wird meinen Befehlen gehorchen.« Waldhes klang zufrieden.

»Und nun zu dir.« Waldhes ging auf Toret zu und stellte sich neben ihn ans Fenster. So unvermittelt, wie Laras Unwohlsein gekommen war, verschwand es wieder. Sie stand auf und nickte Toret zu.

»Du bist wohlauf?«, fragte Toret glücklich.

Lara nickte. »Ein wenig schwindelig ist mir.«

Waldhes wirbelte herum. Er starrte Lara an und sofort wurde ihr schlecht.

»Du bist in meiner Gewalt«, rief Waldhes zornig. »Geh aus dem Zimmer.«

Lara schüttelte den Kopf, wandte mit aller Macht ihren Blick von Waldhes ab. »Ich glaube nicht, dass ich unter deinem Einfluss stehe«, sagte sie langsam.

Waldhes knurrte überrascht. Lara sah, wie er erneut seine Arme ausstreckte und der Ring wieder zu leuchten begann. Sofort schloss sie ihre Augen. Sie spürte einen dumpfen Stoß in ihrer Brustgegend. Wieder erzitterte ihr ganzer Körper. Doch diesmal wurde sie wenigstens nicht geblendet und verlor dadurch nicht das Gleichgewicht.

»Alles in Ordnung«, rief sie.

Waldhes starrte Toret an. »Woher kommt sie?«, flüsterte er böse.

»Von der Erde«, antwortete Toret. »Wir haben nach ihr gesucht und sie schließlich gefunden.«

Waldhes keuchte. Dann riss er eines der Fenster auf. »Wie kannst du es wagen, Toret!«, rief er bedrohlich.

Der Luftzug ließ seine Haare fliegen. Lara stockte der Atem. Anstelle von Ohren hatte Waldhes zwei schwarze Öffnungen in der Größe von Tischtennisbällen. Irgendetwas bewegte sich darin.

Lara zitterte erneut. Aber diesmal nicht, weil Waldhes' Zauber sie traf, sondern weil sein Anblick sie erschreckte. Dennoch fühlte sie noch etwas anderes. Tief in ihrem Bauch breitete sich eine unbändige Wut aus. Plötzlich konnte sie Waldhes in die Augen schauen. Sie dachte an die Soldaten im Versammlungsraum und den Mann mit der grünen Jacke. Sie dachte an die Soldaten, die den Familienvater hatten aufhängen wollen. Sie dachte an Balter und an das Gefangenenlager. Und sie dachte an den bevorstehenden Angriff auf die Waldmenschen. Verwundert stellte sie fest, dass sie keine Angst mehr hatte. Stattdessen wurde ihre Wut stetig größer. Sie ging einen Schritt auf Waldhes zu.

»Weißt du eigentlich, wie barbarisch sich deine Soldaten benehmen?«, fragte sie mit ruhiger Stimme. Ohne Waldhes' Reaktion abzuwarten, antwortete Lara selbst. »Natürlich weißt du das. Du gibst schließlich die Befehle. Du ermunterst deine Soldaten, Bürger Aleas zu ermorden und Laborversuche mit Waldmenschen durchzuführen.« Sie stand wenige Schritte von Waldhes entfernt. Ihr Körper war nun vollkommen von Wut erfüllt. »Eine Kreatur wie du muss unschädlich gemacht werden«, rief sie und hob dabei instinktiv ihren rechten Arm. Später konnte sie selbst nicht erklären, was anschließend geschehen war. Sie spürte weiterhin diesen ungeheuren Druck in ihrem Magen. Wenige Sekunden darauf verlagerte sich das Gefühl auf ihren rechten Arm. Laras Muskeln zogen sich zusammen und einen Moment dachte sie, dass ihr Arm, von schrecklichen Krämpfen geplagt, einfach auseinanderbrechen würde. Plötzlich schimmerte ihre Hand blau und zwei helle Lichter kreisten über ihr. Sie blieben einen Moment in der Luft stehen, flogen dann auf Waldhes zu und trafen ihn in die Brust. Lara bemerkte erleichtert, dass ihre Krämpfe schlagartig aufhörten. Sie spürte keine Wut mehr in sich. Stattdessen fühlte sie sich ausgeglichen und entspannt.

Einen Augenblick zog Waldhes zornig seine Augenbrauen zusammen, ehe er plötzlich zu schreien begann. Es war ein schriller Laut, der Lara an eine Trillerpfeife erinnerte. Irritiert sah Lara, dass sein weit aufgerissener Mund ebenso schwarz war wie die Öffnungen an seinen Kopfseiten. Sie konnte keine Zähne oder Zunge darin erkennen, stattdessen bewegte sich etwas anderes darin. Zwei lange Fühler ragten aus Waldhes' Mund heraus. Mehrere Heuschrecken krabbelten heraus und verfingen sich in seinem Bart. Lara und Toret wichen entsetzt einige Schritte zurück. Immer mehr Heuschrecken strömten aus Waldhes' Mund. Sie waren schwarz und schimmerten feucht.

Nach kurzer Zeit war sein Gesicht bedeckt mit Insekten. Auch aus den Ohr-Öffnungen krabbelten die Tiere. Die ganze Zeit über starrte Waldhes Lara an. Seine Augen wirkten wie tote Kuhaugen, die Lara vor Jahren im Biologieunterricht hatte untersuchen müssen. Die Haut auf Waldhes' Stirn wurde porös und fiel in Streifen ab. Lara sah den kahlen Schädelknochen durchschimmern. Sein Kopfhaar und auch seine Barthaare gingen aus. Der Verfall beschleunigte sich. Sämtliche menschlichen Züge waren aus Waldhes' Gesicht verschwunden. Lara kam es vor, als ob sie ein Totenschädel angrinste, der zwei glühende Kohlestücke in seinen Augenhöhlen trug. Die schwarzen Heuschrecken schwirrten inzwischen einen halben Meter über seinen Kopf umher. Plötzlich ertönte ein Knall. Rauch stieg auf und hüllte die gesamte Gestalt ein. Während der Heuschreckenschwarm aus dem Fenster flog, verzog sich der Rauch allmählich. Waldhes war verschwunden. Auf dem Boden waren lediglich vereinzelte, weiße Härchen zurückgeblieben, die sich langsam kräuselten, schwarz wurden und schließlich zu Staub zerfielen. Toret schüttelte den Kopf und legte Lara seine Hand auf die Schulter.

»Das war ja viel besser, als ich erwartet habe«, sagte er zufrieden.

Kraftlos ließ sich Lara in einen der Sessel fallen. »Sie sind mir eine Erklärung schuldig«, sagte sie und untersuchte dabei ihren rechten Arm. Es schien alles in Ordnung zu sein.

»Ja, das bin ich wohl«, sagte Toret. »Aber nicht hier. Nicht in Waldhes' Palast. Lass uns zurückgehen.«

Als sie am Speisezimmer der Großmeister vorbeikamen, stand Eduard vor der Tür.

»Laret ist eben eingeschlafen«, erzählte er. »Sehr tief, dass ich ihn nicht wecken konnte.« Er schaute sie ängstlich an. »Auch Berot und Sammy sind nicht zum Abendessen erschienen.«

»Mach dir keine Sorgen«, versuchte Toret, ihn zu beruhigen. »Das ist ein gutes Zeichen. Lass sie ordentlich ausschlafen. Vermutlich sind sie anschließend wie ausgewechselt.«

Als sie in Torets Kaminzimmer standen, war es schon ziemlich dunkel geworden. Lara sah durch das Fenster die Fackeln auf dem Turm von Alea.

»Was ist da eben passiert?«, fragte sie fassungslos.

»Waldhes konnte dich nicht verzaubern«, stellte Toret fest. »Denn du kommst von der Erde. Und du besitzt diese bestimmte Aura. Die zwei Dinge sind ausschlaggebend.«

Lara verstand kein Wort. Sie starrte Toret fragend an.

»Ich sollte vorne anfangen«, sagte Toret mehr zu sich selbst. »Kurz nachdem ich zum Großmeister ernannt wurde, kam Celdes auf mich zu. Celdes ist das Oberhaupt der Nachfahren vom alten Volk, die noch in Alea leben. Er machte mir seine Aufwartung und brachte ein Geschenk mit. Dabei handelte es sich um ein mehrere Hundert Jahre altes Buch, das in der Schrift des alten Volkes geschrieben war, aber Celdes hatte jede Seite übersetzt. Ich bedankte mich und stellte das Buch in mein Regal. Dann vergaß ich es einfach.« Toret ging zum Kamin und holte einen Krug hervor. »Ich habe Waldwasser«, sagte er und schenkte zwei Becher voll. Lara bedankte sich und nahm einen kleinen Schluck. »Als die Dinge in Alea langsam außer Kontrolle gerieten, da Waldhes den Schutztruppen immer mehr Freiheiten gewährte, traf ich Celdes auf einem Fest. Er fragte, ob ich inzwischen in dem Buch gelesen hätte. Ich verneinte. Daraufhin wurde er sehr ernst und sagte, dass sich die Situation in Alea weiter verschlechtere, wenn nicht endlich etwas geschehen würde. Diese Aussage machte mich neugierig. Noch am selben Abend nahm ich mir das Buch zur Hand.« Toret trank seinen Becher in einem Zug leer. »In diesem Buch ging es um ein mächtiges Wesen, das seit langer Zeit in dieser Welt lebt. Es besitzt Zauberkräfte.«

»Waldhes?«, fragte Lara.

Toret nickte. »Sehr gut möglich. Das alte Volk muss selbst schon Erfahrungen mit Waldhes, oder wie die Kreatur heißen mag, gemacht haben, denn dieses Buch erklärt, wie man das Wesen loswerden kann.«

»Und das sagen Sie mir erst jetzt?«, fragte sie verständnislos. »Wieso haben Sie so ein Geheimnis daraus gemacht?«

»Ich war mir nicht sicher, ob die Angaben in diesem Buch korrekt sind. Denn der Verfasser selbst sagt, dass es sich bei der im Buch vorgestellten Methode lediglich um eine alte Überlieferung handelt, die er nicht überprüfen konnte. Erschwerend kam hinzu, dass Celdes bei der Übersetzung einige Schwierigkeiten gehabt hatte.«

»Was steht in dem Buch?«, fragte Lara.

»Es ist von Erdenbewohnern die Rede, die eine bestimmte Aura besitzen und gegen den Zauber des Wesens immun sind.«

Lara hatte Mühe, ihre Gedanken zu ordnen. Sie trank ihren Becher Waldwasser in einem Zug aus. »Warum haben Sie mich nicht gleich eingeweiht?«

»Du musstest zunächst einmal verstehen, dass es neben der Erde noch eine weitere Welt gibt. Stell dir vor, ich hätte dich gleich in den ersten Tagen des neuen Schuljahrs damit konfrontiert, dass du eine entscheidende Rolle bei der Vertreibung des monströsen Herrschers in Alea spielen würdest.«

»Ich wäre wahrscheinlich schreiend aus dem Internat gerannt«, sagte Lara lachend.

Toret lachte mit. »Sehr gut möglich. Außerdem darfst du nicht vergessen, ich bin davon ausgegangen, dass wir mehr Zeit zur Verfügung hätten. Ich wollte, dass du dich gut in Alea einlebst. Du hättest mehrere Monate am Unterricht im Internat teilnehmen, und nach Schulschluss jeweils Alea besuchen können. Wenn der Zeitpunkt gekommen wäre, hätte ich dir rechtzeitig alle Fakten mitgeteilt.« Toret zuckte mit den Schultern. »Doch dann hast du selbst das Tor entdeckt. Zu allem Überfluss machte dir der Übertritt schwer zu schaffen. Und plötzlich ging alles Schlag auf Schlag. Wehras nahm dich mit auf die Versammlung und von da an verlor ich dich aus den Augen. Was habe ich mich gefreut, als wir eure Gruppe plötzlich am Ufer des Sees entdeckt haben.«

Lara atmete laut aus. »Also gut. Dann gibt es Menschen auf der Erde, bei denen Waldhes' Zauber nichts ausrichten kann. Aber was war mit mir? Was habe ich da Waldhes entgegengeschleudert? Habe ich gezaubert? Ich spürte auf einmal eine unbändige Wut in mir aufsteigen. Ich dachte an all die Dinge, für die Waldhes verantwortlich ist. Kurz danach kamen die

Lichtkugeln aus meiner Hand.« Lara lachte ungläubig. »Mir kommt es jetzt ganz unwirklich vor.«

»Du scheinst jedenfalls gewisse Fähigkeiten zu besitzen, von denen wir nichts ahnten«, sagte Toret schmunzelnd.

»Habe ich Waldhes getötet?«

»Zumindest hast du ihn vertrieben.«

Eine Weile schwiegen sie und schauten aus dem Fenster.

»Warum gerade ich?«, fragte Lara gequält.

Toret hob seine Augenbrauen.

»Warum besitze ich eine Aura, die Waldhes' Zauber abwehrt?«

»Darüber gibt es in dem Buch keine Aussage«, stellte Toret fest. »Ich vermute, dass deine Vorfahren mit dem alten Volk in Verbindung gestanden haben müssen. Auf welche Weise auch immer.«

Lara wusste nicht viel über ihre Familiengeschichte. »Vielleicht sollte ich Ahnenforschung betreiben, wenn ich wieder auf der Erde bin.«

»Wäre sicher interessant«, meinte Toret.

»Wie hängt das alles zusammen?«, fragte Lara nach einem Moment. »Ich meine das Internat auf der Erde, Alea und das alte Volk?«

Toret seufzte. »Ich weiß es nicht, Lara. Das Internat hat eine uralte Geschichte. Seit Jahrhunderten werden hier Schüler aus der ganzen Welt ausgebildet. Natürlich mit Unterbrechungen, während der Weltkriege zum Beispiel. Wie lange das Tor dort steht und welchen Zweck es hatte und hat, entzieht sich komplett meiner Kenntnis.« Er stand auf, ging zu Lara und klopfte ihr auf die Schulter. »Das war ein erfolgreicher Tag«, stellte er zufrieden fest. »Wir sollten uns schlafen legen. Morgen werden wir eine Menge Erklärungen abgeben müssen.«

Er ging zu einer Flügeltür und öffnete sie. Ein Flur kam zum Vorschein, von dem vier Türen abgingen.

»Mein Arbeitszimmer« sagte Toret und machte die erste Tür rechts auf. »Da hinten steht ein bequemes Sofa. Ich hoffe, das ist in Ordnung für dich?« Er deutete auf ein mehrere Meter langes und mindestens zwei Meter breites, orangefarbenes Möbelstück, auf dem drei dicke, bestickte Kissen und eine Decke lagen.

»Ich bin eine Tür weiter, in meinem Schlafzimmer«, sagte Toret und verabschiedete sich.

Lara warf die Kissen auf den Boden und breitete die Decke aus. Augenblicklich schlief sie ein.

Zwei kräftige Schläge gegen die Tür rissen Lara aus ihren Träumen. Sie brauchte Zeit, um sich zu orientieren. Die Sonne stand hell am Himmel und durch die geöffneten Fenster drangen Geräusche an ihr Ohr. Sie stand auf und schaute nach draußen. Die Straßen um den Palast waren belebt. Händler priesen ihre Waren an. Sogar von oben konnte Lara den leckeren Duft der Backwaren riechen. Es klopfte erneut.

»Herein«, rief Lara.

Toret steckte seinen Kopf durch die Tür. »Endlich bist du wach. Komm mit ins Speisezimmer. Du wirst deinen Augen nicht trauen«, rief er und wartete ungeduldig, bis Lara ihren Umhang zugeknöpft hatte.

Sie rannten fast die Treppen hinunter. Als Lara den Flur entlangging, drangen ihr bereits aufgeregte Stimmen aus dem Zimmer entgegen. Sie traten ein und Toret sagte fröhlich: »Guten Morgen. Wie schön, euch lebendig vorzufinden.«

Eduard war gerade dabei, etwas zu erklären. Dabei fuchtelte er wild mit seinen Armen umher. Laret, Berot und Sammy schauten ihn dabei verständnislos an. Als sie Toret bemerkten, stöhnten sie erleichtert auf.

»Hallo, Toret«, sagte Laret. »Eduard versucht, uns auf den Arm zu nehmen. Er spricht dauernd davon, dass wir hypnotisiert waren.«

»Da hat er recht«, sagte Toret und setzte sich.

»Aber das hätten wir gemerkt«, protestierte Berot.

»Nein, mein lieber Berot. Das ist gerade das Gemeine. Man merkt es selber eben nicht«, sagte Toret.

Berot schüttelte den Kopf. »Also ich weiß nicht«, sagte er zweifelnd.

»Wann haben Sie sich zum letzten Mal die Haare gewaschen?«, fragte Lara unvermittelt.

Berot funkelte sie an böse. »Wie bitte?«, fragte er zornig. Er wandte sich an Toret. »Was erlaubt sich deine Dienerin?«

Toret nahm eine Scheibe Käse und legte sie auf sein Brot. »Tu nicht so pikiert. Beantworte einfach ihre Frage.«

Berot keuchte wütend. »Also so was. Ich pflege, mich jeden Abend zu waschen«, sagte er gereizt.

Lara schaute ihn ernst an. »Es tut mir leid, das sagen zu müssen, aber Ihre Haare sehen aus, als ob sie vor Monaten zuletzt mit Wasser in Berührung gekommen wären.« Sie schaute Laret an. »Das gilt übrigens auch für Sie. Außerdem riecht es ziemlich streng, wenn ich meine Nase in Ihre Richtung halte.«

Während Berot sie feindselig anstarrte, hob Laret seine Arme und schnüffelte an seinen Achseln. »Puh«, rief er anschließend. Er fuhr sich mit den Händen durch seine Haare. »Meine Güte. Ich stinke wie ein alter Fisch«, sagte er erstaunt. »Dabei habe ich gestern erst gebadet.«

Toret schüttelte den Kopf. »Das ist ein Irrtum. In Wirklichkeit wart ihr seit langer Zeit nicht mehr Herr eurer Sinne.«

»Wie ist das möglich?«

Laret hatte sein Brot zurückgelegt und blickte abwechselnd Toret, Eduard und Lara an.

»Ihr dürft euch bei Waldhes bedanken«, sagte Toret und erzählte von den Ereignissen der vergangenen Nacht.

Anschließend berichtete Eduard, wie er die schleichenden Veränderungen bei den Großmeistern wahrgenommen hatte. Laret und Berot hörten gespannt zu.

»Waldhes, dieses Monster«, sagte Laret anschließend böse. »Wie geht es weiter?«

»Wichtige Entscheidungen müssen getroffen werden«, antwortete Toret. »Die Zeit drängt, denn die Schutztruppen wollen die Siedlungen der Waldmenschen angreifen.«

Laret stand auf. »Dann sollten wir uns gleich zusammensetzten und einen Plan entwerfen«, sagte er und räusperte sich. »Haben wir eine halbe Stunde Zeit? Ich würde mich vorher gern frisch machen.«

Laret und Berot verabschiedeten sich. Sammy wollte sich ein weiteres Stück Brot in den Mund schieben, doch Berot zog sie unsanft weg.

»Komm endlich«, sagte er streng. »Du hilfst mir, mich zu reinigen.« Er schubste sie vor sich her.

Lara fand Berot zunehmend unsympathisch.

»Seien Sie nett zu ihr«, sagte sie scharf. »Sie stand fast ebenso lange unter Waldhes' Einfluss wie Sie. Vielleicht möchte Sie sich selbst erst einmal reinigen?«

Berot warf ihr böse Blicke zu. »Wage es nicht, so mit mir zu reden«, zischte er.

»Ich werde gleich noch ganz anders mit Ihnen reden«, rief Lara und stand auf.

Toret hielt sie am Arm fest. »Setze Prioritäten«, flüsterte er. »Zunächst sollten wir uns darum kümmern, dass die Soldaten nach Alea zurückkehren. Anschließend kannst du dich gerne mit dem Krümelhaar anlegen.«

Lara musste grinsen und setzte sich. »Mir ist Berot zuwider«, sagte sie, als sie allein im Raum waren.

Toret nickte. »Ich mag ihn ebenfalls nicht besonders«, sagte er und nahm sich eine weitere Scheibe Käse.

»Die Großmeister haben ihren eigenen Willen zurück. Ist Waldhes tatsächlich aus Alea verschwunden?«, fragte Lara.

»Es sieht fast aus«, bestätigte Toret. »Und alle, die unter seinem Einfluss standen, sind nun wieder frei.«

Lara hob ihr Glas. »Lässt sich jemand, der von Raubwehren hypnotisiert wurde, ebenso leicht in die Realität zurückbringen?«, fragte sie hoffnungsvoll. »Womöglich muss man den Ober-Raubwehr suchen und ihn töten.«

Toret seufzte. »Nein. Vergiss nicht: Im Gegensatz zu Waldhes verwenden die Raubwehre keinen Zauber, um ihre Opfer zu hypnotisieren. Ein Zauber wirkt nur so lange, wie der Zauberer ihn am Leben halten kann. Die Raubwehre dringen mit ihren Fähigkeiten tief ins Gehirn ein und ändern dort Schaltkreise. Soweit ich weiß, gibt es keine Möglichkeit, Menschen, die unter dem Einfluss der Raubwehre stehen, jemals aus ihrer Traumwelt zu befreien.«

»Waldhes' Zauber war also eine billige Kopie«, stellte Lara fest.

»Könnte man so sehen«, sagte Toret.

»Was ist mit Elad, dem vierten Großmeister?«

»Er schläft nach wie vor. Er stand wohl sehr lange unter der Kontrolle von Waldhes. Ich hoffe, er erholt sich bald.«

Nach einer Weile kam Eduard ins Zimmer gelaufen. »Mein Meister duftet angenehm«, stellte er fest und grinste. »Sie warten auf dich, Toret. Im Konferenzsaal.«

Toret erhob sich und verließ den Tisch. »Wollen wir mal dafür sorgen, dass Alea bald wieder handlungsfähig wird«, sagte er beim Hinausgehen und nickte ihnen zu.

Eduard und Lara blieben eine ganze Weile am Frühstückstisch sitzen. Eduard wollte mehr über Laras Begegnungen mit anderen Wesen erfahren. Er hatte nie Waldmenschen gesehen, geschweige denn Raubwehre oder die Retax. Ungläubig verfolgte er Laras Geschichte. Es fiel ihm sichtlich schwer zu glauben, dass Waldmenschen freundliche Gesellen waren. Zu viele Berichte kursierten in Alea, die von dem aggressiven Verhalten der Waldmenschen berichteten. Lara vermutete, dass die Verbreitung solcher Informationen gezielt von Waldhes oder den Schutztruppen gesteuert wurde, um die Bevölkerung auf den Kampf gegen die Waldmenschen einzustimmen. Eduard erzählte, dass er nie in seinem Leben außerhalb der Stadtmauern gewesen war. Niemand aus seiner Familie hatte je die sicheren Mauern Aleas verlassen. Als die jungen Frauen den Tisch abräumten, fragten sie gespannt, ob die Gerüchte über Waldhes' Flucht stimmten. Als Lara und Eduard bejahten, freuten sie sich und strahlten über das ganze Gesicht. Sie erzählten von der gedrückten Stimmung, die im Schloss der Großmeister herrschte. Das gesamte Dienstpersonal hatte Angst vor Waldhes und ständig mussten sie mit Konsequenzen rechnen, wenn die Arbeit nicht gut genug erledigt wurde. Eine der Frauen erzählte, dass regelmäßig Dienstpersonal verschwand und nie mehr gesehen wurde.

Als sie gerade aus dem Speisezimmer traten, entdeckten sie Laret, der auf der obersten Treppenstufe stand. Er rief ihnen zu, dass sie einen neuen Herrscher bestimmt hätten und in einer halben Stunde eine Versammlung einberufen wurde. Alle Befehlshaber der Schutztruppen würden sich einfinden, um über die Geschehnisse informiert zu werden. Eduard führte Lara in den großen Versammlungsraum, in dessen Mitte ein rechteckiger Tisch stand. An jeder Seite befanden sich etwa 30 Stühle mit breiten Armlehnen und knapp zwei Meter hohen Rückenlehnen, die fast alle mit dunkelrotem Samt bezogen waren. Lediglich vier Stühle hatten einen weißen Bezug. Auf deren Rückenlehnen war ein blauer Stern gestickt. Direkt an den Wänden standen Sitzbänke aus Holz, auf denen mehrere Menschen saßen, die sich leise unterhielten. Der Kleidung nach zu urteilen, waren es Bedienstete des Palastes. Die Frauen, die für das Speisezimmer zuständig waren, entdeckte Lara auf einer anderen Bank. Kurz darauf erschienen die ersten Soldaten. Zwei grimmig dreinschauende

Männer mit blauen Dreiecken als Schulterabzeichen nahmen auf Stühlen Platz. Nach einer Weile betraten immer mehr Uniformierte den Raum.

Eduard beugte sich zu ihr herüber. »Es wurden anscheinend ausschließlich Großschutzmeister und Hauptschutzmeister eingeladen«, sagte er.

»Was hat das zu bedeuten?«, fragte Lara, die mit dieser Bemerkung nichts anfangen konnte.

»Dass die Großmeister bereits Entscheidungen getroffen haben, die sie nun der Armeeführung mitteilen werden«, antwortete Eduard.

»Wo bleiben die Hauptschutzmeister?«, fragte Lara und sah sich suchend um. Ob sie Terzio sehen würde?

Eduard lachte. »Die werden sicherlich erst kommen, wenn die Versammlung beginnt. Die geben sich nicht die Blöße und warten, bis die Großmeister erscheinen.«

Eduard sollte recht behalten. In dem Moment, als ein Mann im grauen Umhang aufstand und die Großmeister Aleas ankündigte, traten die Hauptschutzmeister ein. Lara musste nicht lange nach Terzio suchen. Er war der Erste, der den Raum betrat. Sein Blick war gespannt auf die Großmeister gerichtet, die sich in diesem Augenblick auf ihre Stühle setzten. Lara hätte ihn am liebsten laut begrüßt. Unruhig schlug sie die Beine übereinander. Terzio hatte sie nicht bemerkt. Schnell betrachtete sie die anderen Gesichter und stellte erleichtert fest, dass Balter nicht unter ihnen war. Nur die Hälfte der Stühle war belegt. Mehr Führungssoldaten gab es anscheinend nicht. Oder waren die übrigen Groß- und Hauptschutzmeis-

ter im Einsatz bei dem Kampf gegen die Waldmenschen?

»Vielen Dank, dass ihr so schnell gekommen seid«,
begann Laret und nickte den Soldaten zu.

»Hoffentlich ist es wichtig«, rief einer der Rotuniformierten lustlos und verschränkte die Arme vor
seiner Brust.

»Ganz gewiss, das ist es«, beruhigte Laret. »Wir
geben hiermit offiziell bekannt, dass Waldhes, bisheri-
ger Herrscher über Alea, die Stadt verlassen hat.
Damit Alea nicht führerlos bleibt, haben wir bereits
heute Morgen einen vorläufigen Nachfolger für dieses
Amt gewählt.«

Laret machte eine Pause und ließ seine Worte auf
die Anwesenden wirken. Die Soldaten begannen, aufgeregt zu tuscheln.

»Verschwunden?«, rief ein dicker Mann mit Glatze
skeptisch. »Was soll das heißen?«

»Waldhes hat Alea verlassen. Er sah sich wohl
nicht mehr in der Lage, weiterhin für das Wohl dieser
Stadt zu sorgen«, erklärte Laret ruhig. »Daher mussten wir handeln.«

Einige der Soldaten murrten.

»Das möchte ich lieber von Waldhes, unserem
Herrscher, hören«, rief eine Großschutzmeisterin mit
fettigen Haaren.

»Wenn du ihn findest, gerne«, meinte Laret
freundlich. »Ich glaube allerdings, niemand von euch
wird Waldhes in nächster Zeit zu Gesicht bekommen.
Daher haben wir mit zwei zu eins Stimmen Toret
zum neuen Herrscher gewählt.«

Lara sah in das miesepetrige Gesicht von Berot.
Sie war sich sicher, dass er die Gegenstimme darstell-

te. Hatte er selbst zum neuen Herrscher ernannt werden wollen und deshalb gegen Toret gestimmt?

»Wieso zwei zu eins?«, fragte jemand schnippisch. »Bei der Entscheidung, wer zum Herrscher ernannt wird, müssen alle noch anwesenden Großmeister abstimmen.«

Laret nickte verständnisvoll. »Daher habe ich am Anfang von einem vorläufigen Nachfolger gesprochen. Der Großmeister Elad ist zurzeit leider krank und kann seine Stimme nicht abgeben. Sobald er sich erholt hat, werden wir die Wahl wiederholen. Bis dahin jedoch wird Toret die Geschicke Aleas leiten.«

Lara schaute Terzio an. Er saß seitlich von ihr und sie konnte ihn lächeln sehen. Auch andere Soldaten schienen durchaus zufrieden mit dieser Konstellation zu sein. Die Mehrheit der Rotuniformierten murrte allerdings noch immer. Als Toret das Wort ergriff, kehrte nur langsam Ruhe ein.

»Ich brauche die Unterstützung der Schutztruppen«, begann Toret seine Ansprache. »Ich bin als Stadtoberhaupt zwar offiziell euer Oberbefehlshaber, aber ihr müsst hinter mir und meinen Entscheidungen stehen«, sagte er. »Ich habe heute Morgen beschlossen, dass wir unseren Angriff auf die Waldmenschensiedlungen mit sofortiger Wirkung einstellen und die gesamten Schutztruppen zurück nach Alea holen.«

Einen Augenblick war es ruhig im Saal. Dann schlug ein dicker Soldat mit seiner Faust auf den Tisch. »Das ist Wahnsinn!«, rief er aufgeregt. »Jetzt endlich wissen wir, wo sich diese jähzornigen Gnome aufhalten. Diese Gelegenheit müssen wir nutzen.«

Mehrere Soldaten stimmten lautstark zu. Nur mit Mühe konnte sich Toret Gehör verschaffen.

»Die Waldmenschen sind nicht unsere Feinde«, stellte er klar. »Auch wenn Waldhes stets versucht hat, euch das einzureden. Ich werde in sofortige Friedensverhandlungen mit ihnen treten, sobald unsere Soldaten abgerückt sind.«

Lara bemerkte, dass Toret den Tisch umklammerte. Er drückte so fest zu, dass seine Knöchel weiß hervortraten. Auch Laret, der auf den ersten Blick ruhig und teilnahmslos wirkte, trommelte mit seinen Füßen auf dem Boden herum. Das zeigte, unter welcher Anspannung sie standen. Es musste ihnen gelingen, die Führung der Schutztruppen auf ihre Seite zu ziehen. Andernfalls könnten die Soldaten kurzerhand die Macht in Alea an sich reißen und die Großmeister absetzen.

»Ich möchte, dass ihr so schnell wie möglich eine Abordnung zusammenstellt«, sagte Toret. »Ihr werdet zu den Waldmenschen reiten und unsere dortigen Schutztruppen darüber informieren, dass die Kampfhandlungen vorüber sind. Anschließend sorgt ihr für einen reibungslosen Abzug.«

Die Soldaten starrten Toret an. Ein kräftiger Mann mit Ziegenbart stand auf. »Bei allem Respekt für die Großmeister. Ich glaube nicht, dass ihr die Lage richtig beurteilen könnt. Ihr seid eben keine Soldaten«, rief er aufgebracht. »Und ich glaube kaum, dass auch nur einer von uns eurem Wunsch nachkommen wird.« Zufrieden schaute er auf seine Kameraden und nickte.

Terzio stand auf. »Toret, Herrscher von Alea«, sagte er laut. »Ich finde deinen Vorschlag weise und halte ihn für richtig. Ich bin bei dieser Abordnung dabei.«

Der Ziegenbart verzog ärgerlich das Gesicht. Bevor er reagieren konnte, erhob sich ein weiterer Soldat. Er sah Terzio sehr ähnlich, nur dass er etwa zehn Jahre älter war. Lara dachte sofort, dass es sich um seinen Bruder handeln musste.

»Ich denke ebenso. Gerne übernehme ich daher das Kommando für diese Abordnung«, sagte er feierlich.

Lara klopfte sich auf die Schenkel. »Jawohl«, sagte sie leise. Sie wusste, wie dringend Toret jetzt Unterstützung benötigte.

Eduard schaute sie fragend an. »Was hast du gesagt?«

Warum sollte sie ihre Zustimmung nur leise ausdrücken? »Bravo«, rief sie laut. »Das ist die richtige Entscheidung.«

Plötzlich waren alle Augen auf sie gerichtet. Auch Terzio schaute sie verwundert an. Lara konnte sich denken, was für eine Überraschung es für ihn sein musste, sie hier zu erblicken. Lara hatte inzwischen angefangen zu klatschen. Zu ihrer Überraschung taten es mehrere der Anwesenden ihr gleich. Sie sah Sammy, die mit glänzenden Haaren und sauberer Bluse ebenfalls applaudierte und sie freudig anlachte. Auch Eduard spendete inzwischen Beifall, ebenso wie die Frauen vom Speisezimmer. Der Soldat mit dem Ziegenbart setzte sich knurrend hin und blickte finster auf den Tisch. Das Verhalten der restlichen Soldaten konnte Lara nicht recht deuten. Sie schauten nichtssagend vor sich hin und ließen sich zu keinen Gefühlsregungen hinreißen. Als Laret die Sitzung beendete, standen die meisten Soldaten hastig auf und verließen den Raum. Terzio kam auf Lara zu.

»Mensch, Lara«, freute er sich und umarmte sie.

Sie erwiderte seine Umarmung. »Tut gut, dich zu sehen«, stellte sie fest.

»Das finde ich auch«, sagte Terzio glücklich.

Toret kam lächelnd auf sie zu. Er wirkte gelöst.

»Ich denke, den schwierigsten Teil der Machtübernahme haben wir hinter uns gebracht. Laret und ich hatten starke Bedenken, ob die Soldaten uns folgen würden. Es hätte ebenso gut einen Aufstand geben können.« Er setzte sich auf die Holzbank und atmete erleichtert aus.

»Terzio hat die Situation entschärft«, sagte Lara.

Toret nickte. »Und Soldaten, die anderer Meinung waren, haben sich nicht getraut, offen aufzubegehren.« Er schaute hinüber zu dem Versammlungstisch. Die Stühle standen unordentlich in der Gegend herum und zeugten davon, wie schnell der Soldaten aufgesprungen waren. »Die Situation kann jederzeit eskalieren«, stellte Toret ruhig fest. »Sobald alle Soldaten in Alea sind, müssen wir die Macht der Schutztruppen unauffällig, aber zügig Schritt für Schritt reduzieren.«

»Ein schwieriges Unterfangen«, sagte Eduard.

»Ja, sehr schwierig«, bestätigte Toret.

Den Rest des Tages verbrachte Lara mit Terzio. Sie gingen in ein Gasthaus in der Nähe des Palastes.

»Wie ist die Situation in den Wäldern?«, fragte Lara ängstlich.

Terzio hob beruhigend seine Hände. »Nach langer Verzögerung haben die Kämpfe gerade erst begonnen. Bisher ist kein Dorf gefallen. Begus und seine Leute leisten erbitterten Widerstand. Soweit ich gehört habe, hat es Balter nicht geschafft, irgendwo durchzubrechen.«

»Zum Glück«, schnaufte Lara erleichtert. »Trotzdem müsst ihr so schnell wie möglich eure Truppen zurückholen.«

»Morgen früh reiten wir los«, beruhigte Terzio sie.

»Unter der Leitung deines Bruders?«

Terzio lachte. »Die Ähnlichkeit ist wohl nicht zu leugnen. Ja, Ferlio ist mein Bruder. Er ist ebenfalls Hauptschutzmeister. Da er älter ist als ich, darf er bereits das Kommando für einen Schutztruppenzug führen.«

Am Abend kehrten sie in den Palast zurück. Eduard empfing sie am Eingang. »Lara, deine Freunde sind da. Es ist alles gut gegangen. Niemand hat sie aufgehalten. Wir haben bereits Zimmer für sie eingerichtet. Sie wohnen erst einmal im Palast.« Er öffnete eine Tür.

Altus stürmte als Erster auf sie zu. »Wir haben die fantastische Geschichte gehört«, rief er lachend. Vivian nahm sie fest in die Arme und wollte sie gar nicht mehr loslassen.

Auch die anderen umringten Lara und wollten noch einmal ihre Version der Vertreibung Waldhes' hören. Degas lief während ihrer Erzählung unruhig durch den Raum.

»Ich mag keine Häuser«, sagte er entschuldigend.

»Das hier ist kein Haus. Es ist ein Palast«, verbesserte Eduard streng.

Als Lara spät in der Nacht auf ihr Zimmer gehen wollte, traf sie Toret. Er saß entspannt in einem der

Sessel in seinem Schlossflügel und rauchte eine Zigarre.

»Aus welcher Welt kommen die Zigarren eigentlich?«, fragte Lara beim Eintreten.

»Aus unserer«, sagte Toret und nahm einen ausgiebigen Zug. »Zigarren sind das Einzige, was ich in dieser Welt vermisse. In Alea gibt es zwar eine Pflanze, aus der ein tabakähnliches Kraut gewonnen werden kann, aber das schmeckt wirklich widerlich.«

Beide lachten.

»In Alea sind Zigaretten unbekannt.«

»Das wäre eine Marktlücke«, sagte Lara. »Wer sich das Rauchen abgewöhnen will, verbringt einfach einige Monate in Alea.«

Erneut lachten sie.

»Hoffentlich taucht Waldhes nicht so bald wieder auf«, sagte Toret unvermittelt.

»Was glaubst du, wo er ist?«, fragte Lara. »Hat er sich in die Heuschrecken verwandelt, die aus dem Zimmer flogen?«

Toret warf nachdenklich einen Blick aus dem Fenster. »Möglich. Aber für ebenso möglich halte ich es, dass er einfach verschwunden ist.«

Sie frühstückten alle zusammen an einer langen Tafel. Toret hatte den Platz am Kopf des Tisches eingenommen und sah sich zufrieden um. Rechts neben Lara saß Vivian, links von ihr Eduard.

»Wie schön, euch alle hier zu sehen«, begrüßte Toret die Anwesenden.

»Ich sehe Degas nicht«, sagte Lara leise zu Vivian. »Hat er Platzangst bekommen und die Nacht im Freien verbracht?«

Vivian schüttelte den Kopf. »Er ist am frühen Morgen mit den Soldaten zu den Waldmenschen geritten. Er hielt es in Alea nicht mehr aus. Er wollte zurück zu seinen Freunden.«

»Das verstehe ich.«

Dennoch war Lara traurig, ihm nicht Lebewohl gesagt zu haben. Sie musste an Terzio denken, der jetzt ebenfalls unterwegs zu den Waldmenschen war. Während sie einen winzigen Schluck Waldwasser trank, selbst zum Frühstück gab es nichts anderes, fiel ihr Blick auf Wehras und Sina, die sich tief in die Augen blickten. Erst danach fiel ihr das Mädchen auf, welches ebenso blonde Haare und braune Augen hatte wie Sina. Es saß an deren Seite und knabberte an einem Stück Käse.

»Du hast deine Tochter wieder«, freute sich Lara.

Sina strahlte sie an. »Ja. Der Kommandant hat mir Ala einfach übergeben, nachdem er das Einwilligungsschreiben von Toret gelesen hatte«, sagte sie glücklich.

»Muss sie irgendwann zurück?«, fragte Lara.

»Nein. Ich habe sie offiziell wiederbekommen«, sagte Sina und streichelte ihrer Tochter liebevoll über die Haare.

Nach einer Weile stand Altus auf. »Ich habe viel vor«, verkündete er gut gelaunt. »Ich habe längst nicht alles von Alea gesehen und will die Stadt erkunden. Außerdem möchte ich mich um Talus kümmern. Meine Faust will unbedingt Bekanntschaft mit seinem Gesicht machen.«

»Wieso das?«, fragte Vivian.

»Terzio hat ihn sich vorgeknöpft und er hat gestanden, die Waldmenschen verraten zu haben. Er hat sich bei unserem Marsch durch den Wald absichtlich zurückfallen lassen und eine Brotspur gelegt. Dieser Spur ist das Hopie bei seiner Flucht gefolgt. Talus soll ein guter Fährtenleser sein. Zweimal die gleiche Strecke konnte er sich gut einprägen und die Soldaten dann beim dritten Mal durch den Wald führen.«

»Wir können dich begleiten«, schlug Vivian vor und sah Lara an.

»Gute Idee«, stimmte Lara zu und dachte daran, einen möglichst großen Bogen um den Turm der Schutztruppen und das Gefängnis zu machen. Oder befand sich Talus bereits im Gefängnis?

Doch dann meldete sich Toret zu Wort: »Ich fürchte, Altus muss auf eure Stadtkenntnisse verzichten. Wir haben andere Termine.« Er nickte Lara und Vivian freundlich zu. »Treffen wir uns in einer halben Stunde in meinem Wohnraum.« Er verließ das Zimmer.

»Was meint er?«, fragte Lara.

Vivian zuckte mit den Schultern.

»Na, muss ich wohl alleine durch die Straßen schlendern«, bemerkte Altus.

Vivian legte den Kopf schief. »Zieht es dich nicht auch zurück zu den Waldmenschen?«

»Und wie! Ich komme um vor Sorge. Aber Terzio und sein Bruder versicherten mir, dass sie sich kümmern werden und dass ich nützlicher wäre, wenn ich hier auf die übrigen Gruppenmitglieder aufpasse. Wehras und Sina haben sich als Widerständler Feinde gemacht. Ich werde ein bisschen auf sie aufpassen.«

Er winkte ihnen fröhlich zu. Kurz darauf hatte er den Raum verlassen.

14. Der Rücksprung

Lara zeigte Vivian den Weg zu Torets Privatgemächern.

»Die Großmeister wohnen wirklich schick«, stellte Vivian beeindruckt fest.

Als sie den Raum betraten, wartete Toret bereits auf sie. Am Fenster stand ein weiterer Mann. Er drehte sich um und lächelte ihnen zu.

»Herr Heimer«, stellte Vivian fest.

»Er kennt mein Doppelleben«, flüsterte Toret verschwörerisch und deutete auf zwei freie Sessel.

Lara und Vivian setzten sich. Laras Blick fiel auf die Wand, in der sich die Geheimtür befand. Sie konnte die Umrisse der Tür nicht mehr erkennen. Heimer nahm ebenfalls Platz und ergriff das Wort.

»Lara, du bist seit über sechs Wochen auf dieser Welt. Ich denke, wir können den Rücksprung wagen.« Ehe Lara antworten konnte, hob Heimer beschwichtigend seine Hände. »Ich kann mir vorstellen, dass du eine ganze Menge Fragen hast, aber Alea läuft dir nicht davon. Wenn alles gut geht, ist Alea immer nur ein Schritt vom Internat entfernt.«

Toret mischte sich ein. »Nächstes Wochenende ist der erste gemeinsame Elterntag im Internat. Alle Eltern kommen und wollen sehen, wie sich ihre Schützlinge in den ersten zwei Monaten eingelebt haben. Auch deine Eltern haben sich angekündigt, Lara.« Er wandte sich an Vivian: »Selbst dein Vater kommt extra aus Maine angereist.«

Lara schnaufte traurig. »Das kommt so plötzlich. Ich hatte eigentlich gedacht, noch einige Tage in Alea verbringen zu können.«

Vivian legte ihr die Hand auf die Schulter. »Es ist kein Abschied für immer. Wir kommen wieder.«

»Nun, bei dir ist das ja auch kein Problem. Du kannst jederzeit durch das Tor gehen …« Es entstand eine Pause. »Was ist, wenn mein Körper nicht mitspielt?«, fragte Lara zögerlich. »Was ist, wenn ich wieder ohnmächtig werde?«

»So weit wollen wir jetzt nicht denken«, sagte Heimer und stand mit einem Ruck auf. »Lass es uns herausfinden. Lass uns zum Tor gehen.«

Lara merkte, wie sich ihr Puls beschleunigte. »Ich muss mich von all meinen neuen Freunden verabschieden«, sagte sie matt.

Vivian war inzwischen ebenfalls aufgestanden und hielt Laras Hand. »Denk nicht so negativ. Bestimmt geht alles gut. Wenn du Lust hast, können wir unsere Freunde in einigen Tagen wiedersehen.« Sie zog Lara langsam von dem Sessel hoch. »Außerdem werde ich dich beim Übertritt begleiten.«

Vor dem Palast standen drei Hopies für sie bereit. Den Weg zur Lagerhalle, in der das Tor zur Erde stand, versuchte Lara, ganz bewusst zu erleben. Womöglich würde sie nie mehr durch die Straßen

Aleas streifen. Sie ließ die Stimmung auf sich wirken. Sie hörte die Schritte anderer Hopies, die Anpreisungen der Händler und unterschiedlichste Wortfetzen. Lara schaute sich die vielen Holzgebäude an und warf einen langen Blick auf das Krankenhaus, welches sie gerade passierten. Mit der Zeit wurde die Straße leerer. Sie waren eine knappe Stunde unterwegs, als Heimer und Vivian links abbogen und auf ein flaches, aber lang gezogenes Gebäude zuritten.

»Das ist das Lager«, erklärte Vivian.

Lara schaute sich um. In der Umgebung standen mehrere ähnliche Bauten. Im Hintergrund ragte die Stadtmauer auf.

»Wir sind an der äußersten nordwestlichen Ecke Aleas«, erklärte Vivian. »Hier stehen viele Lagerhäuser.«

Heimer war inzwischen abgestiegen und hatte eine alte, klapprige Tür geöffnet. Lara streichelte den Hopies über ihre Mähnen. »Wünscht mir Glück. Ich würde gern wieder auf euch reiten.«

Als sie die Halle betrat, wurde ihr leicht schwindelig. Ihr Magen grummelte. So ähnlich fühlte sie sich, wenn sie im Wartezimmer ihres Zahnarztes saß. Die Halle war voller Baumstämme, weshalb ein würzig-harziger Geruch in der Luft lag. Heimer ging auf eine schlichte Tür am gegenüberliegenden Ende der Halle zu. Als Lara in den Raum eintrat, blieb ihr für einen Augenblick die Luft weg. Der Raum kam ihr seltsam bekannt vor. Auf der linken Seite entdeckte sie das Tor. Durch die wabernde Nebelschicht konnte sie die Umrisse des Raumes dahinter erkennen. Fasziniert sah sie hindurch.

»Es fällt mir nach wie vor schwer zu glauben, dass ich dort hinten tatsächlich den Raum im Internat sehe«, sagte sie.

Heimer nickte. »Ich bin schon so viele Jahre in beiden Welten unterwegs, verstehen tue ich es trotzdem nicht. Auch für mich ist jeder Sprung ein Erlebnis für sich.«

Er stellte sich neben das Tor und winkte Lara zu sich. Erneut hatte sie das Gefühl, als würde sich ihr Bauch gleich zusammenziehen.

»Du siehst blass aus«, stellte Vivian fest, die nicht von ihrer Seite wich.

Vivian nahm ihre Hand. Gemeinsam traten sie dicht an das Tor heran. Erneut spürte Lara den starken, warmen Wind, der ihr entgegenblies.

»Bist du bereit?«, fragte Vivian und drückte ihre Hand noch eine Spur fester.

Eigentlich nicht, dachte Lara. Sie fühlte sich mittlerweile richtig elend und glaubte, sich gleich übergeben zu müssen. Was war mit ihr los? War es die Aufregung? Sie merkte, dass sie zitterte. Sie musste sich zusammenreißen. Sie wollte jetzt keinen Rückzieher machen. »Ja«, flüsterte sie leise und machte einen Schritt nach vorn.

Lara wartete auf das Gefühl, zerrissen zu werden. Doch es stellte sich nicht ein. Auch hatte sie diesmal nicht den Eindruck, endlos zu fallen. Als sie ihren Kopf auf der anderen Seite aus dem Tor streckte, war ihr nicht einmal schwindelig. Sie erkannte den kleinen Raum sofort wieder. Gerade als sie Vivian froh zulächeln wollte, fühlte sie einen stechenden Schmerz. Er überkam sie so plötzlich, dass Lara glaubte, sterben zu müssen. Sie stöhnte laut auf und merkte, wie ihr

Kopf auf den Boden knallte. Dann bekam sie nichts mehr mit.

Als Lara erwachte, fiel ihr Blick auf eine weiße Decke. Grelles Licht aus mehreren Neonröhren blendete sie. Sie lag in einem großen Bett. Direkt neben ihr befand sich ein weißer Tisch, auf dem eine Flasche Wasser stand und mehrere Medikamente bereitlagen. Sie sah sich um. In dem Zimmer gab es zwei weitere Betten, die offenbar nicht belegt waren. Dahinter entdeckte sie zwei Türen: eine war geschlossen, die andere war halb offen und gab den Blick auf ein großes Waschbecken frei. Sie befand sich auf der Krankenstation des Internats. Lara schüttelte frustriert den Kopf. Wieso wachte sie stets in Krankenzimmern auf, wenn sie durch das Tor schritt? Ihr Kopf dröhnte. Und ihr Fuß tat höllisch weh, als läge sie wieder in der Senke im Wald.

Plötzlich wurde die zweite Tür geöffnet und Vivian betrat den Raum. Sie hatte einen alten Strickpullover an und balancierte ein Kuchenstück auf ihrer Hand. Ohne auf Lara zu achten, ging sie zu einem Stuhl, der zwischen ihrem und dem Nachbarbett stand, und setzte sich hin. Während sie von dem Kuchen abbiss, blickte sie in Laras Richtung. Als sie bemerkte, dass Lara die Augen geöffnet hatte, verschluckte sie sich fast.

»Du bist wach«, stellte sie überrascht und mit vollem Mund fest. »Der Arzt sagte, dass du noch eine Weile schlafen würdest.«

Lara lächelte matt.

»Wie geht es dir?«, fragte Vivian mitfühlend. Ihr Akzent war wieder da.

»So weit, so gut«, antwortete Lara. »Ich habe Kopfschmerzen. Und mein Fuß tut weh. Was ist mit mir passiert?«

»Du hast dir den Kopf aufgeschlagen, als du auf den Steinboden gestürzt bist. Hattest eine riesige Platzwunde. Vielleicht ist auch einfach dein Bein weggeknickt.«

»Warum ist das nur passiert? Seit die Klettzen mir den Trank eingeflößt hatten, gab es doch keinerlei Probleme mehr mit meinem Fuß.«

»Was auch immer dir die Klettzen für ein Mittel gegeben haben, es wirkt anscheinend nur in Alea«, sagte Vivian. »Jedenfalls musst du jetzt erst einmal eine dicke Bandage tragen. Aber es ist wohl nichts gerissen oder gebrochen.«

Lara schaute Vivian ungeduldig an. »Und? Ich warte auf eine weitere Nachricht von dir«, sagte sie ängstlich. »Habt ihr mich durchgecheckt? Was hat die Untersuchung ergeben? Darf ich weiterhin das Tor nach Alea benutzen?« Sie fühlte, wie Panik in ihr aufstieg. Hätte Vivian sie nicht zuerst beglückwünscht und in die Arme genommen, wenn sie das Tor weiterhin ohne Risiken benutzen könnte?

»Der Arzt hat dir Blut abgenommen«, erklärte Vivian. »Anhand deines Blutbildes kann er feststellen, ob die Dimensionssprünge eine Gefahr für dich darstellen.«

Lara wollte etwas sagen, aber Vivian legte schnell einen Finger an ihre Lippen. »Mach dich nicht verrückt«, sagte sie. »Noch haben wir das Ergebnis nicht. Frühestens morgen Abend wird der Befund vorliegen.«

Lara versuchte, sich zu entspannen. Sie spürte ein dumpfes Kribbeln unter dem Verband an ihrem Kopf.

»Was hast du jetzt für Pläne?«, fragte sie Vivian, hauptsächlich um sich selbst abzulenken.

»Ich möchte das Schulhalbjahr so gut es geht abschließen. Wir beide haben einiges aufzuarbeiten.«

»Das kann man wohl sagen.«

Lara lächelte und sie merkte, wie gut es ihr tat. »Und in Alea?«

Vivian seufzte. »Die nächsten Wochen werde ich kaum Zeit haben, lange in Alea zu bleiben«, stellte sie fest. »Aber irgendwann werde ich mich auf die Suche nach meinen Vorfahren machen. Ich bin überzeugt, dass es irgendwo im Norden eine Stadt des alten Volkes gibt.«

Als Vivian gegangen war, kam Lara ihr Krankenzimmer unglaublich einsam vor. Sie hörte keine Stimmen, keine Laute. War es in Alea je so still gewesen? Sie erschrak regelrecht, als die Krankenschwester die Tür öffnete und das Abendessen brachte. Fröhlich stellte sie ein Tablett auf das Bett.

»Morgen Abend wird sich der Doktor deinen Kopf noch einmal anschauen. Und dann kannst du bestimmt wieder in deinem eigenen Zimmer schlafen«, sagte sie aufmunternd.

Lara lächelte ihr flüchtig zu. Sie dachte daran, dass der Arzt sie morgen Abend nicht nur wegen ihrer Platzwunde besuchen würde. Was er ihr dann wohl noch mitzuteilen hatte? Unruhig bewegte sie sich hin und her. Es würden die längsten 24 Stunden ihres Lebens werden.

Nachwort

Manchmal werde ich gefragt, wie ich dazu kam, Grusel-, Mystery- oder Horrorgeschichten zu schreiben. Natürlich lese ich selbst ungemein gerne solchen Kram, aber auch der vorliegende Fantasyroman hat einen großen Anteil daran.

Denn bevor ich die erste Gruselgeschichte verfasste, schrieb ich diesen Roman, mein Erstlingswerk sozusagen.

Es war im Jahr 1995, als »Hinter dem Tor« das erste Mal das Licht der Welt erblickte und von einem Independent-Verlag aus Kiel ins Kleinstauflage gedruckt wurde.

Nebenbei hatte ich die Geschichte um Lara und die geheimnisvolle Stadt Alea schon weiter gesponnen, andere Abenteuer in dieser Welt, aber auch im Internat an der Nordseeküste warteten schon. Bildlich sah ich bereits Raubwehre und Klettzen durch die Räume des Internats schleichen.

Zwei Jahre später erschien der erste Harry-Potter-Band in England. Was für ein großartiges Werk, ich war sofort begeistert.

Doch mit einmal gab es ein wirklich cooles Internat, voll mit Zauberschülern und fantasievollen Gestalten. Jede weitere Geschichte um Lara und den Ausgangspunkt ihrer Reisen, dem Nordseeinternat, kam mir irgendwie wie eine billige Kopie vor. Und so wanderten die Figuren dieses Romans in die Mottenkiste, bis ich es noch einmal wissen wollte. Der Rowohlt Verlag rief Anfang 2007 zu einem Fantasy und Sci-Fi Schreibwettbewerb auf. Kurzerhand kramte ich das Manuskript aus den Tiefen meines Schreibtisches und landete aus über 1.000 Einsendungen unter den Top 5. Leider entschied sich der Verlag dann gegen eine Veröffentlichung, da es zu viele verstörende Szenen gab.

Somit war es schließlich der Gmeiner Verlag, der die Geschichte als leicht abgespeckte Version neu herausbrachte und knapp zehn Jahre im Programm ließ. Mit der allerneusten Version vom akms Verlag ist nun endlich wieder die ungefilterte Urfassung verfügbar.

Schon beim Schreiben der ersten Version hatte ich Gefallen an Figuren wie den Raubwehren oder den Retax gefunden, die, vielleicht etwas abgewandelt, auch wunderbar in Grusel- oder Horrorstorys passten, auf die ich mich fortan konzentrierte. Und so blieb dieser Ausflug nach Alea das einzige Buch dieser Art.

Aber keine Sorge, Lara wird den Check im Krankenhaus gut überstehen, sie ist fit für weitere Reisen in die geheimnisvolle Welt. Und wer weiß, frei nach dem Motto »Sag niemals nie«, vielleicht überkommt mich ja doch irgendwann noch mal die Lust, dieses Abenteuer weiterzuspinnen? Wir werden sehen.

Martin S. Burkhardt im Januar 2025

Ruhiggestellt   Martin S. Burkhardt

Ein gemütliches Wochenendfrühstück mit seiner Familie wird zum Beginn eines Albtraums. Lenny Eggert kommt ein unheilvoller Verdacht, als das Wasser einfach nicht kochen will. Ist eine Substanz absichtlich ins Leitungswasser gegeben worden, um den bevorstehenden G8-Gipfel zu sabotieren?

Es kommt weitaus schlimmer. Nachdem Versuchstiere zunächst nur apathisch in ihren Käfigen lagen, haben sie sich tags darauf gegenseitig zerfleischt. Wie viele Menschen haben bereits das Wasser getrunken?

Eine Katastrophe steht bevor. Lenny hat nur noch einen Gedanken: Er muss seine Familie schützen und die Menschen warnen – doch er gerät in ein Netz aus Vertuschung und Desinteresse – und plötzlich befindet er sich auf der Flucht vor Auftragskillern …

ISBN Print: 978-3-384-05189-9, E-Book: 978-3-384-09511-4

Das Echo der Zukunft   Martin S. Burkhardt

Lars Kleidenau geht es doppelt schlecht: Seine Nahrungsmittelallergie löst immer schwerwiegendere Schockzustände aus, und seine Firma steht am Abgrund. Sein langjähriger Freund Carl beschließt, Lars zu helfen und in ein Geheimnis einzuweihen.

So erfährt Lars von einer Parallelwelt, die unserer Welt abgesehen von zwei Ausnahmen exakt gleicht: Man ist unserer Zeit um mehrere Stunden voraus, und die Charaktereigenschaften der Personen sind gegensätzlich.

Anfangs sind die Besuche in dieser anderen Realität harmlos, doch nach und nach gerät Lars in Verstrickungen, erfährt erschreckende Details über seine Frau und bringt sich und andere Menschen in Lebensgefahr. ...

ISBN Print: 978-3-384-30215-1, E-Book: 978-3-384-30216-8

Der Autor:

Martin S. Burkhardt, Jahrgang 1970, lebt mit seiner Familie bei Hamburg und ist Geschäftsführer der Online Schreibschule »Akademie Modernes Schreiben«. Mit Leidenschaft sorgt er für Gänsehaut bei seinen Lesern.
Mehr auf seiner Webseite: www.martin-s-burkhardt.de

Weitere Romanveröffentlichungen:

Titel: Deja Vu - Sie sind überall
Genre: Mystery-Horror
Verlag: Luzifer Verlag
ISBN: 9783958358171

Titel: Auf Leben und Tod
Genre: Horror
Verlag: Luzifer Verlag
ISBN: 9783958351141

Titel: Ausradiert
Genre: Mystery-Horror
Verlag: Luzifer Verlag
ISBN: 9783958351103

Titel: Lenas Freundin
Genre: Horrorthriller
Verlag: Gmeiner Verlag
EAN: 9783734992346

Titel: Seelentausch
Genre: Horror
Verlag: Aufbau Digital
EAN: 9783841221018